沐六六 著

遇见你，余生甜又暖

YUJIANNI
YUSHENG
TIANYOUNUAN

北方联合出版传媒(集团)股份有限公司
万卷出版有限责任公司

图书在版编目（CIP）数据

遇见你，余生甜又暖 / 沐六六著 . -- 沈阳：万卷
出版有限责任公司，2023.1
ISBN 978-7-5470-6059-9

Ⅰ . ①遇… Ⅱ . ①沐… Ⅲ . ①言情小说—中国—当代
Ⅳ . ① I247.5

中国版本图书馆 CIP 数据核字（2022）第 130732 号

出版发行：北方联合出版传媒（集团）股份有限公司
　　　　　万卷出版有限责任公司
　　　　　（地址：沈阳市和平区十一纬路 29 号　邮编 110003）
印　刷　者：北京长宁印刷有限公司天津分公司
经　销　者：全国新华书店
幅面尺寸：145mm×210mm
字　　数：280 千字
印　　张：8.25
出版时间：2023 年 1 月第 1 版
印刷时间：2023 年 1 月第 1 版印刷
责任编辑：张冬梅
责任校对：刘　洋
封面设计：琥珀视觉
版式设计：一诺设计
ISBN　978-7-5470-6059-9
定　　价：49.80 元
联系电话：024-23284090
传　　真：024-23284448

第一章

深秋，猝不及防的一场雨，把梧桐叶打得四散飞落。

宋小暖从恒信大厦出来，神情略显疲惫，冷不丁被一股凉风吹到，惊得缩起了脖子。

她没有带伞，没奈何地看一会儿夜雨，转过身打算回公司避雨。

才走进大堂，视线被十米外的几个人吸引住了。三个西装笔挺的男人和一个身形窈窕的年轻女子从电梯拐弯的地方过来。中间那个长身玉立、眉目清俊的男子，是她分手三年，一直想忘却又忘不掉的前男友言楚行。

宋小暖的眼睛有点酸，脑子里有一瞬的空白，下意识想要躲避。事实上，她也确实朝边上走了几步，且侧过身，希望自己就此隐形。

而他步幅适中姿态悠闲，缓步从她身边走过，之后坐上一辆黑色豪车潇洒离去。

宋小暖没办法忍住急剧加快的心跳，有一刻她甚至感觉灵魂出窍，跟着那道身影飞出去了。

她有想过和他再次相见的场面，亦有对着镜子练习歉意的笑容。在她的设想里，最不济就是点点头，摆一个尴尬笑容，然后云淡风轻各在一方，不至于若现在这般，紧张到手指发抖，恨不得地上裂开一条缝让她钻下去，然后消失无踪。

失魂落魄地淋着雨，宋小暖回到自己租住的房子。

冻得直哆嗦，她匆匆地冲一个热水澡，然后泡一杯咖啡，意兴阑珊地窝坐于沙发里。

心绪很乱，脑海里尽是那个男人。

量裁合体的深色西装，清俊挺拔的身形，眼睛漆黑又明亮，脸上没什么表情，却给人温润无害的感觉，举手投足间透着一股沉稳。

这样的他，与三年前的他重叠于一起，相貌气质几无两样，身份却已迥异。

宋小暖一直关注着他的消息。

作为潜远集团的唯一继承人，言楚行初出茅庐时并不被人看好，直到他不动声色地完成了一个足以影响行业排名的收购案。当时有好几家企业竞争，从实力来讲，潜远并不占优，没有必胜的把握。整个收购过程跌宕起伏，充满了戏剧性，最终能够谈判成功，在于他精准掌控全局的能力，缜密严谨的思维与判断，以及凌厉果决的作风。

一战成名，他成为业界称道的商业奇才。

对于这个结果，宋小暖丝毫都不意外，在她的眼里，言楚行就是一块美玉，每一分每一毫都是完美。

然而三年前的分手，却是她提的。

他骄傲又隐忍，在无法挽回的结果面前，收藏好所有的情绪，眸光温沉，声音凉淡。

"以后就算见到了，也不用打招呼。"这是他与她说的最后一句话，始终在她耳边回绕，让她心生哽咽，不能自已。

她因此不敢去他所在的城市，不敢在校友群冒头，不敢参加同学会，断了所有可能与他产生联系的途径。她独自来到 N 城，埋首于嘈杂的人群之中，做一只远远眺望的驼鸟。

而他出其不意地出现在她工作的大楼。

宋小暖觉得他看到她了，但是他兑现了之前的诺言，相见也若不见。

惆怅地靠在沙发上，她想象着言楚行厌恶她的神情，任悲凉慢慢爬满心房。一颗心沉甸甸的，她费劲地想，他已经有女朋友了。

情绪不佳导致失眠，清早起来，宋小暖的眼睛下挂了两个硕大的黑眼圈，对着镜子拍了好几层粉，勉强遮掩过去。

九点钟准时进到办公室，刚坐下，顶头上司卢源西装笔挺地推门而入，手指点一点她："你，到我办公室来一趟。"

宋小暖不怕他，慢吞吞地站起身："容我泡杯咖啡，五分钟后过去。"

卢源瞥她："快点。"

"嗯嗯。"

宋小暖敷衍地答。

她知道他找她干吗，23 楼新搬来一家证券公司，新开业人手不够，要找合作伙伴。卢源手脚快，抢了一个考核名额，这几天要去面谈，这个组最能扛的就是她，摆明要她做苦力。

宋小暖不乐意，快过年了，手头上还有好些工作没干完，另外还有一个出差任务等着，她不想分出精力去干别的。

方一进门，她便申明要义："前沿集团的审计还没做完，它那个副总有点问题，账目上有好几笔账需要核证，我没有余力做别的案子。"

卢源没搭理这句，盯她一会儿，突然问："你昨晚没睡好？"

"嗯？"

"目光空洞，精神不济。"

宋小暖不自然地摸一摸脸："不至于吧。"

卢源凝起眸子看她，语气是不容置疑："23楼的老总约咱们见面，你不用说话，努力做一只花瓶就行。咱们约的是十点钟，你先去抹点口红，颜色不用太艳，提点亮色，看起来精神点。"

宋小暖无语，眉宇间是无可奈何，总归今天跑不掉，必须陪他谈一回业务了。

"行行，我去抹口红。"

"把头发扎起来，上回那个丸子头不错。"卢源得寸进尺。

宋小暖歪过头看他，而他一脸正经："我需要软萌小秘书搭戏，丸子头比较可爱。"

"只是做花瓶？"

"嗯。"

"行，丸子头。"

宋小暖心塞地应下来。

坐在23楼的小会议室，宋小暖因为卢源分配给她花瓶任务，百无聊赖地出着神。她唇色微亮，淡紫色的羊毛裙衬得皮肤绵软白嫩，眼神有点飘，明显的心不在焉，却因着那个精巧的丸子头，显出几分乖巧可爱。

会议室里有五个人，除了她和卢源，还有公司的另一组人马龙薇薇和梵雅，以及证券公司的钱副总。

情况和卢源讲得差不多，方远证券开业在即，审计部门尚在招兵买马，目前找外援协助，要在卢源和龙薇薇带领的审计小组中挑选一个长期合作对象。

谈得差不多，一个衣着利落的干练女子进来，她手里拿了几份协议，逐一摆到四人面前。

"这是总经理办公室的林玲林秘书。"钱副总介绍说，"总经理正在开视频会议，如果你们没有问题，他会下来签字。"

梵雅的目光明显地一亮，低下头看协议。

宋小暖原本不在状态，但是在林秘书走近的时候，脑子里咯噔了一下，隐隐约约地浮起些信息，一时对不上号，却让她觉得哪里不太对劲，忍不住端详起眼前的钱副总。

"宋小姐觉得协议里有不妥之处吗？"

欣赏美女和被美女欣赏是两个概念，钱副总认为自己没有那么大的魅力，于是问。

宋小暖尴尬地垂下眸："没有没有。"

这点时间，卢源已经一目十行地看完了文件，且拿出笔，在最下方签上了自己的名字："条款很公道，我同意。"

龙薇薇本来还有些疑问，见他这样，也拿起笔，签下自己的名字。

林玲看在眼里，转身出去。

会议室里轻松了，钱副总收拢了文件，一边看，一边开起了玩笑："华瑞出来的都是俊男靓女，咱们公司还有些大龄未婚男女，可以搞联欢凑对子。"

还没等这边有所反应，会议室的门开了。

史诗级别的男神出现在门前，眼睛墨黑，睫毛深长，银灰色的西装衬得他身姿格外的挺拔，身体的每一寸都好像精致描绘过，芝兰玉树，丰神俊逸。

三女一男都看呆了。

"言总，您来了。"

龙薇薇像是认识他，得体地微笑，又得体地起身迎接。梵雅含羞带俏，明明可以正大光明地看，却微垂了头，偷偷地瞟着他。

宋小暖的心脏咚咚地跳得紧张，木讷讷地不知道应该摆出什么样的表情。

言楚行没有搭话，不动声色地走到钱副总边上坐下。林玲把协议收起来，翻到签字的那一页，放到他面前，又递过去签字笔。

标准的行楷，力透纸背。

签完字，他扬起头，目光深邃，带了些疏淡的温和，在每个人的脸上都停了半秒，包括宋小暖。

"项目很赶，我们已经整理出两个大办公室，明天就可以开工。具体内容钱副总会与你们交代。"他言简意赅，姿势轻松随意，"我还有要紧事情处理，各位加油。"

卢源一直在观察他，此刻弯起唇，客套地笑："言总您忙，我们必定尽遣精锐，优质快速地完成任务。"

在外人面前，龙薇薇都会考虑风度，附和一句："华瑞的宗旨是与客户共同进步，我们一定会交出满意答卷。"

言楚行点点头，唇角掠过些笑意："预祝合作愉快。"

一直到他离开会议室，宋小暖都沉默，僵硬了身体紧抿了唇，他起身从她边上过的那一刻，她甚至屏气凝神，连气都不敢喘。

脑子里满满地塞了那句话："以后就算见到了，也不用打招呼。"

*

战斗要打响了，宋小暖循规蹈矩地做着事情，脑子里的弦始终绷得紧紧的。以她对言楚行的了解，在对华瑞做摸底工作的时候，他就应该知道她的存在，何况那天还在大堂见过一回。

而且她想起来，之前的不对劲在哪里。

昨天晚上的三男一女，就有钱副总和林玲，只是她的注意力都放在言楚行那儿，再次见到时没有立刻想起来。

她摸不准言楚行的想法，如果仅仅是工作，她懂得如何公事公办。如果不是……怎么可能不是？他骄傲又金贵，不可能原谅一个背叛他的前女友。

组内大会开得比较激昂，按着卢源一贯的套路，胡乱地打了一通鸡血后，便是分配工作。

宋小暖是干活的中坚力量，还被叫去办公室详谈。

冷幽幽地看她半响，卢源突然抛出一句："我查过了，言楚行是你Z大物理系的学长，你应该认识他。"

宋小暖发现卢源真是个人精，拐出去一趟居然是去做背景调查。

她不说认识，也不说不认识，简单地跟他陈述事实："众所周知，Z大是超级航母型的大学，同时有好几万的学生。我是物理、会计双学位，大部分时间耗在管理学院。"

她这么讲，卢源倒也不好反驳。

"咱们华瑞只有你是Z大毕业的，好赖是个交情，你这只花瓶升级了，要化身温柔小学妹，把这根线牵稳了。"

宋小暖不乐意，鼓着腮帮子猛摇头："我不做业务，你坚持的话，我就辞职。"

卢源噎住，手指点住她："套个交情而已，又没让你牺牲色相。"

宋小暖眉目冷淡："我不想说第二遍。"

得罪上司的下场就是得了一堆工作，她也不生气，默不作声地加了个班。晚八点，她饥肠辘辘地从大楼里出来。

天气还是冷，街面上的人倒不少，霓虹闪烁，几条食客云集的巷子，甚至是熙熙攘攘的。

宋小暖想吃海鲜面，常去的那家面馆在几百米远的拐弯处。她走得快，边走边想着心事。

一辆黑色路虎从后头上来，在她前面不远处停下来，她没注意，依旧往前走。然后，她听到两声带着提醒性质的汽车喇叭。

迟疑着转过身，看到驾驶座位上的人是——言楚行。

人神共愤的俊脸，眉宇间是熟悉的深邃。可能是光线的缘故，他的脸颊线条很柔和，仿佛带了些温柔的意味。

宋小暖心跳极端剧烈，思维更是混乱，迟疑了好几秒，才一步一顿地走过去。隔着副驾驶的车窗站定，她傻傻地看着他，嘴巴张了又张，却始终说不出一个字。

他的声音低沉，听不出情绪。

"上车。"

宋小暖心头犹豫，迎着他的颇有耐心的目光，突然醒悟一般，拉开车门坐上去。

方一坐定，她便急急地分辩："我不知道你会把公司开到 N 城，我三年前就在华瑞工作。如果你不想看到我，我可以辞职的。"

言楚行没想到她会说这些，微皱了眉头看她。

而宋小暖觉得前面的表述还不够清楚，紧着又跟上一句："我昨晚在大堂看到你出来，没有主动跟你打招呼。"

说完这句，她突然觉得心酸，眼眶都红了。

言楚行的神色仿佛一动，隔一会儿，他格外平静地说："系好安全带。"

宋小暖微垂着眼帘，脑海里异常复杂，沉寂于心底深处的往事若沉渣泛起，让她许久不能动弹。

手指捏紧又松开，终于她抬起头，态度坚决："我不会和别人讲我们认识，你也要公事公办，不能因为我的缘故为难卢源。"

怀疑的目光扫过来，坐姿还是一如既往的闲适："你和卢源是什么关系？"

宋小暖怔住，迟疑着答："上下级的关系。"

言楚行眯起眼看她，眉目间带了些意味不明。突然，他凑身过来，熟悉的气息围绕上来，宋小暖僵硬了身体不敢动，而他只是拉过安全带，轻轻地扣好。

"肚子饿吗？想去哪儿吃消夜？"他问得随意。

宋小暖正襟危坐，腰背挺得尤其地直，她言不由衷："我不饿，刚才出来的时候吃过了。"

言楚行不勉强，淡淡道："我送你回去。"

车子缓缓启动，宋小暖木怔怔地看着窗外，没有反对，因为她觉得他不会无缘无故地过来截她。

伸头一刀缩头一刀，该来的总要来。

刚想指个方向，没等她开口，言楚行又问了个莫名的问题："卢源一年赚多少钱？"

"啊？"

"过百万了吗？"他继续问。

宋小暖不明白他为什么问这个，略略想一想，模糊地答："可能吧。"

言楚行眉目不变："比我差远了。"

宋小暖无言以对，心道：你一个富二代起步就比人家高出好几个泰山，让他拿什么跟你比？

见她不说话，言楚行转头看她一眼，声音依旧淡淡："你不是超级护短又伶牙俐齿，怎么不帮卢源说话？"

宋小暖不知道他什么意思，微皱着眉毛陷入长考。言楚行又瞥她一眼，影影绰绰的光线下，她的侧颜非常好看。

"去年你去 A 市的衡誉集团做审计，我也在那里。"他慢条斯理地说，语气随意得像是在谈论今天的天气。

宋小暖心头一震，她终于意识到，他并不是偶然出现在这里。神色严峻了些，思考片刻，她扬起头，认真看他的表情："你究竟想说什么？"

言楚行的面色却是再平静不过："我知道你没有和齐家展在一起，三年前他就去了美国，现在他明面上的女朋友是裕酒庄的二女儿，齐家很满意这个媳妇，听说在准备订婚事宜。"

宋小暖不知道这件事情，眉毛紧一紧："你是不是想说，我家世零落，配不上他？"

这个反应出乎言楚行的意料，眉头皱起："你为什么这么想？"

沉一口气，宋小暖迅速组织起语言攻势："你们这些富二代，一个比一个矫情，比如你明明家财万贯，却自命清高，深藏不露，你是担心别人看上你的钱所以接近你吗？然而我是个浅薄的女人，傍了你这个高富帅却不自知，转过身投奔齐家展这个高调的豪门公子。事情败露后，咱俩分了手，你临到最后，也没有说你其实是富二代钱多多，你这么做，是想让我知道真相之后，懊恼撞墙然后悔不当初吗？知道我被齐家展甩了，你衣锦还乡，熠熠生辉地出现在我面前，又是想让我自惭形秽自抠双目自绝身亡吗？"

一口气说这么多，她需要喘一口气。

言楚行见缝插针，慢悠悠地补一刀："所以你有懊恼撞墙后悔不该当初？"

宋小暖气愤了，马路上车子这么多你专心开车便好，听这么仔细干吗？她脱口而出："我如果老想着过去，根本活不到现在。"

说完这句她有些愣，脑子里仿佛断了根弦，整个人轻飘飘的。

言楚行的脸色也变了变，不过他马上恢复了云淡风轻的模样："过去的事情不要提了。"

宋小暖听不出他话里的情绪，沉默片刻，不再说话。

言楚行也静下来，随手按了车内音响，是曹轩宾翻唱的《可惜不是你》，歌声悠扬又缠绵，让人伤感。

车子缓缓地从主道转弯，驶入一条梧桐覆盖的小路，前面便是宋小暖租住的花苑小区。

宋小暖没有问他怎么知道自己住在这里，有钱人都是神通广大，他们想要知道什么，找私家侦探就可以了。不过，见他熟门熟路地驶入小区的地下车位，她还是有些诧异。

"我也住在这里。"

他停好车，转过头对她说："昨天刚搬过来，今天早上我有看到你从单元门出来。"

宋小暖无语。

这个小区档次一般，他这个身价的人跑这儿来住，很容易让人想到"醉翁之意不在酒"。

不知道该说什么，犹豫再三，她轻声道："卢源对我有意思，我考虑跟他在一起。"

这句话隐含了拒绝的意思。

言楚行嗤笑一声，缓悠悠地说："他知道你爱慕虚荣，攀附豪门吗？"

宋小暖心里头咯噔一下，面孔渐渐黑沉下来："你不是说过去的事情不要提了吗？"

言楚行的眼神很平和："对不起，忘了。"

宋小暖轻轻咬唇，想不好要不要翻脸开门走人。而他出乎意料地伸出手，摸一摸她的丸子头："你扎这种头发很可爱。"

宋小暖被他搞得不知所措，而他似笑非笑的模样看着有些可恶："我考虑了很久，决定收回之前说过的话。"

看宋小暖有些疑惑，他又说："最后一句。"

第二章

开门进屋，宋小暖直奔厨房。

冰箱里只有冻肉、各式丸子和鸡蛋，想一想，她从食柜里拿出一包泡面，打算给自己做一份日式丸仔面。

忙碌了十几分钟后，餐厅里全是食物的香味。

这三年，宋小暖把自己照顾得挺好的，房子虽然是租的，装修却是上乘，按着自己的喜好，她调换了合心意的蓝色窗帘。平时勤于打扫，窗明几净，又整洁有序，让她感觉舒心和温暖。

因为言楚行的熏陶，宋小暖对饮食尤其讲究。空闲的时候，会去逛附近的超市或菜场，精心挑选合心意的食材。作为学神级别的理科生，她自然不乏研究精神，一而再、再而三地实践，终于成长为可以与言楚行媲美的美食厨者。比如现在的这道丸仔面，色香味都超过了街面上流行的拉面。

倒一杯红酒，她开始品尝美食。

肠胃暖和起来，思绪跟着缓缓流动。

她很了解言楚行，他谦虚有礼，清贵婉转，与人交往时，眉眼间常有清淡的笑意，温和却保持距离。想要接近他的人很多，实际真正能走近的人却寥寥无几，或许只有与他从小玩到大的几个发小而已。他们有一个小圈子，严泽川与他同在 Z 大，杜向南和付钧分别在美国和日本求学，在这些人面前，他是不设防的，他们三观一致，彼此间毫无保留，会分享人生进阶过程中的困难、领悟和秘密。

因为不在一处，死党们会视频聊天。刚刚把她拐去同居的第二天，言楚行就有向国外的两人介绍宋小暖，矜持中带着炫耀，说你们可找不到这么聪明漂亮的女朋友。严泽川在边上笑，说你们不知道吧，一向冷静自持的老三竟然是个宠妻狂魔。气氛顿时热烈了，国外的两人嗷嗷地叫唤，一曰弟妹，二曰三嫂，皆曰请多多关照。宋小暖面孔通红，手指埋在下头，悄悄地掐一把言楚行，他挑起眉毛笑得从容，说你们吓到我老婆了。

那个画面定格在宋小暖的脑海里，俊美滔滔的他笑靥如花，看向她的眸底有挥散不去的宠溺。

她想，那时的他是极爱她的。

这碗面吃了一个多小时，却不够她思考出确凿的答案，循着言楚行的只言片语，宋小暖推测了一个大概过程。

言楚行很骄傲，有追求完美的天性，当初他说"以后就算见到了，也不用打招呼"，就是打算与她永世不见。之后时光荏苒，清晰的画面渐渐变成模糊的背影，如果从此不见也许真的忘了。然而一年前，他意外地看到了她，或许有些未了的余情，或许有些不甘心，他的内心起了波澜。

他因此知道她在哪里上班，或许是有意，或许是巧合，他把方远证券放到了她办公的楼里，然后淡定地出现在她面前，且轻描淡写地推翻了分手时的话。

至于后面会如何，可能他自己也没想好。

据"路边社"的消息，他已经有了一个家世样貌都匹配的白富美女朋友，深得其父母的喜爱，不日就会喜结良缘。

而她是无家世陪衬，背叛过他的前女友。

孰轻孰重，他拎得清。

思考至此，宋小暖停了几秒的呼吸，时间跟着停滞了几秒。之后，她慢吞吞地起身收拾碗筷。

日子还是如常地过，有些事情该来会来。

第二天六点多，宋小暖被卢源的电话吵醒，说他在昨天签的协议里发现一条对他们不利的条款，让她提早半小时到公司研究对策。宋小暖昨晚睡得不好，没睡够就有起床气，冷冷地问他：你签字的时候没长眼睛？卢源理直气壮，说他为了跟龙薇薇抢生意必须气沉丹田潇洒为之。

宋小暖服了他，只有继续提问："对咱们不利，对龙薇薇就有利了？"

"一样。"卢源答得坚决。

"那你愁个什么劲。"宋小暖随手挂断电话。

被他这么一干扰，宋小暖睡意全消，披了睡衣起来，窗帘掀开一条缝，偷偷地向外看。

冬季的太阳起来慢，这会儿天色刚刚蒙上亮色，可能是心虚，她觉得言楚行就站在对面的房子里，姿态闲闲，又若有所思地看着她的鬼鬼祟祟。

松开手，窗帘立刻恢复成密不透风的样子。

她心里头叹气，三年了，就算他对你还有些未了的余情，也类同于秋后的蚂蚱蹦跶不了几天的。等他把积压在心底的不甘化解完毕，就会轻松离去，与白富美红尘做伴共享繁华。

想是这么想，嫉妒之情却如藤蔓蜿蜒往上，搅和得她心口疼。愣怔半晌，最后她还是转回床头躺下，起什么早？她要休养身心方能活到寿终正寝。

去到公司，时针已经指到九点，卢源看她不仅没有早到，还比平时晚了几分钟，心里头那个气啊，面孔跟着绷得紧："来我办公室。"

宋小暖懒懒地看他一眼："好。"

这回她没有说泡咖啡，很配合地跟着走。走到门口，她先提问："怎么不去23楼？"

"十点钟。"

"哦。"

宋小暖点点头，像是漫不经心："那你急什么？"

卢源磨了磨后槽牙，冷森森地说："我和龙薇薇商量过了，协议条款的问题咱们打算内部消化。"

宋小暖奇怪了："那你还叫我干吗？"

"不能叫你吗？"

"行行，你是上司是大爷，你高兴就好，"宋小暖假装殷勤地答，"可以可以，简直太可以了。"

她肯拍马屁，卢源的面色立时好看了些，高昂起头走进办公室。

面对面坐好，居然是八卦时间。

"昨天晚上我折腾了半宿，查到很多消息，言楚行的来头可不小，他是潜远集团的太子爷，拥有集团公司20%的股份，是个有话语权的三代接班人。方远证券在咱们看来是个大业务，对于潜远这只超级大航母来讲，却是个排不上号的子公司。太子爷亲自过来掌舵，出乎很多人的意料。"

宋小暖垂着眼睛，不明所以地"嗯"一声，"然后呢？"

卢源冷笑一声："梵雅对他上心了，打扮得花枝招展，看情形是打算色诱。可惜人家有女朋友了，泛亚副总的女儿，这个名头貌似不够响亮，但是她的叔叔是国内投资圈声名显赫的大鳄祁岳，收购重组包装上市一整个圈圈玩得溜着呢。没有人知道他有多少资产，但是大家都知道他一没结婚二没子女，对这个侄女视为己出，没意外大部分的遗产都会归她。潜远这几年扩张得厉害，集团公司的资金链是充裕的，不过名下有个上市公司的财务状况不咋地，如果祁岳肯出手帮忙，钱景一片光明。豪富和中产是老板和伙计，中间隔了一条钱的鸿沟，梵雅这片痴心啊，要被倒进水沟里喽。"

宋小暖闷着头，情绪不太明朗。听他停顿，她淡淡地说一句："梵雅招你惹你了？你要这么数落她。"

"我哪是数落她？我是好心提醒她，哪里知道她听完我说的那些，眼睛更亮了，我看她有做小三的志向。"卢源无所谓地耸耸肩，"人各有志，我祝她成功。不过，我找钱副总打探过，太子爷的工作重心在S市，这边只是偶尔过来。昨天签完字安排好工作，今天一早就回去S市了，可能月底前都不会过来。"

宋小暖没搭话，垂着眉毛若有所思的样子。

卢源拍拍桌子，一脸轻松地说："现在我相信你不认识他了，像他这种身份的人，都有自己的交往圈子，自觉隔离在世间凡人之外的。"

宋小暖不动声色："你说完了没？说完了我要忙去了。"

抖完八卦，卢源整个人都舒坦了，悠哉哉地挥手："去吧去吧。知道龙薇薇和梵雅攀不上那尊大神，我就放心了。后面咱们要拿出真本事，用实力碾压她们。"

而实力确实是卢源这组高出一筹。

从前期的尽职调查开始，龙薇薇这边就落后了。不过大家都是科班出身，身经百战，专注认真再拼上点时间，也不是完全不能补掉差距。

方远23楼的两个办公室成了暗战的中心。

宋小暖进入工作状态的时候，边上再喧嚣她都可以做到视而不见听而不闻，专注度极佳。

卢源很佩服她这一点，认为是她的异禀天赋，一般来讲，能够到达这种境界的人，学习工作能力都很惊人，难怪她能拿到高考的省级状元。而宋小暖知道，这根本不是什么天赋，而是她后天自我训练而成的。因为自出生的那刻开始，她就要面对流言嘲笑挖苦奚落甚至于责骂呵斥，想要在恶意满满的环境里生活下去，她必须做到眼观鼻鼻观心忍耐漠视，以求不受外界的影响。

这是宋小暖的秘密，她小心翼翼地收藏着，随着她考学离开H城，加上宋美娜的意外去世，便埋入了地底深处。

已经半个月了，言楚果然如卢源所说的，没再出现过。关于他的传闻，却是甚嚣尘上。毕竟像他这种有财有才又有貌的男人，哪有可能缺掉话题？随便哪个酒会上聊个天，都有可能传出几个绯闻女友，何况他还有一个根正苗红的女朋友。

落到宋小暖耳朵里的各种靠谱或不靠谱的分析，任凭她有再好的屏蔽干扰的能力，也没办法躲开。

心底始终抽得紧，她为之前的挣扎感到可笑。

他俩早就分手了，在泾渭分明的分岔路上，渐行渐远。在他的眼里，她大约和哪个随便认识的人都没分别。心无芥蒂，便可以自然地打招呼，开车送上一段也没什么特别含义，反正转过身就能彻底忘记。

而她却自欺欺人地幻想他会心有不甘，甚至对她余情未了。

你以为你是谁啊？

潜远集团的太子爷，钱多势众，环肥燕瘦什么样的女人没有？有必要对你这个过去式里的女人磨磨叽叽、念念不忘吗？

宋小暖缓缓地想，内心的伤感化为细流，涓涓不止。

原本 N 城是她的重生之地，现在却成了她的失恋之都。这个与言楚行联系太过密切的环境，更是压得她透不过气来。

"卢 Sir，我要去一趟 X 城，那边打电话来催了，年前要把案子结了。"她向卢源汇报。

这是之前就排好的事情，卢源不可能反对，循例问一句："你要去几天？"

"五天吧，这里有几笔资产置入，我看得不太明白。还有成本核算的部分，要看一下细账。"

"要不要带个人？"

"不用，就是收个尾，我自己弄还快点。"

卢源挥挥手，表示同意了："下午就去吧，早去早回，那边搞定，你的工作重心就是 23 楼的审计案，老子要和龙薇薇死磕。"

*

X 市是西北的重要城市，经济比之东南沿海不足，但是在那个区域是首屈一指的繁华。

卢源谈下来的是一家有军工背景的线缆公司，他交友广阔，一向都是广撒网，接回来的项目也是五湖四海，宋小暖孤身一人，除了不去言楚行所在的 S 市，别的地方都是一呼必应。

比如现在。

已经是夜晚十点，她穿着厚实的羽绒服，拖一个小型的拉杆箱，独自走在寒意萧瑟的 X 市的街头。

心底深处，因为这次相逢而掀起的涟漪，在一路的奔波与跋涉中，渐渐归于平静。

和大多数的人不一样，她的命运堪称多舛，因而也比一般人来得坚强。癌症患者有一个五年预后期，意思如果能熬过五年不复发，才能被称为治愈。按着这个标准，她给自己设定的期限也是如此。

已经过去三年，再过两年，她会开始新的生活。

然而事情的发展并不如她的意愿。

去到 X 市的第四天下午，宋小暖正全神贯注地看着账，手机响了。

她没细看，无意识地点了接听键："喂？"

耳边是熟悉得让她心惊的声音："宋小暖，你出差了？"

她几乎是下意识地屏了呼吸，又咬住嘴唇，听筒这头顿时没了声音。而那一边，轻浅的呼吸声始终都在。

"在忙吗？"他又问。

小心地吸一口气，宋小暖稳定住声音："嗯，你有事吗？"

他轻轻地笑一声，口气温婉："我去了趟美国，肠胃很不妥当。很想吃 N 城的泥螺和炝蟹，你哪天回去能帮我寄几瓶吗？"

宋小暖是一万个没想到，哑然半晌，她吭吭哧哧地答："我后天回去，你把地址发过来，我给你寄。"

"地址发哪里？你还用原来的微信或者 QQ 吗？"言楚行的语调有些令人玩味。

宋小暖又是发怔，琢磨了会儿，她轻声道："微信号就是这个手机号，你加一下好友，我会确认的。"

"好。"

言楚行简单地应一声，然后就挂断了电话。

只几秒，熟悉的头像跳了出来，宋小暖对着手机屏思索了好久，才点了确认键。

地址很快发过来，是 S 市寸土寸金的黄金地段，据说那里每套房子都可以透过阳台玻璃直面 S 市的标志性建筑，里头住的全是顶级富豪，是有价无市的存在。

默默地看一会儿，她点了一个 OK 的表情。

两天后，宋小暖回到 N 城。

机场下来，她直接打车去了海记货铺，这里的泥螺和炝蟹是本地人最为称道的。言楚行对吃非常讲究，自然要给他最好的。

一来二去花了一个多小时。之后包装也费了点时间，好不容易包好，顺丰快递过来取件的时候，又要求拆开看一看。

总之挺折腾的。

寄完后，宋小暖拿出手机想给言楚行发一条提示，想了想又塞回口袋。顺丰快递服务很好，送件前会打电话通知的。

过了两天，她查单号说对方已签收，但是言楚行也没有发微信通知她。

隔了一天，也是顺丰快递，通知她有包裹到。她在上班不在家里，于是快递把包裹放到小区共用的丰巢柜里。

拿回家一看，是十八瓶开盖即食的顶级燕窝。之前两人同居的时候，每天一瓶风雨无阻，当时的宋小暖不知道这东西的价值，随便当个甜品吃。后来有一回，她在一个著名女企业家的办公桌上看到一瓶，那人介绍说，这燕窝是S市顶级私厨的秘制品，价格不菲且半年起订，只有少数金钻客户才有资格购买。

她恍然大悟，难怪两人分手之后，这燕窝还定期寄送上门，一直吃到她毕业才算结束。

那么现在？她凝起眉，看着这些燕窝发了会儿呆。然后她拿一瓶起来，熟练地撕去薄膜拧开盖子，去厨房拿了勺子来吃。

一模一样的味道。

晚上，言楚行发了条微信过来，轻描淡写的一句话："海记的炝蟹很好吃，你寄的两瓶被严泽川拿走了，能不能再寄两瓶？"

宋小暖不知道他想干吗，总经理下面这么多员工，哪个不能给他寄，非要差遣她这个前女友？

但是看着食品柜上的那些燕窝，她又有些别样的想法。

宋小暖的思路飘去了前尘往事，一幕一幕如电影画面，最后定格在他寂寥的背影上。悠悠地叹一口气，总归是她欠他的。

"好。"她淡淡地回一个字。

第三章

十二瓶泥螺和十二瓶炝蟹，包装的时候割到了手，流了好多血。

宋小暖觉得可能老天爷也看不过去，换个方式让她赎罪。

卢源看到她手上的创可贴却是皱紧了眉头，问明了缘由，他数落她："不会杀鸡你逞什么能啊，喊一声自然有人为你两肋插刀。"

宋小暖知道他对自己有心思，不过，她一直装不懂，这会儿也是笑笑："割到手指而已，不用两肋插刀这么血腥吧。"

卢源看她，清俊的面上浮起些与他职场强人不大匹配的怨念："你眼界高，看不上我，白跟你献殷勤了。"

宋小暖不知道该怎么答，想一想，她故作镇定地说："你是我上司，兔子不吃窝边草。"

卢源半笑不笑，尾音往上扬了扬："意思是我离职就能追到你？"

"不是不是。"宋小暖连连摆手，用笃定的语气回绝他："你说得对，是我眼界高，没看上你。"

聪明人点到为止。

卢源冷冷地哼一声："男欢女爱，比如王八看绿豆，要对上眼才行。既然你无视我，就算了。"

他说算了就是算了。

半点不尴尬地转一个话题，二人开始讨论工作的事情。

钱副总分派给他们的这个公司有改制的内容，审计涉及的内容很多，宋小暖不在的五天，需要核对的数据都快堆成山了。

之后的半个月，她被卢源压榨得不要不要的，几乎每天都要加班。

小道消息也是接连不断，最吊诡的是梵雅居然找了工作的理由去S市的潜远集团总部，堵了一回言楚行。

"她以为她是谁啊？脸真大。"卢源也不知道哪里得来的消息，一大早就在会议室发牢骚，"想跟老子玩弯道超车的把戏？"

"她那组审的公司在S市，属于近水楼台。"小组里的老大姐肖丽群知道些内情，此刻也探出头来，好奇地问，"她见到了吗？"

连宋小暖都抬起头，意味不明地盯着卢源。

"见到了呀，否则我哪有可能知道。"卢源气咻咻地说，"穿得像只妖精，潜远大厦里头好多人都看到了，太子爷也太不讲究了，保持高高在上的姿态不行吗？屈尊纡贵什么人都见，也不怕太子妃找他麻烦。"

"卢老大，你在潜远安插内线了？搞这么清楚。"肖丽群打趣他。

卢源镇定："知己知彼，方能百战不殆。"

宋小暖心里头堵得慌，她一向不参与这类谈话，拿了杯子出去倒水。

惯性加班。

十点多宋小暖才回到家，洗完澡，她单腿盘膝，坐在飘窗前的懒人沙发上吹头发。

手机有微信提示，她移过来看，是熟悉的头像。

"睡了吗？"

这些日子，差不多到这个时间，言楚行都会给她发微信，有时候会让她寄些 N 城的海鲜制品。

他不考虑付钱的问题，按照以物换物的原则，给她寄面膜、香水、沐浴液、洗发水……全都是两人同居的时候，他负责采办的日常用品。以前宋小暖没见识，见那些东西都没标牌，以为是便宜货，大大咧咧地用。现在她知道了，豪富阶级是不用大路货的，他们玩私人定制。

言楚行会与她闲聊，比如天气，说最近温度很低，他路过专卖店看到一块围巾很合适她戴，于是买下，已经寄给她。再比如饮食，中午吃的米糕口味纯正，下次过来的时候，给她带几块。

他自说自话，宋小暖不主动也不拒绝，任由他从容不迫地入侵她的生活。就像当年，宋美娜去世她自暴自弃之时，他也是这样，润物无声地接近她又攻陷她。

放下吹风机，她回过去三个字："还没睡"。

"我在加班。"

"哦。"

宋小暖微笑，她能够想象出来，此刻的他应该是慵懒地坐在椅子上，修长的手指点着手机，睫毛深长，眸光深邃，面颊的线条笼在柔暖的灯光下，覆了一层淡淡的薄光，温柔又完美。

她想象的片刻，言楚行写了长长的一句："昨天周教授过来 S 市开会，我有请他吃饭，中间他跟我谈起你，说很可惜你不愿意把精力专注于物理上，他认为你很有天赋。"

宋小暖收了笑容："我讨厌物理。"

这话很早她就讲过，那时言楚行就问她：为什么呢？我见过讨厌物理的人，那是完完全全地学不下去。但是你思路通畅，时常会有惊人的论断，泡在实验室里好几天也不会觉得不耐烦，哪有半分的讨厌？而且你既然讨厌，又为什么要报这个专业？

她淡定地答，Z 大物理系不输清北，我作为省一级的理科状元当然要报这种牛的专业，至于你们看不出来我讨厌，是因为我伪装得好。

这是彻头彻尾的假话。

她之所以报读物理学，是宋美娜的要求，为此两人谈了条件的。但是宋美娜没有遵守诺言，最后还意外送了性命。

物理是被她迁怒的，其实当时她已经决定放弃这个学科，但是言楚行出现了，完全是因为他，她才勉为其难地坚持下来。

这个小秘密，伴生于深埋心底的大秘密，她不想它们现于人世。

言楚行只是找话题，他并不纠结这个答案："你审计也做得很好，钱副总对你赞誉有加，想把你招至麾下。"

宋小暖觉得气闷，转过头看了会儿窗外，淡漠地回一句："我没有跳槽的打算。"

言楚行没有立刻答，足足过了二十分钟，宋小暖吹完了头发，躺进被窝打算去见周公之时，他才发来了下一句。

"我以为是你。"

以为是她，所以才去见了梵雅？

宋小暖盯着屏幕看了好久，她迟迟不愿意考虑他的动机，即便心底早已如明镜一般通透。

没有回复，脑子里乱糟糟地想了一通，又胡乱地翻了十几个身，她终于睡了过去。

后半夜，突如其来的寒潮袭来，气温降到了零摄氏度左右。

早上七点多，宋小暖正洗脸呢，外头传来门铃声。她在这儿住三年了，还是头一回听到这种声音，脑子里有一瞬的蒙。

门上有猫眼，探过去看，然后她就沉默了，昨晚十一点还在 S 市的言楚行，此刻正衣冠楚楚地站在门前。

她打开门，带着几分诧异地看他："你怎么来了？"

"过来办公，顺便给你带早饭。"言楚行慢条斯理地答，"我五点就出门了，这会儿又冷又饿，你不请我进去吗？"

宋小暖看他的眼神有些复杂，但还是侧过身体，示意他可以进来。

"有拖鞋吗？"

"没有。"宋小暖答得干脆，"不用换鞋，就这么进来吧，晚点我拖一下地就行。"

言楚行点点头，把手上的食盒递给她："喏，这个拿到厨房去，我去擦一下鞋底。"

看他熟门熟路地往卫浴的方向走去，宋小暖略显无语。

之后二人在厨房聚头，言楚行心情不错，饶有兴味地观察里头的摆设，蒸锅炒锅炖锅刀具铲子刨子拉蒜器等各类大小厨具摆放得井井有条，看起来还是经常用的。然而在他的认知里头，宋小暖因为从小寄宿的缘故，与厨房绝缘，连最普通的煎蛋都不会。如此看来，这三年倒是没有浪费。

偏过头看她一眼："学会做菜了？"

宋小暖淡然的样子："做菜有做实验难吗？"

言楚行笑起来，眉眼间带了些揶揄："你实验没我做得好，做菜肯定也不如我。"

他说得随意，宋小暖却颇认真地思考起来，之后点头："你是物理天才，思维严谨，作风务实，是实验室的常客，确实比我这个三天打鱼两天晒网的人强上几分。但是做菜不一样，你虽然强，我也是下了苦功的，未必会输给你。"

言楚行笑微微地看她："那样最好，今天晚上就做几道拿手菜给我尝尝。"

宋小暖的心口不可抑制地跳了跳，沉吟片刻，她点头："下班后我去买点海虾，我的蒜蓉开背虾做得极好。"

言楚行低头看她，眼睛墨黑，注视她的样子含了几分温柔："那就有劳你了，作为交换，今天的早餐由我准备。"

宋小暖又是无语，你都已经带来了，还说什么交换？！

她好奇早上吃什么，探头去看，却被他轻轻推出去："外头降温了，你去加件衣服，十分钟后开饭。"

鲍汁浓汤，蟹黄汤包，煎蛋，草莓蔬菜沙拉。在餐桌上一溜摆开，颜色丰富，气味香醇，让人食欲大开。

宋小暖看一会儿，果断地拿起筷子汤勺，大快朵颐起来。

"好吃吗？"他心情不错，眼角眉梢带了些笑意，悠哉哉地看着她。

"好吃，你也赶紧吃，卢源给我打电话，说今天要给你们做汇报，要提早半小时到。"

宋小暖有点急，言楚行却很淡定。朝她看一眼，慢悠悠地说："想买房子吗？前几天我看到广告，大悦城边上有个精装修楼盘不错，闹中取静，比这个小区的档次要高。这一周我都在N城，找个时间咱们一起去看看。"

他用的是陈述句，宋小暖喝汤的手势明显地顿了顿，然而她没有搭话，轻垂了眼帘自顾自地吃。

不过她能感觉到言楚行的目光，若有若无地落在她身上。

不急不慢地吃了个七八分饱，大脑里也形成了约略完整的思路。扬起眸，迎上他的不动声色的视线，她微笑着问："你想包养我？"

言楚行弯一弯唇："你觉得怎么理解舒服，就怎么理解。"

宋小暖坐直身子，双手握拳托住下巴，似笑非笑地看他："我妈也见过你，她把你称为舔屏级的大帅哥，还说你这种人间极品，若能追来尝尝味道，此生足矣。"

言楚行的眉眼深邃了："所以你当年才肯与我一起？"

宋小暖笑笑，漫不经心的样子："不然呢？你后面知道的，我这人自视甚高，虚荣心也强，不喜欢奋斗，却喜欢享受，一门心思想嫁入豪门做一只高级米虫。可惜心比天高、命比纸薄，捡了芝麻丢了西瓜。事到如今，我也知道我这种人配不上你，而且你的味道我也尝过了，此生算是无憾了。继续跟你拉拉扯扯，只会耽误我进下一个豪门。所以，我的答案是'不'。"

她说得热烈，言楚行却很平静，挑了个也不知道算不算重点的话来问："找到下一个豪门了？"

宋小暖一愣："有几个备选。"

"说来听听。"

"我干吗要告诉你。"

"上回你说准备答应卢源，他是豪门？"

"他算白手起家的小豪门吧。"

言楚行莞尔，笑容邪魅，眉眼间却是淡然："你对豪门是不是有点误解？"

说完他从口袋里摸出皮夹，从里头拿出一张银行卡，移过去："这张银行卡的限额是九位数，你可以随便用。"

宋小暖发呆，感觉自己嫌贫爱富的人设要崩。

沉默片刻，她推开面前的汤碗，淡声道："我上班要迟到了，先走了。你可以继续待着，走的时候记得帮我关门。"

然后她站起身去卧房拿包。

言楚行跟过去，大力地把她壁咚到墙上，手指拂上她的脸颊，若有若无的力道让宋小暖全身发紧。

"你……别乱来。"她有点慌。

而他低下头，目光里带着隐忍，无声地与她对视，他重重地吸一口气，声音喑哑。

"就当是补偿我。"

他用的是调笑的口吻，却让宋小暖听出一丝认真。

对着他俊美如画的面孔，熟悉的让她忍不住泪目的气息萦绕着全身，隔了好一会儿她才叹息着说："你让我想想。"

在言楚行的坚持下，宋小暖不得已搭他的车去上班。一路上，她都是低着头看手指，脑子里转来转去也不知道在想什么。

"我拿了你的备用钥匙。"

言楚行的话成功地让她抬起头，而且满脸愕然："你怎么可以不问自取？"

"你答应的，晚上做海鲜给我吃。但是今天你应该会很忙，没空去买菜。但是我有空，除了海虾，你应该会做梭子蟹吧，还有新鲜泥螺、石斑鱼，我会一并准备好。"

言楚行说得极其自然，语调也是轻松随意："我后备箱里有几瓶你喜欢的智利红酒，可以当作你做菜的奖励。"

宋小暖看着他，感觉自己有点装不下去。

"你到底想干吗？"她问。

言楚行从开车的间隙里瞥她一眼，神情平淡："你看不出来？我想挪开这三年，续上我和你的同居生活，哪怕……是用钱。"

宋小暖呆滞了，车子里有片刻的寂静。

言楚行轻轻地笑一声，声音低柔："你有长长一个白天的时间考虑，跟我提什么要求？我会尽力满足。"

"为什么？"宋小暖迷茫，"围在你身边的环肥燕瘦还不够多吗？"

言楚行冷起脸，不过只几秒，面色便恢复到以往的淡然，慢吞吞地将车子拐进大厦附近的小弄堂，在路边停下。

他转过头，好整以暇地看她，俊美的脸孔上浮些无奈："暖暖，我对你余情未了。"

宋小暖心头抽痛，轻飘飘地瞥他一眼："好，我知道了。"

*

余情未了。

进去办公室的一路，宋小暖都在琢磨这四个字。

按字面上的意思来讲，余情未了是指两个人因某种原因而表面上分开了，可单方或双方心中却依然念念不忘，始终没有放下，多用于比喻男女之间爱情的情丝难断。同义词是藕断丝连。

这解释听着唯美，但是对于逻辑严谨思维敏捷的理科生宋小暖来讲，却觉得远远不够。她吹毛求疵地想，"余情"指的是余多、剩下的感情，与原本百分百的数量做比较，已经割断了大半，只剩下极小的一丢牵连着。"未了"代表的是现在，下一步就是"已了"。譬如摇摇欲坠的大楼，顶梁已断，毫无预兆的一阵狂风就能使其轰然倒塌。

置身于这种不稳定的关系之中，她需要的是冷静和耐心。

微蹙着眉头，宋小暖推开办公室的门。

卢源端正地坐在她的位置上，看到她出现，眼睛明显地亮起来，声音却是埋怨："怎么才来？"

宋小暖心绪不佳："不是早到了吗？"

"我让你早到半小时，你看看时间。"卢源很气愤的样子，"方远要是被龙薇薇抢去，明年咱们就要屈居第二了。"

"那就第二呗，我可以跳去她们组。"宋小暖不以为意。

卢源气到呕血，手指虚点住她："枉我对你这么好，你居然要背叛我。"

宋小暖对"背叛"两个字敏感，挑一挑眉，犀利地扫他一眼："那你拿出本事来，好的领导才配有好的下属。"

卢源被噎一记，挑了眼皮看她："早上吃什么了？气势很足啊。可以，保持住这个气场，今天的问答部分就由你来。"

宋小暖皱眉头："天花乱坠是你的本事，干吗自废武功？"

卢源没好气地瞥她一眼："你已经入了钱副总的眼，我再给你个机会表现，如果你能说动太子爷，咱们组稳赢。"

宋小暖意外："他也来听汇报？"

"嗯，今天有点面试的意思，咱们讲完了，会轮到龙薇薇那组讲。"卢源轻松地说，"不用怕，业务上咱们领先一个身位。"

宋小暖心道，我很怕啊，尽管不是你想的那个怕。

这次去的25楼的会议室，果然是个双边会谈式的面试架势，也不知道他们从哪儿搞了满满一排的人，西装笔挺，神情严肃，一言不发地看着他们推门而入。

气氛微微紧张。

卢源捧了一叠资料，装出气定神闲的样子。

宋小暖有学霸气场，平时软萌萌的好像啥都不在意，但她其实是个遇强则强的性格，眉毛一挑，目光落在中间的那个雅致男人身上。

他眸眼深邃，英俊的面上神情平淡，隐隐有些上位者的气势，但他专注看她的时候，莫名又有些温柔的意味。

宋小暖停顿了脚步，悄悄地沉一口气，方才走去他的对面坐下。

汇报的是 IPO 审计报告的进程，由卢源开讲，之后是问答环节。一整排的人除了言楚行，几乎每个人都有提问，宋小暖逻辑清晰，每一个点都有答到，语言表达流畅。

卢源看得傻了，这女人不喜出风头，一般这样的场合都是静默不语。刚才他说让她做问答，其实自己也有做好准备，随时把她轮换下来。没想到，不鸣则已一鸣惊人，她答得比他还要精彩。啧啧，这种人才要藏好了呀，摆到外面被大家看到了跟他抢可怎么办？

不过他面上还是淡定，好整以暇地观察反应。

钱副总一脸欣赏，果然有抢夺人才的想法。太子爷不好说，他看似温和，实际城府极深，不会把内心的想法表露在脸上，不过，他看向宋小暖的目光似乎带了些——柔润的光泽？

也是欣赏？

从会议室出来，宋小暖迅速地恢复成与世无争的佛系状态，闷耷着脑袋，想自己的心事。

电梯口遇到龙薇薇这组的人，他们像是有备而来，一窝蜂的有近十个人。梵雅也在其中，今天她穿了一身红装，娇艳妩媚，耀眼无比。

电梯门缓缓合上，卢源颇为感慨："女人啊，横下心来都是不可小觑。你看梵雅这副志在必得的样子，太子爷不跟她搞点绯闻都不行啊。"

宋小暖装没听见，面色自如，心里却是烦得很。

第四章

下午五点半，宋小暖置一整桌的报表不顾，准时走出办公室。

天色还未黑透，楼宇的边角能看到霞光的余晖。她默默地看，又默默地想，这就是太阳的余情吧，看似美丽，却终将消失。

回去家里，推开门那一瞬，宋小暖迅速地看一眼玄关的鞋架。

那里摆了一双男式皮鞋，抿一抿唇，她闷声不响回身关门、放包、脱外衣、换鞋。

一整套的动作还未完成，言楚行从厨房探出身来，他脱了外衣，淡灰色的羊绒衣外系了一个蓝色横格的围裙，长身玉立，有一种别样的精致。

别的女人没见过他这种造型，但是宋小暖不陌生。在一起的三年，她被他照顾得无微不至，哪怕他因为公事要离开，也会记得帮她点餐，且一天至少三回与她语音聊天。他原本就心细如发，一颗心全都扑到她身上时，更是面面俱到。以至于分手后最初的几个月，宋小暖像是断了线的风筝，失了重心，也失了方向。

"你过来看看，打算怎么做。"他招呼她。

宋小暖相信自己比很多女人都要幸运，此生能够遇到完美恋人，纵然结局不好，也如宋美娜常说的那个词：此生足矣。

"马上过来。"她应一声。

言楚行果然买好了海鲜，还处理妥当了。宋小暖仔细地看了一会儿，侧过头对他说："你去外面休息吧，做好了我会喊你吃饭。"

言楚行垂下眼看她："你一个人要做很久，我给你打下手。"

不等宋小暖回答，他变戏法一样，拿出一个同款的红色横格围裙："来，我给你系上。"

很自然的动作，手臂圈住她，又绕到后面系带子，这样的过程当然会有身体的触碰，宋小暖低下头，静静地感受他的气息，还有暖暖的温度。

然后，他就势抱了抱她，还吻了她的头发。

"想好了吗？"声音温沉。

宋小暖低头看脚趾，慢吞吞地答："没，我还要再想想。"

言楚行像是失望，轻轻地"哦"一声。

然后就是做海鲜大餐，宋小暖眉眼专注，认真地操作着。言楚行很会看节奏，每每在她需要的时候，递上合适的东西。

因为有他的帮忙，一个小时后，餐桌上摆了几个大盘子。有蒜蓉开背虾、白灼梭子蟹、香葱泥螺、广式石斑鱼，以及象拔蚌刺身。

还有那张银行卡，摆在宋小暖触手可及的位置，扎眼又引人深思。

言楚行很从容，拿出提前醒好的红酒，以及两个漂亮的红酒杯，一边倒酒，一边漫不经心地问："客厅有一个酒柜，里面有红酒和啤酒，是你平时喝的吗？"

宋小暖睁着眼睛说瞎话："做菜用的。"

言楚行抬起眼皮看她，目光里有些深意："没想到你真的学会做菜，而且做得……还不赖。"

宋小暖接过他递来的红酒，抿一口，然后轻描淡写："我高考时理综满分，其中包括生物。因而我对动植物的横截剖面了如指掌，又有物化实验基础，烧饭做菜哪有可能难得倒我。"

言楚行含笑看她，目光在她的脸上流连："你还是老样子，看着与世无争，其实骨子里是非同凡响的傲慢。"

宋小暖"嗯"一声："你还不是一样。"

言楚行低低地笑一声，直起腰，优雅地夹一筷菜放到她的碗里："不要浪费自己的手艺，趁热吃。"

宋小暖忙了一下午，也确实饿了，大快朵颐起来。一边吃一边还自我表扬："不错不错，做得恰到好处，有做大厨的潜质。"

言楚行浅浅地勾起唇角，像是随意："偶尔做一次菜就当是陶冶情操，以后我会找专业的厨子来做。"

话题又拉回来了，宋小暖顿住，缓缓消化这句话，她扬起头，声音格外平静："你不恨我？"

言楚行摇头："不恨。"

宋小暖皱起眉，认真地看他表情，想从那张俊逸绝伦的脸上找出说谎的蛛丝马迹。当初她把事情做得那么绝，他是人不是神，怎么可能没有恨意？

但他面色如常，找不出丝毫破绽。

凝一凝眉，她又问："那你恨过我吗？"

"恨过。"言楚行答得极干脆，然后语调轻柔，"但是现在不恨了，现在的我只想与你续上前缘。"

他这个回答轮回到了早上的对话，如果她问为什么，答案便是余情未了。宋小暖觉得不满足，同时又很沮丧，他俩之间有客观存在着的解决不了的问题，否则当年她也不会和他分手。脑子里乱七八糟的，她木然地看他一会儿，情绪低落："你是好马，不要吃我这口回头草。"

言楚行挑起眉，不紧不慢地说："你这口草太美味，好马忘不掉。"

宋小暖沉下气，大大地喝一口酒，趁着大脑晕沉，她破釜沉舟一般："所以你其实是来睡我的。"

言楚行眉心狠狠地一抽，眯一眯眼，漆黑的双瞳掠起些幽沉的光，语气里有意味不明的兴致："那你想睡我吗？"

宋小暖舔舔唇，目光也是幽幽："一夜情？"

言楚行的面孔沉下来，意兴阑珊的样子："暖暖，你别试探我，我说得很清楚，我要和你再续前缘。"

宋小暖鼻梁微酸："我不想。"

言楚行叹气："你不是喜欢钱吗？我现在有啊，你想要别墅跑车钻石宝石名表名包各种各样的奢侈品……总之我都可以满足你。"

宋小暖发现当年的自己给现在的自己做了一个套，当时觉得逻辑有多清晰，现在就觉得自己有多傻。

"你这么清高的人，怎么可能喜欢拜金女？"她嘟囔着。

言楚行偏过头，脸上居然有笑容："你拜金，而我恰好有金，咱俩是绝配。"

宋小暖无言以对，只好举起酒杯："喝酒。"

言楚行唇角扬一扬，胸有成竹的样子："你有一个米虫的理想，咱们一起去实现它。"

宋小暖眯起眼，遥远的记忆里，确实有这么一个章节。那时宋美娜刚死，她在酒吧里醉生梦死，也不知道什么时候言楚行坐到了她的边上，他手里也拿着酒，神情淡然。迷迷糊糊中她先跟他说话，没啥逻辑，想到什么说什么。比如你长得真好看，比如男人都不可靠，比如我妈妈死了，比如书不想读了。然后他问了句，不读书以后做什么呢？她木木地看他，突然笑了："做米虫啊。"

宋小暖有些伤心，想一想，她摆正了面孔："你别笑话我了，我已经知道错了。"

言楚行微蹙起眉："什么错了？"

宋小暖抿一口酒，字斟句酌地说："当初我贪慕虚荣，脚踩两条船背叛了你，当时以为是最优的选择，结果却被现实扇了耳光。有钱人家哪是我这种平民百姓高攀得上的，齐家展嘴上说得好听，实际就是玩玩而已。我吃到了苦头，痛定思痛修正了错误的价值观，决定自力更生，花自己赚的钱比较踏实。虽然我的理想还是做米虫，但是米虫躺的那个米仓，我会自己赚来。"

说到这里，她想到他说帮她开公司什么的，话语拐过来，把这个漏洞也补上："包括第一桶米。"

言楚行古怪地看她，眼里有十分好笑的意味："我怎么听说是你甩的齐家展？"

宋小暖一愣，他去打听了？

定定地看他两秒，她淡淡地答："你知道我智商很高，明知不可为，必然不会去撞那堵南墙。事实证明我是对的，他最后打算娶的是同阶级的富家小姐。"

言楚行蹙起眉，若有所思地看她，脑子里不知道在想些什么。

他没有立时回应，宋小暖不知为何心底俱是失望，面孔淡下去，顾自拿了半个梭子蟹慢悠悠地吃。

气氛很淡，一直持续到晚餐结束。

"你怕腥气，先去洗个澡，换下来的衣服塞到洗衣机里，这里我会收拾好。"言楚行用的是不容置疑的口气。

宋小暖却是摇头："你是客人，等我送完客，会慢慢收拾。"

言楚行瞥她一眼，刚想说些什么，手机响了。他凝了下眉，踱去客厅接听电话。

宋小暖走了相反的方向，去厨房拿了垃圾袋开始收拾。

她酒量尚可，正常情况下可以喝大半瓶红酒，言楚行知道她的底线，没有刻意灌她，恰好喝到这个量。

神志还算清醒，收拾起来也是麻利，不过几分钟，脏盘子统统放进水池，餐桌也抹得干干净净，银行卡依旧搁在老地方，看着刺眼。

客厅里很安静，她回过头去看。

言楚行站在沙发边，一只手插着裤袋，一只手拿着手机，姿态文雅，目光却很清凉。他话不多，耐心地听，隔很久才"嗯"一声。这是他对外人的标准态度，事实上，他话一直不多，就算是和他的几个亲密发小一起，也是听得多说得少，区别就是笑容要多很多。

唯一的例外就是宋小暖，有时候她都觉得他啰唆，叮来嘱去的，好像她生活不能自理一般。结果就是她完全地依赖他，没了他就好像失了空气，连呼吸都困难了。

她心里头叹气，收回目光走去厨房洗碗。

洗了一半的时候，她感觉身后有风，然后温热的身体挨上来，将她拢在怀里。宋小暖有些心慌："你——"

"暖暖，最近我经常梦见你。"

言楚行低下头，下巴虚搁在她的头顶，呼吸温热，身体的温度更是细细密密，毫不客气地渗入她的身体。他的声音温沉，带了些蛊惑人心的喑哑，在夜凉如水的静谧夜晚，格外地打动人心："然后我就会想，如果当年我多些耐心，你是不是就不会离开我？"

宋小暖不知道该怎么答，良久才开口："是我的错，但是我不想回头了。"

言楚行站着没动，沉默片刻，他转身出去。

宋小暖说不出是个什么感受，好像再一次被全世界抛弃一样，心里空落落的。垂下头，她使劲地刷起了盘子。

等她收拾完毕，已经是半个小时后。外面静悄悄的，出来时她下意识地瞥一眼餐桌，银行卡还在。

几不可察地叹一口气，她进去卧室，然后吓了一跳。

言楚行换了一套棉质睡衣，悠哉地坐在飘窗前的懒人沙发上打电话，见她进来，他捂住话筒，眉目清朗："我洗过澡了，这个位置很舒服，借我坐坐。"

电话那头的人不知道说了什么，他的面孔严肃起来："你别搭理。"

宋小暖不知道说什么好，大脑里模拟把他拽起来轰去门外的场景，也只是想想，她哪有可能对他做这样的事情。

所以他就是吃定她了！

原地转了两圈，宋小暖认命地走到衣柜前，拿换洗的衣服。然后就是彻底无语，不知道什么时候，言楚行把自己的换洗衣服放在里头，占用的位置不大，却很显眼。

宋小暖不怒反笑，抱着手臂，悠闲地看：以前怎么没有发现，这个斯文贵气的男人居然是个无赖！

沉住气，她拿了自己的换洗衣服去了卫浴间。

言楚行撇过头没去看她，实际却注意她的动静，见她闷声不响地出去，唇角微微地勾了勾。

而宋小暖还在磨洋工，慢吞吞地洗澡，又慢吞吞地吹头发，搞了一个多小时才从卫浴间出来。

卧房里，言楚行居然睡着了，手掌撑着额角，睫毛深长，呼吸清浅，面颊的线条在柔光的覆笼下，有一种别样的温软，轻轻地抓挠着她的心房。

宋小暖站在门边，眼睛一眨不眨，看得专注。

这些日子，她有审视过自己的内心，纵然有三年不见，她对言楚行的爱未有少过半分，因为有过他这个完美样板，她很怀疑自己余生能否爱上别的男人。

在原地停留了好久，她终于走过去。

从床上拿了一块毛毯想尽量不发出声音地盖去他的身上，却猝不及防地，被他捏住了手腕拽入怀里。

熟悉的味道覆盖住她，声音低沉："暖暖，这些年你有没有想我？"

宋小暖心跳咚咚，眼眶微微有些潮湿。她不答，屏住呼吸，手臂在他的腰上撑一把，想要站起身来。

却没有成功。

言楚行使劲抱住她，因为懒人沙发的特性，两人密密相契毫无间隙。气氛顿时暧昧了。在她的唇上吻一下，他的声音温柔得像是要溢出水来："我每天都有想你。"

宋小暖觉得鼻子酸酸的，心里没来由地觉得委屈，却没办法与他申诉。她想说你有女朋友了，就不要来招惹我，然而他俩之间的问题，却远不是女朋友那么简单。

垂下眸，呼吸压抑："你不要这样。"

言楚行在她的耳垂轻轻地咬一口，声音魅惑："不要怎样？"

宋小暖心头叹气，这男人一旦决定做什么事情，就不会半途而废。而她其实也想好了，沉一口气，她轻声道："坐起来，我有话跟你讲。"

言楚行不舍得，吻住她的唇，浅浅地逗弄，又辗转吸吮，一直弄到她意识混沌，呼吸不畅。而他终于松开她，意犹未尽，手臂依旧搂住她："想说什么可以说了。"

宋小暖气息不稳，羞恼地瞪他："坐起来。"

"这样不行？"

话是这么讲，言楚行还是松了点力，把宋小暖抱到腿上坐好。然后他扬起嘴角，笑得非常好看："这样可以了吧？"

宋小暖没奈何，踌躇了一会儿，她说："我在齐家展那里伤到自尊，对你们这些豪门敬而远之。但是钱我还是喜欢的，尤其是你那张限额九位数的银行卡，还是挺吸引我的。但是你现在有女朋友，我……"

言楚行打断她："我没有女朋友，你不要相信外头瞎传的话。"

宋小暖愣住，已经组织好的语句就说不下去了。迟疑好久，她慢吞吞地说："我在 N 城待得挺好的，你要是觉得我值那个数，以后过来 N 城咱们就……住一起。这个关系不对外公开的，哪天你有了女朋友，或者不想与我一起，把银行卡停掉就行，我不会纠缠你。同样的，如果哪天我不想保持这种关系了，会把卡还给你，然后你也不能纠缠我。"

言楚行沉默，手指在她的腰上轻轻地点着。

宋小暖垂着头，语调也是淡然："还是想做米虫，但是赚第一桶米太辛苦，既然有捷径，就走一走吧。"

言楚行扬起头看她，眼睛乌黑墨沉，无声地与她对视。

宋小暖有些鼻酸，为了掩饰情绪，她微弯下腰，一只手勾住他的脖子，一只手摸索着他的脸颊，唇瓣轻轻地落下。

她很少主动，但是不代表她不知道言楚行的敏感地带。气息粗重起来，之后的一切便是顺理成章。

第五章

这一场缠绵的时间颇久，真正停歇时天色已近拂晓。宋小暖困到不行，任由他抱去卫浴洗澡，之后便一直昏睡。

意识模糊的时候，她有做梦，是幼年时的那些乱七八糟的不愉快，她缩去角落，却被一股力道拽着，圈入一个熟悉又温暖的怀抱。

终于无梦，她安心地睡着了。

醒来是中午，哪怕是冬季，这个时间的太阳也是耀目。

宋小暖拿手背挡住眼睛，脑子里有一瞬的空白，死活想不出来，这会儿是昨天是今天还是明天？

言楚行只比她早醒几分钟，侧着身体，若有所思地看着她。见她满脸的迷惑，他淡定地捞过她的手，揽到自己腰上，然后又抱住她："想什么呢？"

宋小暖的脑回路已经挂上线，半晌才吐出一口气："卢源会追杀我的。"

言楚行神色镇定："你帮他搞定方远，他会给你奖励。"

"几个意思？"

宋小暖狐疑地看他。

言楚行懒洋洋地摸摸她的脑袋："因为你的出色表现，方远已经决定跟你们组合作了，就等项目完成后公布。"

应该是好消息，但是宋小暖的眉头却皱得紧："你假公济私？"

"我没参与投票。"

"真的？"

"我向来公私分明。"

言楚行轻飘飘地答道，眼尾带了些笑意，手指不老实地往下探去："反正迟到了，咱们再来一回。"

宋小暖"哎"的叫一声，身体紧着往后缩："你昨晚还没做够啊！"

言楚行哪肯放过她，掐住她的腰肢，直接就吻上来。

很快陷入迷乱。

坐到餐桌前吃午餐，已经是下午一点。

也不知道言楚行从哪里搞来的牛排，味道腌得恰到好处，煎到五成熟，他还配了小西红柿、土豆和煎蛋，色香味俱全，比之米其林餐厅也无半分逊色。

他应该也饿，动作却优雅，不急不缓地把宋小暖盘子里的牛排切成小块，又撒一点秘制香料，推过去："尝尝。"

宋小暖食欲大开，又一块入嘴，一边嚼一边和卢源通电话："睡过头是我的错，但是主要原因是你过度压榨劳工，导致我精力憔悴，筋疲力尽，大脑还想坚持，但是身体果断罢工。"

卢源没声音，停顿片刻后问："你边上有人？"

宋小暖愕然，要不要这么机灵。

"对啊，有人。"

"谁？"

"你认识的，潜远的太子爷，为了帮你上位，我都出卖女色了。这会儿他把亲手烹制的牛排切成小块，移到我面前，含情脉脉地看着我，请我品尝并夸奖之。"宋小暖毫无负担地侃侃而言。

卢源当然不信，哈哈地笑起来："你臭不要脸啊，梵雅整装待发，还未捞到一片衣角，你若信手拈来，让她这个海归女妖情何以堪？"

宋小暖皱皱眉，打发他："放心，该我做的事情不会少掉半分，今天我会加班完成的。"

"今天就算了。"卢源高姿态地表示，"周六补吧。"

"嗯嗯。"

挂断电话，宋小暖专心地吃起牛排。

言楚行不大满意，浅眯了眼睛，有一搭没一搭地看着她，却不说话。等到宋小暖后知后觉地抬起头，他才问："你说得这么清楚，卢源为什么不相信？"

"啥？"

宋小暖早忘了自己说过的话，一脸蒙。

言楚行微微扬一扬眉，慢条斯理地说："你我一起吃饭，我给你切牛排。"

"哦。"宋小暖扑哧一笑，"你和我说，你和比尔·盖茨或巴菲特吃饭，我也不信啊。"

言楚行停了动作，声音淡然："我和比尔·盖茨在酒会里碰过面，至于巴菲特，你想和他吃饭的话，我可以去拍他的午餐。"

宋小暖眨眨眼，心道自己真是不长记性，这货已经不是当初实验室里的那只学霸男，依靠知识的力量便有熠熠生辉的光芒。现时的他依旧才华横溢，更有万贯家财加持，眼界与气度俱是非凡。

她含笑问："那你说说，哪些人是你可望而不可即的，我拿来举例子。"

言楚行淡定："不相干的人管他们干吗？你只需要知道，我就在你身边，你可望也可即。"

宋小暖歪过头，做一个可爱的笑脸："在世人的眼中，你只可远观，不可亵玩。"

言楚行哼一声："你没有亵玩？"

宋小暖面孔一红："流氓。"

言楚行满意了，唇角弯起一个很好看的弧度。

兵分两路，各自去忙。

五点多的时候，言楚行给宋小暖打个电话："房子看好了？"

开会的时候，他有看到一笔大额的刷卡记录，宋小暖做事一向干脆，没意外是买房子的订金。

"买好了。"宋小暖没有跟他细说的打算，话题拐去另一边，"我打算买一辆车，丰田凯美瑞怎么样？"

"奔驰 C 系或奥迪 Q5。"言楚行知道她想买符合自己人设的车子，只能悄悄地帮她提一档，"这两款车最近都有降价，性价比很高，也适合女人开，你可以去车行看看。"

宋小暖略犹豫，不过也应下来："好，我研究一下。"

然后，她很自然地交代他："晚饭我在外面吃，之后会去商厦买东西，你有想买的东西跟我讲，我帮你带回来。"

言楚行听得舒心，语调却平静："我缺的东西多了，你看着买。"

口气太过随意，宋小暖有一瞬的惘然，不过她的语气里也没啥特别，只是简单地嗯一声，便挂断了电话。

宋小暖其实有做梦的感觉，事情发展得太快，也不知道哪道防线失了守，转瞬便被他攻入核心地带。

她苦笑，既然逃不掉，就在她可以控制的小小范围里，任性一下吧。

沉一口气，她顾自研究起来，只不过她研究的是自己的财务状况。

依靠炒股，她很早就替自己赚进了第一桶米。她做的是长线，看懂数据报表之后，不需要天天盯着，而且她低调，之前就算是言楚行，也只当她因为专业的缘故，对股市有些兴趣，却不知道她早已沉浸其中，且获利颇丰。

买房买车在她的能力范围之内，但是股市有风险，万一跌到偿付能力之外，就不好玩了，所以她打算缩减持股仓位。

*

天色已经黑得透了，恒信大厦三楼的餐厅还有很多人，言楚行的秘书林玲拎了一个精致的打包盒，慢悠悠地走进去。

她个子不高，短头发，戴一副黑框眼镜，职场丽人通常的西装长裤，整体气质就两个字：干练。

进去言楚行的办公室。视频会议在半小时后，他有宽裕的时间用餐。

摆好盘，林玲问他，"总部那边有些文件要您签字，袁特助问您什么时候回去？"

言楚行想一想："我要在 N 城待一段时间，你让他把需要签字的文件带过来，我统一签。然后你跟他一起回去，总部那边你们先替我看着，有情况随时汇报。"

林玲怔住，不过她反应很快，点点头："好的，我会通知他。"

言楚行瞥她一眼："没有其他事情，你先出去吧。"

林玲又是点头，她之所以能够待在言楚行身边做心腹的工作，一半是因为她办事利落、能力强，另一半则是因为她心思玲珑，分寸感极强。言楚行看着谦和有礼，其实控制欲很强，喜欢按自己的节奏做事，而且他话少，尤其不喜欢解释，很多地方需要意会而不能言传。她的两个前任，都是因为揣度不准他的心思，未能干满三个月。而她满打满算已经干足两年，前不久，言楚行更是把她的薪水加到高级秘书的两倍，用行动表示对她的满意。

林玲心知肚明，他之所以这么做，是表扬她在楚晏德也就是他舅舅这件事情上的左右逢源。她猜，可能董事长都不一定知道，楚晏德之所以会栽得这么狠，有他亲外甥的推波助澜。

虽然她不知道言楚行为什么要这么做，但是她能感觉到他的决心非常之大，所以，董事长夫人，也就是言楚行的亲妈楚晏贤套了她好几次话，她都轻描淡写地化解了。

但是还有一个人，是绕不过去的。

已经走到门口，她转过身，面色犹豫："祁小姐有向我打听您的行程，我暗示她您一周后会回去。"

言楚行正在拿筷子，听到这一句情绪没什么变化，语气更是漫不经心："知道了。"

林玲看着他，那张让女人趋之若鹜的俊颜平淡得很。对于这个受到家族肯定的妻子人选，他之前的态度是听之任之。

相比之下，祁欣儿就紧张得多。

富豪圈子里盛产心机女，宴会上问个路都会有模有样地传出一段绯闻。收购案期间，言楚行几乎每天都有应酬，相对应的绯闻也就特别多。祁欣儿表面上没什么反应，但是她的叔叔祁岳在那段时间收购了潜远集团的股份，又委托她做股权代表获得参加董事会的资格。之后她更是在楚晏贤的支持下，在潜远的公关部谋了一个职位，创造出与他同进同出的机会。

这些机会有没有转化成实质性的内容，不得而知。

在林玲看来，这二人的关系一直不太明朗，外人认为祁欣儿女朋友的身份是板上钉钉，实际上，言楚行从来没有承认过这层关系，尤其是最近半年，如果她没有看错，风向有了变化，言楚行默不作声地在与她拉开距离。

当事人应该是有感觉的。所以，祁欣儿在她这儿旁敲侧击的次数明显增多了。她也是很为难的啊。

视频会议开得很顺利，九点前言楚行回到家里。

门打开，柔淡的灯光落入眼底，与记忆中的时光无缝连接，言楚行的眉目轻缓了。

卧室里，宋小暖难得清闲，趴在床上看无脑韩剧，男女主角深情对望的时刻，外间传来开门的声音。她从床上跳起来，只一秒，她又悻悻地躺回去。今时不同往日，不能像以往那样蹦出去卖萌耍娇。

情绪有些低落，却没有表现在脸上，脚步声近了，理所当然的口气："我的换洗衣服呢？"

之前言楚行若是这种时间回来，会先去洗澡，宋小暖会帮他做好准备。

她没有抬头，声音轻漫："我看你带来的衣服不多，按你穿的牌子买了几套内衣，刚才洗过又烘干了，其中一套放在卫浴间里。"

言楚行满意地勾起唇，转身出去，很快又走回来，精致的蛋糕摆在托盘里，搁到宋小暖的面前。

"这是 N 城的网红提拉米苏，我提前两小时订购才买到的。你小心点吃，别弄到被子上。"他对她一贯啰唆，又补充一句，"你太瘦了，吃多点才能长肉。"

宋小暖很喜欢这款蛋糕，对于长胖点的建议也能接受。但是，对他看过来的眼神不太满意。

斜着瞟他一眼，闷哼着说："你是嫌弃我手感不好？"

言楚行爱死她这副娇气的模样，声音里头有浓浓的笑意："你猜猜看。"

他还嘚瑟上了。

宋小暖不惯着他，转过头继续看帅哥靓女上演惊世绝恋，另外嘛，小勺子拿起来，舀一块蛋糕下肚。

言楚行心情不错，从容不迫地看她一会儿，然后出去洗澡。十几分钟后，他一身清爽地进来。

"去，把盘子洗了，还有刷牙。"

宋小暖知道他有轻微的洁癖，乖乖地起身出去。

收拾妥当，温软的身体抱在怀里，言楚行想到她说的手感问题，手指在她的腰上点两下："细腻紧致有弹性，很好。"

宋小暖无语，扭过头瞥他一眼："床头柜上摆的是购房合同，你自己看。"

言楚行仔细地看，眉头微微皱起："这楼盘有点偏啊，而且，你怎么只买了一百二十平？"

他推荐的楼盘，最小的户型都有二百多平。

宋小暖不以为然："我喜欢那边的环境，这套的西面是江，黄昏时可以看江边落日，地段虽然偏了点，但是离海鲜市场近，买菜方便。至于面积，你要把打扫卫生考虑进去，一百二十平是我打扫的极限。"

言楚行皱眉头："打扫卫生可以请钟点工，我还打算请个厨子烧晚餐的。"

"不要。"

宋小暖举手反对："我不喜欢家里有外人。"

言楚行觉得这房子便宜了，但是她既然决定了，也就算了，拿出手机，在百度地图上测了测距离，他慢悠悠地说："难怪你要买辆车。"

然后他自嘲一句："有个大款老公却不肯花钱，你让我很不得劲啊。"

宋小暖身体微僵，为了掩饰由内而外的尴尬，她故作无意地拿过iPad，"好了，该问的都问了，别打扰我看韩剧了。"

言楚行当然能看出她的不自在，低下头，目光温柔，一点一点地吻她，从额角到脖颈，反复流连后，又咬住她的耳垂。

"爱我吗？"呼吸温热，吹着耳朵全身都会战栗。

宋小暖不知道该怎么回答，手足无措之下，只有反攻过去。

*

日子不紧不慢地过，一星期很快过去，言楚行没有回去的迹象。

不过，他的迟迟不归，在 S 市的总部倒没产生多大的反响。

下面的人管不着，上面的人心照不宣，几乎所有的人都认为他是为了躲避亲妈楚晏贤。

舅舅楚晏德贪污工程款的事情败露后，当即跑去美国分公司躲着。为了把他弄回来，楚晏贤想了各种办法，老公禁不住她的折腾已经松口，但是儿子的态度很坚决，任她好说歹说，就是油盐不进。

无奈之下，她把儿子的发小找了个遍，但是言楚行在严泽川这里说过决不姑息，于是他们各自开动脑筋，好好地敷衍了她。

忙乎了好久也搞不定，楚晏贤窝火着呢。给言楚行打电话，每一次的努力，都以不欢而散告终。

反而宋小暖很奇怪，旁敲侧击："华瑞这边事情很多吗？"

此时正是早餐时间，言楚行亲手做的三明治很香，特别定制的牛奶香醇可口，他扬起眉，漫不经心的样子："我在考察这里的港口项目。"

宋小暖"哦"一声，没再说话。

她在他俩之间画了一条线，挨得近了她会像兔子似的一蹦老远。

快下班的时候，宋小暖接了个任务，犹豫再三后给言楚行发微信："我有个饭局，要晚点回家。"

仅仅十秒钟，她的手机就响了。

朝四周看看，她接起来，小声地"喂"一声。

电话那头当然是言楚行，声音听不出喜怒："你不是说你不做业务，怎么会有饭局？"

这话好不讲道理，但是宋小暖很习惯，当初两个人在一起的时候，他也是事无巨细，恨不得把她拴在裤腰带上，走哪儿都牵着。

声音还是轻轻的，带了点尴尬："那个，晚点跟你说。"

言楚行猜想她说话不方便，淡声道："微信上聊。"

"哦。"

宋小暖乖乖地答。

事情不复杂，几句话便讲清楚。

"凯玉集团的小常总是卢源的学长，他家的审计一直是我们组做的，前段时间他把前沿集团介绍过来，是咱们组的贵人、大客户。因为工作原因，我和他接触比较多，关系尚可。今天他过来谈公事，约我一起吃饭，我推不掉就同意了。"

言楚行回得很快："常建国的儿子常斌？"

"你认识？"

"他最近在闹离婚。"言楚行的意思是他不仅认识，还很熟悉，"他老婆在搜集他的出轨证据，没事情都要搞出事情，你最好离他远点。"

宋小暖愕然："你什么时候这么八卦了？"

言楚行明显噎住，停了十几秒才发回一条："他老婆姓严，严泽川的严。"

宋小暖秒懂，而且她有延展性的思考，如果不想自己的坐标暴露，最好离严泽川亲戚的老公远点。

但是来不及了，卢源打电话给她："包厢订好了，你收拾一下过来我办公室，咱们一起过去。"

宋小暖眨眼睛，好不容易憋出一句："我大姨妈来了。"

"啥意思？"

伴着声音，办公室的门被推开了，卢源站在门外："对你们女人来讲，这是什么了不得的大事吗？"

宋小暖捂住肚子，像是尴尬："痛经。"

卢源瞪她，声音却不大："我认识你三年，几乎每天都在一起，我怎么不知道你有痛经的毛病？"

这话说的，好像他俩有啥暧昧似的。宋小暖瞪他一眼："那你现在知道了。"

卢源无语至极："小常总看你的面子才肯留下来吃饭，你不去我怎么收场？生意场上应酬就是战斗，我没喝死得撑着，你没痛死也得撑着，大不了我给你发抚恤金。"

这无赖啊，宋小暖本就心虚，被他说得不知道如何往下演。

"赶紧的，出发。"

卢源重重地关上门，不再与她商量。

宋小暖没办法了，她也知道临时放鸽子让卢源很难做人。但是……咳，也没啥好但是的，兵来将挡水来土掩吧。

收拾好东西，她慢吞吞地走去卢源的办公室。

卢源拿着手机正在查看着什么，听到声音，淡定地抬起头："你运气不错，小常总被太子爷叫去 23 楼，咱们的饭局泡汤了。"

宋小暖眼睛一亮，言楚行可以啊，关键时刻还会帮着挡一记。

"那我下班了。"她说。

"不用去医院吗？"卢源扬了扬手机，"你那啥是原发性的，还是……子宫内膜异位？"

宋小暖面孔一红："你管这个干吗？"

"关心下属呗。"卢源继续认真看，"原发性的多见于青春期，按你的年纪应该不是，那就是继发性的，不对啊，上头说痛起来会面色发白、出冷汗，我看你面色红润，脚步有力，没有半点症状啊。"

宋小暖怕了他，赶紧扯八卦分散他的注意力："小常总是不是在闹离婚？"

卢源扬起头："你也知道？"

"保密的吗？"

"那倒不是，这事儿闹得挺大的，不过他离婚是因为你。"卢源半笑不笑地看她，"他惦记你两年了，但是你从不正眼看他，把他搞毛了，干脆离婚，然后光明正大地追求你。"

宋小暖晕一记，然后便是愤懑，几步跳到他跟前，"你明知道他意图不轨，还叫我去吃饭，你……你真是气死我了。"

卢源笑一下："小常总相貌不算上乘，但是身材好，又有些欧派的气势，是妹子们青睐的品种。当然，重点是他有钱，你做过凯玉的审计，很清楚他有多少身家，这个可是豪门，你不动心吗？"

"有啥好动心的。"

宋小暖气得不行："你最好劝住他，他要是把事情搞到我这儿来，我立马递辞职报告。"

卢源微眯起眼，若有所思地看她："为你离婚是我开玩笑的，他和她老婆原本也是过不去。不过他对你有想法，一心一意想要追你，倒是真的。但是你不用担心，他这人有绅士风度，你若拒绝，他不会死缠烂打。我比较好奇的是，你看不上我，也看不上他，所以你其实心里有人，还是比如书上写的，是刻骨铭心的爱人？"

宋小暖不知道该怎么答，突地瞪起眼，吼他一声："关你 P 事。"

她落荒而逃。

第六章

晨光初起的时候，宋小暖蒙蒙眬眬地睁开眼睛，视线里有一张放大了的俊脸。言楚行架着手臂，安安静静地低眉看她。

"你干吗？"她慵懒地眯起眼，声音有些哑。

"看你。"言楚行说得简单。

宋小暖笑起来，手指抚着他的脸，轻轻地描着他的眼，他的鼻，他的唇。他则好脾气地任由着她折腾。

"你很好看。"她轻声地说，暖暖的气息拂在他的耳畔。

言楚行微笑，手臂搂住她，声音有些漫不经心："常斌说你有很多人追，公司内部在你身边兜转的职场精英不算，出去审查账目时，时时招蜂引蝶，他就是其中之一。"

宋小暖手指僵住，点着他的脸颊半晌没动弹："你是严泽川的死党，他正和严泽川的亲戚闹离婚，他哪根筋不对了，居然跟你说这些？"

言楚行挑挑眉，笑得不太正经："清醒的时候当然不会说。"

"你灌他了？"

"一起喝酒，哪有什么灌不灌的，只不过他的酒量比我差一点。"

"你是那种没事跟人喝酒的人？"

"有事啊，上次我说的，我正在考察港口项目，凯玉也有份的。"

宋小暖无语了，凝了眉头想了想，凯玉确实和那个项目有点关系。

"有钱人左右逢源。"她嘟囔一句。

言楚行的思路不在这儿，手掌抚着她的细腰，轻轻地摩挲，声音里头有感叹："你不是个让人省心的主。"

宋小暖撇撇嘴，难道你就是个让人省心的主？想到他的那些乱七八糟的绯闻，以及S市的女朋友，情绪蓦然低落了。

"还早呢，我再睡一会儿。"她顾自合眼睡觉。

言楚行却没有睡意，目光柔和，虚虚地画着她的轮廓。他想起自己头一回看到她是在物理社团的活动上，人群中他看到那双莹澈发亮的眼睛，无意间的一瞥，却让他怦然心动，久久不能忘怀。第二次看到她是在酒吧，她喝了酒，灵动的眼睛里是迷茫与悲痛，他不由自主地过去，却被喝多酒的她抱住呜呜咽咽地哭了好久，他无措，却因此记住了她的气息和体温。第三次之后的无数次，是他主动去酒吧寻的她，坐在边上，耐心地听她讲话。她说她的妈妈，是天底下最痴情的美女，因为爱上一个超级不靠谱的男人，赔了一生，还赔掉了性命。她说她讨厌 Z 大，讨厌物理。她说她要休学重考，到一个谁都不认识的地方从头再来。她言之凿凿又信誓旦旦，但是他已经动心，哪肯让她消失不见。

他耐心地哄，先是把她哄回实验室，然后把她哄成了同居女友。

言楚行很清楚自己的情况。他自小接受精英教育，思维缜密又重视逻辑，十二岁开始，他获准参加潜远集团的董事级别会议，因而见识到诸多因利益而熙攘的人性，所以他早熟，可以轻易地看出围绕过来的女人们的意图。

看得太清楚，就不容易付出感情，有一个阶段他觉得自己可能不会爱上某个女人。

但是宋小暖出现了，她看上去迷迷糊糊，实际却是狡黠灵动，剑走偏锋又出人意料。最难得的，她是一个可以在智商上与他较量的女人。

他爱她若狂，也能感觉到她对他的感情丝毫不亚于他。他规划了两个人的未来，打算等她毕业就向她求婚。

但是，她给了他当头一棒。

转身离去的那一刻，他是真的觉得，自己不会再有爱情了。

这些年，他的日子过得相当的寡淡，事业做得成功，却没什么滋味。严泽川说他整个人像是淡了一圈，冷清得很。

他笑笑，没说什么。

在 A 市的衡誉集团看到宋小暖，是偶然性事件。隔着一面玻璃，他能看到她，她却不能。

她清瘦了，穿一件低调的洋装，眉目清秀，神情专注。是的，她工作的时候一贯是这样的表情，她的灵动的眼睛，像盛了水一样的明亮。

他看得出神，目光近乎贪婪，心底有一股淡淡的忧伤，慢慢地充斥全身。他没有刻意打听她的消息，但是总有破碎的消息传到耳边，他知道她早就和齐家展分手，亦知道她毕业后去向不明。他以为自己这辈子都不会想要见到她，但是她陡然落入视线，内心深处他竟然还有将她占为己有的冲动。

他用了极大的克制转身离去，之后就是很多个暗夜的思念，微小却日渐蓬勃。

转机出现在半年后，当年的齐家展从美国回来订婚。在美国的时候，他和老大杜向南认识，托了这层关系，与他见了一面。

读书的时候，齐家展是高调的富二代，抢了他这个超级学霸的女朋友时，在校友圈里炫耀过一阵。当年言楚行低调，Z大校园没人知道他是潜远太子爷的身份，等到王者归来时，齐家展觉出不妙。商场如战场，潜远实力雄厚，齐家与其相比还是弱了，因为一个女人被下绊子，不值当。

忐忑了两年，逮到机会他便过来求和。

见面约在S市的一个私房菜馆，齐家展叫了满满一桌，诚意满满地与他赔罪。

"言哥，当年的事情真不怪我，是宋小暖主动的。不过她这人也是奇怪，您就算低调也不至于缺了她的吃用，非要跟我玩暧昧，我当她贪图富贵，给她买了几样奢侈品，她挺高兴的，拍照片跟人炫耀了一番。但是跟您分手没多久，她就跟我翻脸了，说我太花心，脚踩好几条船。其实那会儿我已经收心了，陆续和那几条船断了来往。但是她不相信，死活跟我分手，因为这个我还抑郁了一阵。"

言楚行没说话，只是拿眸子冷幽幽地看他。

齐家展是男人，当然知道他的心思，下面的话才是最重要的："说出来您可能不相信，我跟她交往了两个月，不仅没碰过她，连接吻都没有。"

说完这一句，他的神情轻松下来，抿一口酒，继续说："我肯定是想的，但是她不肯。宋小暖这人吧，我其实一直没看懂。说她喜欢钱吧，似乎是对的。毕竟她抛了您这个大神投奔我。但是说她很喜欢钱吧，又未必。分手的时候，她砸了个钱袋子给我，说两不亏欠。我算了算，她还真没占我便宜。其实当初我也是喜欢她的，另外还有点虚荣心，她是跳级上来的省级高考状元，您是物理系的头号大神，能从您手里抢来她，心里头确实是嘚瑟的。回头想想，我也是个傻子，除了有钱我哪点及得上您。"

齐家展自嘲地笑笑："后来我还去找过她，想带她一起出国。但是她已经离校不见了，我问了好多人都不知道她的去向，于是也就算了。"

见言楚行依旧不说话，他自言自语一般。

"年轻时谁不会犯点错，宋小暖应该是后悔了。我觉得她心里一直有您，只是她也骄傲，做了错事不知道如何面对，所以干脆消失了吧。"

言楚行想得出神，看着宋小暖的眼神有点飘。

忍不住俯身过去，勾起她的下巴细细地舔吻，之后更是将她抵于床头予取予夺，宋小暖原本睡得迷糊，几番下来被他弄得更加迷糊且无力自拔。

天色大亮，宋小暖差点又要迟到。历经十几天的奋战，她终于抗议："纵欲过度有很多副作用，你要节制。"

言楚行嘴角有些笑意："你头一天跟我一起？不知道我这是按能力办事，有啥过度的？"

宋小暖无言以对，貌似当年的他也是这么个德行。而且老话有讲，小别胜新婚，一别三年，刚开始猛一点也算正常。这么一想，心头柔软下来，看过去的眼神有点萌萌哒。

言楚行能看出她的想法，心头也是一软。

但是他有事情跟她交代，亲了亲她的头发，他轻声地说："下午我要回S市，元旦才能过来这边。"

对于他的离去，宋小暖是有思想准备的，但是真正发生的时候，心里还是酸酸的。悄悄地吸一口气，她笑微微地点头："知道了。"

言楚行不放心常斌，借口谈生意，把他也带去S市了。

当然，他是不会和宋小暖说这个的。

一晃一礼拜。

在卢源的鞭策下，他们这组终于完成了与方远合作的审计项目，龙薇薇这组还需要收尾，目测也就这两天的事情。

完成任务当然高兴，但是方远与哪一组合作的重头彩蛋还未砸开。

宋小暖知道答案，但是她不能说。卢源认为己方有八成的把握，然而缺了两成，还是有些忐忑。同时华瑞内部的业绩评定快要出来，因为X市的项目，他这组稍稍领先龙薇薇组。还有半个月，万一龙薇薇从哪里掘出一票，排名还不好说。

而且，龙薇薇不是个坐以待毙的主，不知道会搞出什么幺蛾子。卢源看似镇定，私底下却很紧张。

宋小暖还是日常的佛系人设，小心进出，不与他人议论是非。但是事情还是找上门来，而且是以她想不到的方式。

所以，当那个红衣美女气势汹汹地推门而入时，她根本没反应过来。

"你就是宋小暖？"她冷笑着，语言刻薄，"长得确实挺招人的，难怪我们家常斌要为了你跟我离婚。听说你是个小孤女，无依无靠无父母管教，连老娘的男人都敢勾引。"

整个办公室的人都惊呆了。肖丽群的反应极快，笑容满面地拦住她："是小常总夫人吧，咱们卢老大的办公室在隔壁，我带您过去。"

她扭过头朝自己的组内搭档郑文成使眼色，还不赶紧把组长弄过来。

郑文成愣一秒，迅速起身往外头跑。

宋小暖说不惊讶那是假的，这女人丹凤眼，细长外翘，和严泽川的眼睛几无二样，知道内情立刻就能看出二人出自同一个老祖宗。但是严泽川翩翩君子一枚，怎么会有这么泼辣的堂姐。

考虑到这层关系，她没奈何地直起腰，好言相告："小常总夫人是不是有什么误会？我和小常总只是正常的工作关系，没有私下接触过，也没打算跟他发展工作之外的多余关系，您……"

没等她把话说完，红衣美女狠瞪住她，修长的手指直接点住她，声音尖厉："你说的倒是好听，我告诉你，没有证据我是不会站到你面前来的。"

这话一出，气氛就微妙了。

所谓知人知面不知心，办公室的同事们原本是看热闹，这会儿都换成意味深长的表情，默默地看向宋小暖。

宋小暖冤枉啊，她和常斌之间比白开水都清白，这位严姓美女还能拿出证据？犹豫片刻，她淡淡地说："那就请你拿出证据吧。"

红衣美女早有准备，从随身携带的包包里拿出一个信封，看大小里头应该是照片，她扬在手上，气咻咻地说："我印了很多份，小婊子借工作之便勾引客户，破坏对方家庭幸福，我倒要看看你们领导怎么处理你。"

宋小暖也是恼了，青天白日跑来公司撒泼，当她是橡皮泥捏出来的？

"废什么话，拿出来看。"她喉咙也响了。

正对峙呢，卢源从外头跑进来，他额角有汗，也不管里头进行到哪一步，一迭声地喊："严倩，你怎么来了？我和小常总约的是下午两点，你来早了啊。我办公室在隔壁，咱们去那边聊。"

严倩是低他一届的学妹，加上常斌这层关系，两人关系尚可。但是火药味已经上来了，包括宋小暖在内都不打算善了。

"卢先生，小常总夫人说她有我和小常总私通的证据，正要拿出来示众。你在边上做个见证，我打算告她诽谤，至少要轰她出去。"

卢源眉头一紧："什么诽谤，严倩最多是有些误会，说清楚就好了。"

严倩也是气疯了，手臂一扬，从信封里撒出好几张照片："你们看看，这个不要脸的女人是怎么勾引男人的。"

肖丽群好奇死了，立刻蹲下去捡几张来看。卢源也不落后，冲过去把信封抢到手里，抽出来看。

然后，俩人面面相觑。

"严倩，这些照片说明不了什么吧？"卢源抬起头看，"凯玉审计完成后，常斌请咱们组吃饭唱K加泡吧，全体组员都在场。酒吧的时候，宋小暖恰好坐在他边上，但是他俩没啥的，是拍摄角度的问题。"

"对啊。小常总喝多了，手搭到小暖的肩上，但是卢老大马上就过来扶走了他，我们在边上都有看到的。"肖丽群也帮着辩解。

"你们只看到这些，隐在台底下的你们能看到？"严倩磨着牙齿，脸色青一阵白一阵，"小婊子敢做不敢认，老娘要找人废了她。"

宋小暖皱起眉："给我看看。"

卢源面有难色，但是也抽了几张给她。

看到照片的第一眼，宋小暖也呆了呆，这谁拍的？水平很高啊。要不是她是女主角，而且清楚明白地知道当时的情况，真的会以为照片上的美女和常斌有暧昧。

意味深长地看一眼卢源，她淡淡地说："那晚咱们组的人都在，我有没有勾引小常总，大家都看在眼里。我不知道这些照片是谁拍的，又如何落到了小常总夫人的手里。既然有人搞事情，作为当事人，我要求公司成立调查组，彻查此事。"

她的话逻辑很清楚，卢源的目光顿时深了，环视一周，目光落在郑文成的脸上。无他，这里只有他的面孔瞬间红了一截。

但是外敌当前，他不方便多说。

转头看向严倩，面上浮了笑："真的是误会，我们这里的人都可以做证，照片只是角度原因，那天晚上常斌喝多了，是我把他送回家的。至于宋小暖，如果我没有记错的话，她提前半小时就走了。"

"是的，我和暖姐一起走的。"去年进组的小白站起来给宋小暖做证。

严倩冷笑起来："有图有真相，照片都拍到了，你们还想包庇她。"

卢源无奈，示意肖丽群拦住严倩，然后他拿出手机给常斌打电话。那头不知道在干吗，响了好久都不接，他真是一脑门的汗啊。

把手机塞回口袋，他仗着学长的情面，过去拽严倩："你真想要个公道，去我办公室谈，酒吧那边肯定有监控，我们去把它调出来，你好好看看，宋小暖和常斌到底有没有事。"

他说得笃定，严倩却不肯放过宋小暖。仗着家族势力，她在 N 城也是蛮横惯了的，用力甩开他，大声嚷嚷："你能替她背书？也许酒吧里调完情，后半夜会合呢？常斌有钱有势，多的是她这样的婊子投怀送抱，老娘见得多了。"

卢源面色微变，声音往下沉一格："你别瞎来啊。"

"她不搞我老公，我会跟她瞎来？"严倩冷呵呵地弯起唇，"有些人不给教训，是不可能知道自己几斤几两的。"

卢源知道些往事，对她说的这番话十分的警惕，面孔板得正："你这么说话，我要打 110 了。"

"你打啊，看我怕不怕你。"

严倩冷冷看他："卢源，你不是那种不惜代价维护哪个女人的人，她不会连你也勾引了吧？"

卢源有点浑不懔的脾气，事到临头，他也不尿："你来我公司闹事，我可以请保安轰你出去的。"

不过就是翻脸，以后不做常家的生意罢了。

他果真拿出手机，拨几下："大楼保安部吗？我是华瑞公司的卢源，我这边有人闹事，麻烦你们派两个保安过来。"

严倩凝住不动，红唇抿得很紧，停一瞬，她眯起眼："卢源，你知道得罪我的下场吗？"

卢源装模作样地叹一口气："我当然不想得罪你，但是道理讲了你不听，还放出威胁的话语。如果可以，我真想打 110 让他们做个记录，如果宋小暖真出点什么事情，头一个找到你这儿。"

严倩愠怒，面孔极其难看："你当真？"

"我害怕出事，所以我提醒你，宋小暖没事就算了，如果有事，我头一个去公安局告你。"

卢源很严肃地说："今天在座的人都可以做证。"

严倩感觉自己要气炸了，猛地抓过照片，天女散花一样地往空中一抛："你们好好看看这个臭婊子是怎么勾引人家老公的，等着，我绝对不会放过她，一定会追究到底的。"

她气咻咻地拂袖而去。

第七章

这事看着麻烦，卢源很干脆，给宋小暖发一条微信："元旦前你出去度个假，飞机票酒店费用全报。"

因祸得福，宋小暖觉得太可以了："好啊。"

她动作很快，黄昏时，她已经躺在海南岛的度假宾馆，欣赏海天一色的绚烂落日。

火烧云染了半边天空，她拍一张照片，发到言楚行的微信。

隔了半小时才有回复："你去了哪里？"

此时天色已暗，宋小暖眯着眼睛，慢吞吞地打两个字："海南。"

"卢源居然肯放你出去？"

"严泽川的堂姐发神经病，来公司找我麻烦，他拦不住，只能让我跑路避风头。"

言楚行忙了一天，还没接收到这方面的信息，看到这一句，眉头顿时皱起来。然后，严泽川就接到电话了。

"严倩怎么回事？"言楚行的声音是一贯的平淡，但是严泽川是他的死党，能听出其中有很大的不满。

严泽川烦着呢，没好气地答，"我这会儿在 N 城，事情很不顺利，严倩两口子闹大发了。常斌连夜搬出了他们的家，还停了她的联名卡，她更加迁怒宋小暖，扬言要把她的名声搞臭直至赶出 N 城。"

言楚行的声音沉了点："你也说不动她？"

"她那个德行，疯起来没人挡得住，聪明如我早就离她远远的。现在临时过去加戏，她应酬得很潦草。"严泽川想想也是无聊，"我劝了两句，她就赖上我，非说宋小暖跟我有一腿，要我提供些过往艳照，方便她去抹黑。"

听筒里静下来，隔了好一会儿，言楚行的声音才又响起："你和常斌谈一谈，做个连环，帮他们离婚。"

严泽川倒抽口凉气："你不要害我啊，严倩好歹是我堂姐，打断骨头连着筋，我爸爸要是知道这里头有我的事儿，会打断我的腿的。"

"你在中间做好人。"

"嗯？"

严泽川皱眉头，他也是个聪明的，很快就领悟做法："行，常斌总归是恶人了，就让他恶人做到底。"

N城的大戏缓缓拉开帷幕。

宋小暖有卢源这个小喇叭，身在千里之外，也听了个大概全。

"你不在N城真是太可惜了，常斌这一回可真是拼了，凯玉和严家有个合作项目，谈了很久的，年后要签字，他宁愿亏钱也不干了。不过重头戏在潜远的太子爷，上回咱们那个饭局不是被他搅和了嘛，原来他和凯玉也有合作，然后严家在其中有很大的利益，可能是常斌找上了太子爷，昨天他宣布搁置这项业务了，严家急了，正找人调解呢。严倩被严家几个大佬叫去谈话，她再牛也没办法和家族利益抗衡，常斌真有可能离成这个婚。"

"哦。"

宋小暖的声音很淡，像是不太在意。其实是因为她与言楚行的例行通话中，他已经告诉过她了。

这时间，她穿了一件吊带长裙，在酒店的沙滩上散步，冬季的海南岛日头还是很高，气温有三十几摄氏度，过来度假的人很多，看着也很热闹。

她已经在海南岛待了五天，按理说应该回去了。但是她懒啊，太阳晒晒，海风吹吹，日子过得太舒服，不想回去加班加点做牛做马。但是卢源每天给她打电话的目的也是明确，组里个个都在忙，该归队了吧。

"常斌说严倩去S市了，短期内不会回来，你可以回来了吧？"他又说。

宋小暖想了想，觉得如果她再不回去，言楚行可能会飞来海南岛，这里全是北边过来的人，保不齐有认识的人，万一有个万一，后果不太美妙。

"行，我下午就回来。"

"那倒也不急，元旦假期过完再来上班。"卢源又给宽限两日。

不过宋小暖归心似箭，电话挂断，直接就在网上订了黄昏时分的飞机，飞回N市。

隆冬时节，海南和N城的温差很大。

从机舱口出来，凛冽的寒风把宋小暖的脑子都给吹蒙了。

她急急地后退两步，从随身携带的行李箱里摸出一块围巾，扎扎实实地在脖子上围两圈，然后才往外走。

宋小暖的身后跟着一位三十岁左右的俊朗男士，身材修长，穿一件厚呢的黑色大衣，不苟言笑，眉眼看着严肃。

他跟着宋小暖退回机舱，默默地看她围好围巾，又跟着出去。

起初宋小暖没注意，走了很长的一段路她才反应过来。诧异地转过身，看清楚对方的长相后，她蓦地一惊，下意识地脱口而出："你跟着我干吗？"

男子眸眼漆黑，表情非常认真："没想到会在飞机上遇到你，方便的话想送你一程。"

宋小暖冷起脸，言语很不客气："之前我说过，离我远点，也不要打听我的消息。"

男子很有耐心："六年过去了，我以为你会改变主意。"

"这辈子都不会。"

宋小暖答得飞快，瞥他一眼，她又跟上一句："如果可以，请不要把见到我的事情讲给你老板听。非要汇报，那就多说一句：'以后就算见到了，也不用打招呼'。"

她把言楚行的那句话甩过去，然后她退去一边，面无表情地说："您先请。"

男子眯一眯眼，眉眼间带了些无奈："是我唐突了，对不起。"

说完，他礼貌地点一点头，转过身走了。而宋小暖一直盯着他的背影，直到消失不见。

比正常时间晚了十几分钟，宋小暖才从机场大厅出来，外头的风还是很大，吹到皮肤上寒凉刺骨。

不过她穿的及膝羽绒服，又裹了大围巾，御寒系数极高。

高大身影从后头过来，紧着跟两步，又扯住她的手臂，下一秒，她落入一个超级温暖的怀抱。

然而她的脑子还沉浸在上一个场景，忍无可忍地扬起手，想扇对方一个巴掌。

当然没有得逞，手掌打在肩上，发出很响的声音。因为动作的原因，她的头仰得高，昏淡的光线下，因着吃惊而挑起的俊逸无双的眉眼，熟悉得让她想要流泪。

"你怎么会在这儿？"她也挑起眉。

"想给你惊喜，但是看你的样子似乎是惊吓。"言楚行哭笑不得的样子，不过他心理素质好，继续把她搂进怀里，一边还调侃她，"你把自己捂得这么严实，这儿就算有熟人路过，都不知道我抱的是谁。"

他这一说，宋小暖紧张起来："你开车过来的吗？"

"是公司的车，我的车在 S 市。"言楚行拖过她的拉杆箱，又牵过她的手，十指相扣，两人的心头都是暖融融的，"走，停车场就在对面。"

宋小暖反应过来，他之前是在 B 市出差，所以他是直接从 B 市飞来 N 城的。

"你不是说明天过来吗？"她问。

言楚行的声音在夜间听着格外的温柔："不想我过来接你？我带了 B 市的秘制火锅底料，咱们做火锅吃。"

宋小暖心里头甜甜的，却摇头："不要吧，马无夜草不肥。"

"你这么瘦，难得吃一次，没关系。"

"我哪里瘦了？"宋小暖不承认，待在海南岛的这几天，她暴食暴饮，足足重了三斤呢。

言楚行有听她讲过，忍不住笑："再重两斤，然后咱们就减肥。"

宋小暖被他逗乐了，侧过身，双臂环住他的腰，声音软软的，像是撒娇："我锻炼得少，胖起来容易瘦下去难。"

言楚行眯起眼，声音颇多玩味："你是在怪我不够勤勉？"

宋小暖的面孔顿时红了一块，轻声啐他："你瞎说什么啊。"

言楚行笑眯眯地把她揽入怀内，意味深长地说："放心吃火锅，今天晚上的锻炼管够。"

宋小暖无语了，闷头往前走："你流氓啊。"

"我只对你流氓。"

言楚行说得随意，却悄悄地瞥着宋小暖，他也知道最近关于他的传言比较离谱。这么讲一方面表个忠心，另一方面他也想看看她的反应。

但是宋小暖一直低着头，没办法从她的黑发里看出情绪。

不过气氛还是很好，静寂的夜晚四下无人，两个人就这么甜甜蜜蜜，相互依偎着走入停车场。

公司派的是一辆豪华版的黑色奔驰，方一上车，言楚行便借着帮助扣安全带的机会，抱住宋小暖狠狠地吻。之后他强行忍住化身为狼的冲动，转过身启动了汽车。

*

时间稍稍倒退二十分钟，被宋小暖拒绝的那个冷脸男子，步态从容地从机场大厅出来。临时雇来接他的司机站在出站口，之前相互有发过照片，他气质超群，人群中一眼就能看到。

司机一溜小跑地过去，态度殷勤："您是丰先生吧。"

男子观察片刻，沉稳地点点头："是，我是丰昀陌，请带路。"

停车场就在出口对面，步行不到五分钟，丰昀陌有心事，眉头皱得紧，眼睛随意地看着前方。突地他眉眼一动，脚步略略踌躇，如果他没有看错，隐在角落的那个长身玉立的男子是潜远集团的言楚行。

以他二人的关系，包括这趟过来的目的，即便是偶遇，他也应该过去打个招呼寒暄几句。但是他这会儿心情不佳，而且，他判断言楚行站立的角度应该看不到。紧走几步，他隐入黑暗之中。

坐上车，眉眼间的沉寂依旧。司机循例问一下："去香颂宾馆吗？"

他淡淡"嗯"一声。

车子开出去，丰昀陌轻轻地捏一记眉心，心思缓缓流动。在海南机场登机的时候，他就看到了宋小暖，她安闲地站在那儿，精致的五官和她的美女老妈如出一辙，但是气质迥异。宋美娜外向、任性，是自然得当的野性美。她却沉静、淡定，有"腹有诗书气自华"的从容。

丰昀陌坐的是商务舱，飞行途中，借着上厕所的名义，他去普通舱看了她一回，之后更是毫不犹豫地跟上了她。

可惜宋小暖的倔脾气和六年前一模一样，半点念想都不给，直接将他扫出门外。

丰昀陌想，当年他不过是个特助，就算这里头有恩怨情仇，跟他又有什么关系？转念想，或许是这个职务，使得他出场的姿势不对。在宋小暖的心里，他的人设定义约等于"狗腿子"。

这么一想，他憋屈了，原本暗沉的面孔，又暗了几分。

然而更大的打击在后头。

随意地抬头，又随意地朝车窗外看一眼，然后他的目光滞住了。昏淡的光线下，一对璧人相拥相抱着过来。

别人或许认不出言楚行怀里的女人是谁，但是他知道。

*

长假过后的第一个礼拜，宋小暖要忙疯了。尤其是她骤然从海边沙滩的慢节奏，调整到热火朝天的快节奏，还真是有点不习惯。

卢源接了好几单生意，忙得连轴转。

看宋小暖一副不在状态的样子，急得吼她："明天还是这副德行的话，我要扣你奖金。"

"排队上吊也要给个喘气的工夫。"宋小暖也是气急，数落他，"资本家赶紧去招几个人，否则咱们这些奴隶要用破坏劳动工具的方式来反抗你的过度剥削。"

卢源无语，不过他承认宋小暖说得有道理："一会儿我跟 HR 说一下，看看别的组有没有闲人，调剂两个过来。"

"别的组不忙吗？"宋小暖好奇地问一句。

"年底大家都忙，不过远没达到咱们的程度。"肖丽群在边上搭一句，"咱们卢 Sir 最近有点开挂的趋势，生意源源不断。"

卢源小小得意："托福啊，好好干，春节红包少不了大家的。"

"卢老大威武，带领大家奔小康。"

立刻有人应和他，众人皆是欢笑。

气氛相当不错，宋小暖微微发愣，似乎言楚行没有出现之前，她就有这种简单的快乐。

仔细想想，也不过两个月的时间而已。

她有不祥的预感，却又无力阻挡，只能闷吞吞地等着下一场风暴的来临。

忙到十点才起身回家，元旦过后，言楚行在 N 城待了三天，之后就回了 S 市，这几天她忙到几点都不会有人管她。

凯美瑞缓缓地拐进花苑小区前的小路。

她看到倒后镜有连续闪动的光束，按交通常识，是后面的车在提醒她，她的车怕是有什么问题。

心头一惊，她连忙把车子停靠到路边。

黑色的 SUV 在她后头停下，驾驶位下来一个人，身形看着熟悉，她认出是丰昀陌。

他淡定地走到她的副驾驶座这边，轻轻地敲几下玻璃。

宋小暖放下车窗，面色微沉："你跟着我干吗？"

"想和你谈谈。"

丰昀陌理所当然的样子："给你打了好几次电话，你都不理我。去你公司，怕你当面不给我下台，考虑再三，只能跟踪你。"

宋小暖无言以对，她发现事业成功的男人，多少都有点"不达目的决不罢休"的劲头。然而她也是个有脾气的，你愈是纠缠她愈是不想搭理，言语很不客气："我和你有啥好谈的？"

丰昀陌无奈："我没有得罪过你吧。"

宋小暖想一想，客观地答："你没有得罪过我。"

"你妈妈的骨灰是我从澳洲带回来的，这个人情够不够我上车与你交谈几句。"

丰昀陌把身段放得这么低，宋小暖确实没话好讲了，黑眸子盯住他："只是几句。"

显然，几句是讲不完的。

丰昀陌看着她，答非所问："外头很冷。"

宋小暖也有感到寒风凛冽，迟疑片刻，她按下开门键："上来吧。"

丰昀陌自诩控制力惊人，这一瞬他竟然有心花怒放的感觉，不过他的动作还是很稳定，拉开门，镇定地坐入副驾驶座。

"不止几句。"

他的开头很严谨。

宋小暖略显无奈："几句说不完，也不要搞成长篇大论。你说吧，我听着。"

丰昀陌咧了咧唇，听人讲，他一贯严肃，难得笑笑，还是非常打动人的。但是宋小暖没啥反应，她满脑子想的是，这个人知道她太多的秘密，如何才能让他从自己的生活中消失！

"我很喜欢你。"

丰昀陌的第二句话，惊到了宋小暖，眉毛挑得老高，诧异万分地看着他："咱们不熟吧？"

丰昀陌又是笑，眸底亮晶晶，像是有星光闪动："严格讲，是我暗恋你。"

这个，就没办法讲了。

宋小暖回想当年发生的事情，那天她感觉非常不好，先是打开水的时候，无缘无故爆了一个热水瓶，她虽然跳开了，却也被几滴开水溅到手臂，烫了几个小水泡。她没太在意，只是拿凉水冲了冲。下午其中一个水泡破了，可能有炎症，她有低烧的迹象，整个人晕乎乎的。

所以，接电话的时候，她只是觉得那个男人的声音很好听，却完全没听明白他在说什么。

"需要您签字授权。"

"为什么？"

电话那头的男人就是丰昀陌，他觉得自己虽然话少，但是他的表达能力还是一流的，起码在他看来，自己已经把整件事情说得相当清楚了。

"宋小姐，您是她的直系亲属，没有您的同意，我们没办法处理尸体。"

"尸体？"

宋小暖抓住了这个词，语气开始惊慌，眼泪疯狂地往外飙："你不要吓唬我，宋美娜欢天喜地的大活人，怎么可能是尸体？你是骗子，想来骗我的钱，是不是？"

电话里停顿了好几秒，然后，丰昀陌一字一顿地说："宋美娜女士在澳洲遭遇车祸，不幸当场死亡。你不相信，可以拨打领事馆的电话求证，领事馆的电话你可以上网去查，晚点我再给你打电话。"

想到这里，宋小暖反应过来，她这么排斥丰昀陌，不仅仅是因为他知道她的秘密，更重要的是他把宋美娜的噩耗传递给她，每每想到这个电话，她就肝肠寸断，连带着不想听到他的声音。

而他说他暗恋她，还是一见钟情。

第八章

"我第一次见到你，是在 H 城的公墓，你身形纤细，面容憔悴，好像风一吹就会跌倒一样。也不知道拨动了我的哪根心弦，只一眼，我就喜欢上你。"

宋小暖觉得荒唐，那天的她悲伤得差点要死掉。沉默了一会儿，她说："这么多年过去，你再来跟我讲这个，想干吗呢？"

"我想娶你。"丰昀陌从口袋里摸出一个戒盒，打开盖子，露出一枚硕大的方形钻戒，"这是我在纽约的一个拍卖行里拍来的，我觉得它很适合你。"

宋小暖睁大眼睛呆滞半晌："可是我不喜欢你。"

"我知道。"

丰昀陌斟酌了一番语句："我知道你有喜欢的人，但是你有心结，你们俩在一起的可能性很小。"

宋小暖皱起眉头："你怎么知道？"

丰昀陌悠悠地叹一声："我这个人在感情上比较迟钝，等我想明白对你的感觉后，有去 Z 大找过你。但是晚了，你已经和言楚行在一起。我在校园里看到你们俩在一起的背影，嫉妒得好几天吃不下饭。三年前，他作为商界的一颗新星冉冉升起，刚开始我以为你们还在一起，不过圈子里流言还挺多的，我知道你们已经分手了，现阶段他应该有合适的联姻对象。

"我以为时过境迁，我对你的念想已经消失了，直到那天在飞机上再次看到你。"

丰昀陌说得温柔而且自然："这一次，我不想错过。"

宋小暖有些发怔，呆呆地看他："你说得我脑子很乱。"

"我可以让你考虑。"丰昀陌认真地看她，"我还会在 N 城待两天，两天后我再来找你，你给我一个答复。"

"不不不。"

宋小暖连连摆手："你误会了，我没打算接受你。我脑子里的混乱，是想不好把你摆在哪个位置。当然，如果因为我的拒绝，你因爱成恨，与我此生不见，我虽然会心怀愧疚，精神上却会放松很多。"

丰昀陌沉默了，隔了很久他才开口："你是担心我把你妈的事情说出去，所以才对我这么抵触？"

宋小暖发现他很聪明，一下就切中要旨。然而防人之心不可无，话说得太直白，她又有些后悔。

"你不会就此威胁我吧？"她问。

丰昀陌微皱起眉，像是犹豫："威胁有用吗？"

宋小暖观察他的脸色，话语却是干脆："没用，只会让我厌恶你。"

丰昀陌静静看她，此时的街道很黑，车内的微黄的灯光勾映出彼此的轮廓，莫名地让他感到温馨。

抿一抿唇，他的声线缓缓低沉："我是商人，很清楚自己要什么，以及需要付出的代价是什么。损人不利己的事情我是不会做的，尤其是损害我喜欢的女人的利益。你放心，我不仅不会威胁你，还会尽力保护你。但是我确实不看好你和言楚行的未来，而且我预测你们俩最终会分道扬镳。所以我打算耐心等，如果，我是说如果，你和他分手了，那么请你考虑一下我，这枚戒指我会一直为你保留。"

宋小暖顿时觉得压力山大，讪然道："不要这样，《今日财经》的美女主持刘荟会伤心的。"

丰昀陌眼睛一亮："你有注意我的消息？"

宋小暖发现自己被他说的话洗了脑，这人虽然时常冷板着面孔，却不代表他不招桃花，刘荟就是最旺的那一枝。她曾经在节目里公开对他示爱，表示非他不嫁。之后更是被拍到情人节当天，二人登同一班飞机去往香港，而且他从来没有否认过。

"刘荟是我学姐，偶尔会看看她的新闻。"

"她很矫情。"

丰昀陌一句话就否了她："不过她身份特殊，总要给点面子。"

宋小暖不好意思，吭哧着说："我只是拿她举个例子，我其实想说你别把心思放在我这儿，好女人多的是，以你的条件，肯定能碰上好多。"

丰昀陌听完连眉毛都没动一下，视线偏一偏，看着黑沉的夜色，淡淡说："我这人很轴，感情方面，我一直是宁缺毋滥。"

宋小暖呆了呆，心底有些伤感，谁又不是呢？

丰昀陌自认不是君子，但是他也做不出强迫人的事情。十几分钟后，他从凯美瑞上下来，又默默地看它驶入小区。

这个结果在他的预料之中，他不意外，也不气馁。

在他眼里，情场若商场，想到达到目的，就要拿出全部的资源去应对，包括智力、财力、耐心，还有手段。

第二天早上，宋小暖在被窝里被卢源的电话吵醒。

睡眼惺忪，软软地"喂"一声。

卢源的声音却是雄壮，带了前所未有的郑重："常斌打电话给我，说严倩疯了，昨晚从S市冲回来，凌晨时分带了几个人去别墅偷袭他，发现他不在，又去他常去的几个夜总会砸场，他得了消息躲起来了。她现在情绪很不稳定，怕她一个脑中风去找你麻烦，你今天就不要出门了。严家的人在过来的途中，等处理好了再说。"

宋小暖有点蒙，与他咬文嚼字："是医学上承认的精神错乱，还是不计后果的嚣张？"

"两者都有。"

卢源憋一口气，声音放轻了点："常斌说她有偏执倾向，还狂躁。"

宋小暖这个理科脑子，一问就没个底："那导火索是什么？"

卢源愣住："情况紧急，没顾得上问。"

"行，我不出门，你打听完了告诉我。"宋小暖乐得轻松，顺势又请个假，"B市那个标的，你让小白跟上，资料她都有，有啥不明白的让她打电话问我。"

"小白怎么行，她动作那么慢。"卢源直接不同意，"再说了，严倩在这边疯，你跑去B市还能避风头。"

"那万一我在机场被人干掉呢？"宋小暖吓唬他，"我变成鬼都不放过你。"

卢源觉得心烦，干脆痛下决心，"也别后天了，今天就去B市吧，你收拾一下，一会儿我来接你，亲自护送你去机场。"

"哎？"

"哎什么哎，咱们这组都忙成狗了，你在家里混吃等死不合适吧？"卢源拿出上司的威严，"订九点半的机票，七点半我在小区门口等你。"

他知道她住哪个小区，却没有进来过。

宋小暖想一想，今天出发，动作快的话，周六能回来N城，于是她也爽快了："行，机票我自己订。"

七点二十分，宋小暖准时下楼。

她有查过 B 市的天气，今日晚间会有大雪，所以她穿了一件带毛领的长款羽绒衣，搭配栗色高筒雪地靴，走在小区里，倒是一点都不冷。

出去的路上，她接到另一套房的房东电话，交代水表电表煤气表的事情，她耐心地听着，没注意有两个男人正悄悄地向她靠拢。

卢源的车停在路边，眼见得这一幕，他使劲地按喇叭，然后，飞快地打开车门冲出来。

"你们俩干吗呢？"他大声地嚷嚷。

宋小暖吓一跳，下意识地转过头。然后，她吃惊地看到左边的那个男人从背后抽出一根棒球棒，朝她抡过来！

"啊。"

她尖叫，下意识地抱头蹲下，棒子唰地一下从头顶滑过。

与此同时，右边的那个男人急迈几步，拦住卢源："你凑什么热闹？"

抢棒子的男人嘴里骂骂咧咧："竟然给老子戴绿帽子，不打死你老子不姓王。"

他人高马大，抓住宋小暖的胳膊，生生地把她拽起来，但是又没站稳，她一屁股摔坐在地上。

宋小暖只觉得狼狈，环顾四周，还有几个指指点点的。卢源急了，冲着边上大喊："这人瞎说的，赶紧帮忙打个 110 啊。"

他话刚说完，迎面就挨了一拳，还骂他"奸夫"。

整张脸被打得甩去一边，金丝边的眼镜更飞得老远。卢源这辈子没挨过打，先是蒙，然后整个人都狂暴了。

"你敢打人！"

他个子高，也有几把力气，抬手掐住对方的脖子，顶牛一样地往前冲："老子跟你拼了。"

宋小暖看傻了，拐过头看一眼边上的男人，那人提了棒球棒要过去帮忙。她急了，转身抱住他的腿。

那人往前冲有惯性，被她这么一抱，一个趔趄差点摔倒。他收了钱就是来揍宋小暖的，卢源这个只是插曲。

被她一拽，像是得了提醒。身体站稳，他又抢起棒子，实打实地打了宋小暖几下，幸好她衣服穿得多，疼当然是疼，却没有伤到筋骨。

边上有姑娘看不过去了，一边后退一边喊："我打过110了，你们别跑，等警察来逮你们。"

"老子打自己家的女人要你管。"那人还跟着对骂，一边转过身抓住宋小暖的头发，"走，跟老子回家。"

他们还有打配合的，后头开过来一辆白色小面包，短暂地停一停，上头又下来一个男的。

宋小暖正在挣扎着，见这势头立时觉出莫大的危险。潜能被激发出来，扭过头，死死地在那人手腕上咬一口。

手一松，她立刻往小区的保卫岗跑，一边大声喊："保安大哥救命，那些人我不认识。"

她时常在这儿进出，门口的两个保安对她有些印象，其实刚才就想上去帮忙的，因为那男的说的话，使得他们犹豫了。这会儿见她飞奔过来，无论如何也要帮着挡一挡。

而那辆白色小面包居然掉转头，朝宋小暖的方向冲撞过来。

这是要人命啊。

一片惊叫声。

眼瞅着就要撞上了，却又紧急刹车，车门打开，里头又出来一男的，冲上去抱住宋小暖，往后头拖。

"保安大哥救我。"宋小暖艰难地喊。

那俩保安都很年轻，平时受过不少见义勇为的熏陶，见到这个场面眼睛都红了，果然冲上来救她。

那边也有男的上来声援，一时间宋小暖成了两头拖拽的香饽饽，被勒得气都喘不过来。

卢源毕竟没打过架，一鼓作气没有顶翻对方，被对方重重地掀翻在地上，痛得直翻白眼。

他看到宋小暖的危险，急得不行，却有心无力。所幸小区里又出来几个保安，还有路人拿了棍子过来帮忙，终于把宋小暖给"夺"回去，见势不妙，那几个男的一窝蜂地坐进面包车，跑了。

场面看着热闹，其实前后不过七八分钟。

又过了几分钟，警车开到了。这当口，宋小暖和卢源坐在保安室里，心有余悸地喘着气。

卢源的眼镜摔断了一条腿，没办法戴，左眼角的那块瘀青肿起来，眼睛眯缝着，看着可怜。

宋小暖也没得好，头发乱糟糟的，脖子到脸颊的地方不知道被谁划了一道，热辣辣地痛。她身上被棒球棒打过，之前精神紧张没有觉出异样，静下来腰酸背痛，感觉也有瘀伤。

龇牙咧嘴，互相看着对方，都觉得惨。

"肯定是严倩。"宋小暖的脸色不好看。

"不是她还会是谁？"卢源恨得直磨牙，"但是我们说了没用，要抓到那几个人，拿到口供才行。"

宋小暖龇牙："跟这种人讲法律，你疯了吧。有句话叫'以牙还牙，以眼还眼'。"

卢源眯眼看她："打回去不是不可以，但是弄不好会把自己折进去。"

宋小暖思忖了会儿："这些人拿了严倩的钱，就算被警察逮到，坐牢也不害怕。但是咱们这顿打就白挨了，无论如何也得让她痛一痛吧？"

"我让常斌干。"

卢源恨恨地说："这事儿是他欠咱们的。"

宋小暖没说话，她想，言楚行应该不会放过严倩，但是这中间夹了个严泽川，他可能会为难。但是这次她吃了大亏，如果言楚行不帮她打回去，她就把买房买车的钱退回卡里，然后跟他撒油那拉。

报过警，处理起来就很复杂。

录口供，去医院验伤，七七八八地弄了一整天。不过同时的，那几个人也被警察逮到了。

全是菜市街的混混，进局子就跟进自己家一样从容。他们当然不会把严倩交代出来，只是说看宋小暖长得好看，想上去调戏一下，结果打起来了。

这事儿小范围来讲，闹得挺大的，但是言楚行居然一直没有打电话过来。

宋小暖故意不和他讲，上回严倩来闹场子，他反应挺快，这次的事情不是发生在公司，她想看看他什么时候能知道。

首先得到消息的人是严泽川。

严倩闹出事情，常斌必然要找严家的人讲道理，一来二去地就传到他耳朵里。

他震惊,好半天缓不过神来。

严倩,你知道自己干了啥吗?言楚行的心肝宝贝你都敢打?你怎么不上天呢?

严泽川没敢把这件事情告诉言楚行,而是直接开车奔了 N 城。他要赶去灭火,大伯待他不薄,关键时刻不能掉链子。

他不说,宋小暖也不说,事情没有发酵扩大,言楚行不知道也属正常。

下午言楚行得了片刻的空闲,给宋小暖发微信:"忙吗?中午吃的什么?"

宋小暖刚刚做完笔录,心情正暴躁着。她知道这件事情和言楚行没关系,但就是控制不住想要迁怒于人的情绪。盯着手机屏看一会儿,恶狠狠地打回去三个字:"要你管"。

言楚行凝起眸,女人心情不好?

想一想,他冷静地答:"我不管你,谁管你?"

宋小暖发泄了一句,情绪已经稳定下来,看到这一句,心底像是被猫爪子挠了一下,又软又痒。

托了腮,默默地看。然后,她发一句话:"我想你了。"

这个弯拐得有点大,言楚行愣一愣却也没有多想,唇角弯起来,眸底浮起一抹温柔:"乖乖的,我周六一早就过来。"

"嗯"。

她果然乖乖地应了一个字。

心情顺滑了,宋小暖的脸色也好看了很多。卢源比她早做完笔录,一直在外头打电话,进来看到她,赶紧凑上去:"你说严倩了没?"

宋小暖看了看他,左眼角的瘀肿比之前消退了些,但是颜色深了,看着有些滑稽。

"我又没证据,怎么说?"

"他们没有问你和谁结仇之类的问题?"

"我和谁有仇?"

她反问:"严倩来公司发飙的事情能拿来讲?那是不是还要去公司把咱们组的人都喊来问一遍话?你是嫌事情闹得不够大?"

卢源想想也对:"我倒是提了提,具体还是要等警察逮到人。"

宋小暖早年见过警察办案，有些事情并不是说他们不尽心，但是坏人太狡猾，好人又太容易受制约，稀里糊涂收场的多。

撇一撇嘴，她淡淡道："逮到也没用，咱们只是轻伤，判不了大罪，他们不会交代的。"

从派出所出来，两人都有没脸见人的感觉，卢源是脸部有碍观瞻，宋小暖摔倒的时候，羽绒服被石头剐破了，一道道的破棱子，还有羽毛飘出来，真是丢脸死了。

所幸拉杆箱没丢，这会儿拖了走，自我感觉跟要饭的差不多。

"常斌带人把严倩堵在一个酒吧里，严家好多人都到场了，两家正撕打呢。"卢源刚才打电话听的就是这个消息，"我打算过去看热闹。"

宋小暖拐过头看他，善意地提醒："先去配副眼镜。"

"知道。"

卢源没好气地瞥她一眼："B市我安排别人去，这几天你就在家里办公，有什么情况我会通知你。"

宋小暖就等这句话，重重点头："好的。"

受了惊吓，卢源执意送宋小暖回家，还是送上楼的那种。

当然他没有进屋。

宋小暖随便了，反正这个窝点已经暴露，严重缺乏安全感的她已经不打算再住了。

首先便是收拾东西，新租的房子是精装修，家用电器厨房用具什么的都很齐全，她只需把常用的物品带去便可。

反正这边也没退租，需要什么再过来取。

即便这样，她也忙碌了两个多小时，之后她顾不得身上的伤痛，又上上下下搬了好几趟，总算离开这个是非之地。

第九章

在新租的房子里做了两天缩头乌龟，她差点被人绑架的消息终于传到言楚行耳朵里。

是严泽川主动交代的。

言楚行气怒交加，但是还有个会要开。

结束时已经是黄昏时分，言楚行急着离开，却被亲爹言崇信叫住："你等一等。"

他看一下腕表："要很久？"

"不用，就聊几句。"言崇信被老婆闹了几个晚上，也是无奈得很。

说的还是楚晏德回国的事情，这事捏在言楚行手上，必须他松口才行。言楚行思考片刻，平静地说了另一个话题："我没打算和祁欣儿结婚，您和老妈说一下，别在外面发布不实传言。"

这话出乎言崇信预料了，他原本拿了烟盒出来，打算抽根烟的，这时停下动作看他："你之前都没反对过，我们都以为你会和她结婚。要不是你舅舅的事情出来，你妈已经在准备你们俩的订婚宴了。"

言楚行摇头："我和她连男女朋友都不是。"

言崇信有点晕，他和祁岳偶有见面，聊天时互称亲家极为热络，虽说潜远做实业财大气粗不需要靠着祁岳，但是生意场上多个朋友多条路，何况是他这种重量级的资本大鳄。

然而知子莫若父，儿子既然说了，必然是他深思熟虑的结果。

他觉得为难，字斟句酌地说："男人还是要以事业为主，祁欣儿各方面条件都很好，错过会很可惜。"

言楚行知道亲爹的想法，事实上，半年前的他差不多也是这么想。既然真爱不可得，随便哪个女人在他眼里都差不多。

祁欣儿喜欢他，各方面条件不差，有祁岳这个背景，加上父母都满意。

可以接受吧。

理性上是这么想，但他一直没法往前迈一步。像是不甘心，又像是有所期待，期待住在他心窝子里的那个女人懊恼后悔痛哭流涕地回来求他原谅。

那是无数个午夜梦回时的场景，醒来时，他会嘲笑自己的软弱，因为他很清楚，宋小暖骨子里的骄傲不亚于他，就算知道自己错了，她也不会回头找他。

最后还是得他找回去。

他现在很相信那句话，爱情当中很容易分出胜负，总是爱得多的那个人先认输。

思绪飘得远了，他揉一揉眉心，淡声道："我已经决定了。"

言崇信觉得不好交代："你妈不会同意的。"

"这个是交换条件。"

言楚行站起身，神情看着认真："您就这么跟妈妈讲，如果她同意，舅舅那边就按您说的办。"

说着他往外走："没别的事情我先走了。"

"哎？"

言崇信想喊住他，转念一想又觉得算了。他猜测，儿子应该是有喜欢的女人了，否则不可能这么坚决。

两个半小时后，言楚行出现在 N 城。

天气冷，在家里窝了两天的宋小暖做了一锅海鲜汤面，刚刚摆上餐桌，门铃响了。

她怔住，脑子里浮起三组人选：房东？仇人？言楚行？

三选一，她挑了言楚行。他说周六上午过来，提前一晚出现也很正常。乐悠悠跑去门前，透过猫眼看到那个熟悉的帅哥，她明显激动了。

打开门，欢快地抱住他："你怎么来了？"

言楚行原本绷着脸，想教训她来着。被她这么一冲一抱，憋了一下午的郁气莫名地消失了。上前一步进屋，就势把她抵到门上。

宋小暖受了惊吓，情绪尚未完全恢复，这个怀抱太温暖，她抱紧了就不想松开，主动送上香唇与他纠缠起来。

从客厅到卧室，又到卫浴间，这一通缠绵持续了很久。

最后躺在床上，言楚行把她搂在怀里，手指轻轻地抚着她的背，那里有好些尚未褪尽的瘀青。

声音很沉："差点被人绑架为什么不跟我讲？"

宋小暖懒洋洋地扒拉开他，声音软软的："又没有得逞，有啥好说的？"

言楚行"哼"一声："你有没有把我当成你男人？被人打成这样还不说？"

宋小暖一言难尽的样子，之前她确实想过让言楚行帮她打回去，可是事情发展得太快，严倩作死动刀子把自己折腾掉了半条命，消息传开，N 城的豪门把这事儿当笑话看，看趋势，传去 S 市也就是个时间问题。这种时候再把言楚行扯进来，她觉得自己离暴露只有一纸之隔。

抿一抿唇，她开启忽悠模式："我不说这事儿，主要还是不想你为难，严倩是严泽川的堂姐，有这份人情在，你不能做得太过分吧？再说了，我也没咋样，把事情搞大对我也没好处。严倩是个疯子，我不能跟着她一起疯。"

言楚行不高兴："你没咋样？身上这么多青的紫的，你不痛？"

"衣服穿得多，还真不是太痛。"

宋小暖言不由衷，事实上那晚洗澡的时候碰一下就痛得要命，晚上睡觉都是趴着的。言楚行把她抱到身上，两人是上下交叠的姿势，暧昧却很亲密。

"你是不是觉得咱俩的关系比较尴尬？"他透过现象看本质。

宋小暖发现他这趟过来不容易交流了，歪过头沉默地看他，隔了好一会儿，她才开口："尊重事实嘛，咱们之前说好相处模式的，我只想安安静静地做个美女子，不想那么高调。"

言楚行细细地打量她，想从她的脸上看出些什么："除了房子和车子，还有上回帮我买的衣服，你没再刷过那张卡。"

"你这是嫌我花钱少？"宋小暖好笑地看他，"你看我除了加班，就是关禁闭，哪有时间花钱啊。要不明天我飞香港搞个大采购，刷几个大单子，让老板您开心一下？"

言楚行轻轻地叹一声，侧过身把她搂到怀里："你为什么不肯服个软，说你爱我离不开我一定要嫁给我？"

宋小暖心里难过，埋下头轻轻地说："我配不上你。"

"我原谅你了。"言楚行的声音也很轻，"我想娶你。"

"不，我不会嫁给你。"宋小暖摇头，态度非常坚决，"你是豪门，我是孤女，我背叛过你，有贪慕虚荣的黑历史，和你一起我直不起腰。咱们现在这样挺好的。"

她这番话把言楚行气到牙疼，心头恨起，手上就没了分寸，在她背上拍的那一下就有点重："你脑子里到底在想什么？"

宋小暖本来心里头就堵得慌，这一下又拍得痛，眼泪飞出来了。

"你家暴。"

她呜咽咽地哭，伤心欲绝地说："房子还没有领房产证，到时候写你的名字，凯美瑞二十几万我买得起，明天就把钱存回卡里。N城我待得够了，严倩这种疯子我惹不起躲得起，过完年我就辞职，然后山高水远，咱们相见不如怀念。"

言楚行气得不行，翻个身把她压在身下："被别人打了这么多棍，你笑嘻嘻一点事情没有，我拍你一下，你倒来劲了。"

宋小暖泪眼婆娑："我已经被人打这么惨，你知道还往我伤口上拍，还拍得这么重，你不知道我有多疼的吗？"

她一边哭一边在心里头唾弃自己，为了带开话题，她也是够拼的。

果然言楚行心疼了，轻轻地抚着她的后背，眼底有不自知的宠溺："疼就要说出来。"

宋小暖抽噎："我不光疼，我还饿。"

话题带到这儿就好办了，言楚行哪回过来不给她带好吃的？只不过今天来得匆忙，临时让熟悉的私房大厨做了二十个虾肉煎包，搁在保温箱里又精致包装，打开后还是热腾腾的。

醋料包是秘制的，蘸一下满口生香。

宋小暖吃得眉开眼笑，忍不住夸赞他："和你一起最大的福利就是吃。"

言楚行哼笑："我在你心目中就只这么点作用？"

宋小暖觉得他这话里带了颜色，不过她这会儿心情好，不介意捋他顺毛让他也高兴。勾他一眼，笑容甚是暧昧："你的作用当然大大的，刚才那啥很爽啊。"

言楚行眯起眼，饶有兴味地看她一会儿："晚点穿护士服给我看看。"

搁平时他这么讲，她必然会啐他流氓。但是这会儿嘛，她吃吃地笑一声："猫女郎也不错。"

她若要讨好你，会使出浑身解数，言楚行认为自己拿出全部的定力也是招架不住。

晚上玩得太嗨了，白天就起不来。接近中午，两个人还搂在一起睡得酣熟。

手机响了好几回，终于吵醒了一个。

宋小暖揉着眼看着窗外的日光，转过头又看到那张人神俱愤的俊脸，可能是睡着，五官舒展，眉眼间带了一些温柔。

宋小暖有那么一瞬间的恍惚，他说他原谅她，他说他想娶她。她把这两句话刻进了心里，等到将来见不到的时候，再拿出来慢慢回味。

软软地缩去他的怀里，她又想起当年。

妈妈死了，生活的目标与存在的意义随之消失。她懒于学习，逃课是很寻常的事情。流连酒吧，抽烟喝酒，困顿又消极。

言楚行把她从酒吧里拽出来，弄去实验室做了一个月的高强度实验。后来，他们相爱、同居，幸福得不要不要的。那段时间她真的以为宋美娜在天有灵，保佑她得到幸福。

然而世事无常，当真相来临的时候，她忍不住慨叹自己或许是受过诅咒的人，命运兜兜转转，最终会剩下她一人孤身面对生活。

宋小暖迟钝地想着，眼角浮起些湿意。

言楚行其实醒了，但是他没有睁眼。与视觉相比，他其实更喜欢用嗅觉去感知宋小暖的存在。她很好闻，身上有一股淡淡的带了丝丝清甜的气味。萦绕其间，他觉得自己的心底是满的。

但是这个没良心的女人，也不知道脑子里在想什么，说出来的话他都不愿意仔细去想。

他只有退一步从她的立场去看。

也许她觉得他是豪门，而豪门的婚姻大多数是以利益为纽带，他身边正好有一个各方面都符合条件的祁欣儿，外间传闻他俩好事将近。就算他和她讲过，自己没有女朋友，但她觉得自己小孤女一个，家世零落，不可能得到他父母的认可。也许她在齐家展这里已经提前预知了结果，她骄傲，不想撞这道南墙，于是退而求其次。

逻辑似乎是通的，但她对他就这么没有信心吗？

闭着眼睛想，眉头随着情绪的变化，慢慢地蹙起来。宋小暖正好抬头看他，好奇地摸一摸。

下一秒，手指被抓住。

言楚行睁眼看她，目光深邃又复杂，他一字一顿地说："你听清楚，我和祁欣儿一点关系都没有。"

宋小暖抿住唇不说话，眸底有一丝不易察觉的软弱。隔了好一会儿，她才开口："为什么说这个？我很满意现时你我的相处方式，也不想和你讨论这个问题，你别逼我。"

空气里像是凝了霜，一点一点地冷下去。

言楚行抱着她不动，目光冷冷，无声地看她。

宋小暖轻轻咬唇，不知道如何摆脱这种尴尬。她甚至后悔再次相遇后不该投入他的怀抱，以至于现在想要逃离，也寻不到合适的理由。

严倩不知道自己捅了马蜂窝，出院之后，麻烦事一桩接着一桩。美容院被举报，工厂又出了触及她灵魂的事情。

她也不是吃素的，竞争对手那里有埋的钉子，消息递过来的同时还传回来一句话："严姐，你得罪人了。"

她说："我知道啊，我得罪我老公了。"

转过头，她咬牙切齿："常斌你可以啊，要对我赶尽杀绝啊。行，你让我难受，我也不会让你好受。"

不过她的脑子也不算完全跑偏，知道先跑去严家几个大佬那儿求支援。

严泽川是知道内情的，但是他不能说也不想说。

之前言楚行让他去N城和稀泥，让严倩不要动宋小暖，他好好地跟她讲，但是她不给他面子，一言不合还真的打过去了，搞得他没办法跟言楚行交代。现在人家打回来了，他有啥办法，说白了，严倩是活该。

他不想管，但是他亲爹不肯放过他，当着大伯的面给他打电话："倩倩的工厂在F镇，你认识那边的镇长，过去看看怎么回事。"

严泽川哪肯接这个任务："这事儿找镇长有啥用，我过去也是耽误时间。"

"下午就出发？行，自己家里的事情就是要多操心。我先挂了，有消息你第一时间通知倩倩。"

电话应声而断。

严泽川看着手机无言以对，论卖儿子，他爹说第二，没人敢称第一。

然而他没办法，只有奔去潜远大厦。

言楚行回来没几天，压在办公桌上的文件还没有处理完，正闷头签着字。他知道严泽川的来意，声音淡淡的："配套工厂的事情已经没有回旋余地，你让严倩自己去找收购方洽谈，当初她赶尽杀绝做得就挺狠，现在她动刀子也好、下跪也罢，看对方肯不肯和她握手言和。"

严泽川也有耳闻当年的事情，歪着脑袋想一想："这么说，她是罪有应得了？"

言楚行抬头看他："你这么想也可以。"

严泽川陡然失了兴致，身体往后一靠，二郎腿也翘起来，托了下巴闷闷不乐："你也不给我留条后路，万一让人查出你有在中间搞猫腻，你让我以后怎么在严家做人？"

他这么幽怨，倒是惊到言楚行了，开玩笑："咱俩结婚了？你还需要为我背书？"

严泽川打个哆嗦，手指点住他："我就知道，近墨者黑，你这个端方君子只要跟宋小暖这个泼皮待一段时间，就会口不择言。"

言楚行不理他，低下头做自己的事情。

严泽川絮絮叨叨："我在外头遇到祁欣儿了，她送我祁岳的年会门票，说是VIP专座，我知情不报拿着烫手啊。"

"那你还给她。"

"那不行，这门票可金贵着呢，我手头有点闲钱，打算投去股市，等着听他的金点子翻倍呢。今年丰昀陌也有讲演，他的眼光也很好，去年路城投资那支股票是他操作的，付钧跟了半路，浮赢六十个点。"

言楚行冷悠悠地瞥他一眼："你很缺钱？玩资本的都是吃人不吐骨头的，万一被狼套了，你不要来找我哭。"

"不至于吧。"

严泽川"嘿嘿"地笑，语调突地换成了小轻快："《今日财经》的刘荟知道吧，咱们Z大的校花？"

言楚行不以为意："她很好看？"

严泽川就知道他是这么个反应，没好气地点他一记："你这就不友好了，刘荟的五官长得很好，性格又是活泼大方，每年的校庆会都是她做的主持，是好多男生的梦中情人。"

言楚行还是不屑："气质一般。"

"行行，你家宋小暖可俏可萌，气质芳华最好看。"

严泽川不跟他争这个，他想说的是八卦："刘荟最近几年风头很劲，她喜欢丰昀陌，认认真真地追了好几年，去年还因为'情人节搭同一班飞机去香港'上过热搜。"

言楚行对这种事不感兴趣，随便"嗯"一声，继续看自己的文件。

严泽川有一个大瓜要捧出来，依旧兴致盎然："前几天他不是在N城嘛，被人拍到深夜坐上美女的车，不过美女的车矬了点，只是一辆凯美瑞。"

言楚行突然抬起头，像是随意："什么颜色？"

严泽川没想到他会回应，半仰了头想一想："应该是白色，今天头条八卦版有照片放出来，但是没多久就被全网删除。两小时后，刘荟在微博里发了一段酸溜溜的话，吃瓜群众有所悟，这么着急删照片，也许拍到的是实锤？"

"你有照片？"

言楚行表现出来的兴致让严泽川意外，眨一眨眼："我看过一眼，光线很模糊，看不清楚车里人的模样，也没把车牌号放上来，没啥实用价值。"

言楚行表现得固执："找来看看。"

"都全网删除了。"

"网上哪有可能删得干净。"

"行行，我去找找。"

严泽川拿出手机闷头找起来，言楚行则凝着眉看他，表情看着有点小复杂。

果然没有删干净，严泽川在朋友圈里翻出一张，手机递过去："喏，这儿有好几张，你慢慢看。"

言楚行接过来，手指在上面滑来滑去，放大缩小地研究了会儿。最后他闷声不响地把照片收到相册，通过微信发给自己后删除。

一通操作行云流水，手机递回去，他面色自若又理所当然地问："你不用去 F 镇做样子吗？再不走天要黑了。"

他这是卸磨杀驴啊，严泽川感慨自己交友不慎。

第十章

N 城。

冬季的艳阳暖暖的，透过窗台落在办公桌上。宋小暖轻锁着眉头默默地看着报表，在家里待了一个多礼拜后，她终于上班了。

然后她发现自己有轻微的创伤后应激障碍。

具体表现在，从出门的那一刻开始，她的心脏就处于不大正常的快速跳动中。走到地下室时，看到前方有陌生人，她下意识地停住脚步直到对方消失不见，才继续走路。

她不知道言楚行给她安排了保镖，否则大概不会这么惊慌。

进到公司，首先去卢源办公室报到，这家伙左眼的青眼圈已经褪得差不多，戴上新眼镜又是一枚风度翩翩的英俊男子。

"来了。"态度不太热情。

然后指着文件柜的上两格："这里头的文件全是你的。"

"这些摆到桌上够把我掩埋一次吧？"宋小暖面色发苦，双手合十求放过，"老板，我是工伤，你要照顾我。"

卢源从善如流，皮笑肉不笑地点点自己的左眼："我是见义勇为，谁来照顾我？"

宋小暖无语，认命，比个 OK 的手势："行，我来照顾你。"

忙碌工作没有闲暇上网看新闻，于是她漏过了丰昀陌的那条八卦新闻。

而言楚行正在研究那些照片。

远景，夜晚光线不好拍得有点模糊，他缩小放大，来回地看，也没办法确定这辆车是不是宋小暖的。

他觉得自己是不是有点多心？丰昀陌和宋小暖距离遥远，八竿子都打不到一起，怎么可能扯上关系？但他就是不放心，心里隐隐还是有些不舒服，当年宋小暖和齐家展走到一起，刚开始也是一点苗头都没有。

一朝被蛇咬，十年怕井绳。在忠诚这个问题上，他也有创伤后应激障碍。

连续加了几个班，深夜十点，宋小暖累哈哈地从电梯里出来。

疑神疑鬼的症状还未消失，她特意穿了羊皮靴，后跟坚硬，关键时刻可以踩人也可以踢人，现在四周安静，鞋跟落在地上有轻微的咔嗒声，一下一下地挺有节奏，也可以壮胆。

白色凯美瑞停在不远处，走了几步，她觉出些不对，边上怎么停了一辆面包车？和上回为了劫持她的那辆面包车出奇地相像。

停住脚步，她往后退，然后她突然跑起来。

左边一辆黑色 SUV 车里下来一个高大健壮的男人，戴一顶帽檐很低的棒球帽，看不清楚长相。

他腿长，跑起来速度很快，几步就追上了宋小暖，想抓住她。

然而宋小暖也是有防备的，她有从网上购买的防狼喷雾，转头就往他脸上喷。这个动作她练过，原本以为十拿九稳的，哪里知道对方竟然有功夫，灵巧地往边上一闪，又不知道使了个什么招数，很顺手就擒住她。

"别怕，我是保护你的。"

他的声音很沉，见宋小暖面孔涨得通红，想要尖叫的样子，连忙又捂住她的嘴，眸光很亮，认真地看住她："我叫纪安，是袁北先生雇的我。"

宋小暖的眼睛瞪得老大，呼吸还是很重，但是眸中闪动着的慌乱慢慢地褪下去了。

纪安见她情绪渐渐稳定，才放开手。

"你看到什么了？为什么要跑？"他奇怪地问。

宋小暖受了惊吓，眼角有泪水渗出来，她用手背胡乱地抹几下脸，先问自己感兴趣的内容："哪个袁北？我不认识。"

纪安是特种兵出身，做事之前也会调查对方的背景："他是潜远集团的。"

宋小暖心头一松，然后脑门一抽又是一怒：好你个言楚行，在我身边放人居然都不跟我打招呼。

"你为什么跑？"纪安还在纠结这件事情。

宋小暖心头一凛，突地抓住他的胳膊："你有没有看到我那辆车的边上停了一辆面包车。"

纪安点头："看到了。"

"这辆面包车跟上回劫我的车一模一样。"宋小暖紧张得手指都在发抖，"我看到就害怕。"

听她这么讲，纪安松了一口气，"那辆面包车下午就停在那儿了，我检查过，没有问题。"

"真的？"

纪安觉得她很有趣："我以前是特种兵里的侦察兵，有危险的话我一早就排除了。"

宋小暖想想他刚才的身手，再看看他满脸的镇定，胆子跟着肥起来："我相信你。"

纪安一直把她送到凯美瑞边上，看着她上车，又给她吃定心丸："不要怕，我一直跟着你。"

宋小暖果然安心不少，但是她找言楚行算账的那颗心还是火热的。车子启动，一路驶去，她果然在后视镜里看到那辆黑色 SUV 始终不远不近地尾随着。

难得的，她给言楚行拨了电话。那头接得很快，一贯云淡风轻的声音里居然有一丝紧张："出事了？"

宋小暖呵一声："你很想我出事？"

言楚行听出她语气里的揶揄，情绪平静了："你在外面？"

"加完班，正在回家的路上。"宋小暖老老实实地回答他，然后，她拔高了音量："刚才差点被你找的保镖给吓死。"

"他暴露了？"

"什么叫暴露了？"宋小暖的气头已经下去一半，听他这么一讲，火苗子噌的又冒起来，"你找人跟着我，又不跟我讲，你是让他保护我还是让他监视我？"

言楚行沉默片刻，说："当然是保护你，只是那天正好有什么事情，我忘记跟你讲了。"

"一时忘记很正常，但是一直忘记就不正常了。"宋小暖气鼓鼓地说。

言楚行把那几张照片拷到电脑里，这会儿还在琢磨。情绪不佳，声音便有些冷："我若要监视你，应该找私家侦探。"

宋小暖听得一怔，对哦，他找的是退役特种兵，虽说也可以干监视的工作，但是做保镖才是人家的正当职业。顿时感觉自己无理取闹了，还有点不识好歹。

底气没了，说起话来就没有那么理直气壮，声音也轻了好多："那你也应该跟我打个招呼的嘛，刚才我看到一辆面包车，以为严情的人来找我了，吓得我撒腿就跑，结果把纪安给招出来了。哦，纪安就是你让那谁找的特种兵保镖，我还拿防狼喷雾喷他呢，幸好他身手好躲得快，不然你说这事，咋整呢。"

宋小暖说得一波三折，言楚行听得紧张，心底也有反省。声音柔和了些："你还买了防狼喷雾？"

"是啊，你不知道我这几天出门有多害怕，拐个弯都要考虑几秒，万一跳出几个彪形大汉，应该怎么办。"宋小暖扁起唇，委屈兮兮地说，"我大概坐下病了，要去找个心理医生谈谈心。"

言楚行听得心疼，声音闷闷的："让你来 S 市你又不肯，要不要我再给你找个保镖。"

"不用。"

宋小暖的声音亮了些："现在这个很厉害了，他说他专搞侦察的，可以提前排除危险。有他就够了，毕竟严倩也不是什么黑社会，脑子进水抽一次风就差不多了。卢源说她最近疲于奔命，精力不逮，不会记得我这个小渣渣。"

言楚行听得好笑："小渣渣？你倒是会形容自己，严泽川说你是泼皮。"

宋小暖想一想："他是怎么看出我表里不一的？"

明明在他的死党面前，她一直都是保持温良谦恭的人设，再加上高考理科省级状元的招牌，怎么都跟泼皮挂不上号吧。

言楚行莞尔："我说的。"

他的原话是女朋友精灵可爱，花样百出，严泽川经过自己的观察，给出"泼皮"二字做总结。

宋小暖没话说了，不过这么随意地聊几句，心情确实好多了，二人初时的紧张气氛也融洽了。

"卢源说严倩最近挺惨的。"

"同情她？"

"没同情她，就是觉得她明明握了一手好牌，却打得稀里哗啦，有点替她可惜。"

"有精力操心别人不如想想自己，你现在手里也握了张好牌，你打算怎么打？"言楚行的声音有点冷。

宋小暖心平气和："好牌当然要窝在怀里好好暖着。"

言楚行心头的那些毛毛刺像是被熨斗熨了一下，突然就平整了，声音平静："不打出去？"

宋小暖知道怎么讨他欢心，弯起唇，悠哉哉地说："我把它供起来好不好？"

言楚行无语了，唇角勾起些笑意，隔了好一会儿，他才说："你说的，不要反悔。"

日子不疾不徐地过去，因为有强力保镖的存在，宋小暖应激障碍的症状明显缓和了。

每每在汽车后视镜里看到黑色SUV，她的情绪就会特别的稳定。

但是言楚行这边却有些微妙的变化，刚开始她还没察觉，后来有一次，她因为没有及时给他回复微信，被追着打了两个电话，她才后知后觉地发现，最近两人的联络频率相当的高。

晚上的睡前电话里，她就问他："你最近很闲吗？"

"很忙。"

言楚行对她的提问有自己的解读："是不是想我了？你不太忙的话就过来 S 市看我，哪怕一个晚上。"

宋小暖有引祸上身的感觉，连忙答："我明天要出差。"

"去哪里？"

"B 市那边出了点问题，我要过去看看。"

言楚行"哦"一声，淡淡地问："去几天？"

"不知道啊，要看工作进程。"

"知道了。"

他态度这么简略，宋小暖又觉得哪里不对劲，小心地问："你不会也去 B 市出差吧？"

"不去，我忙得很。"言楚行答得极快。

第二天一早，林玲接到电话，她的老板轻描淡写地通知她，他需要去 B 市的分公司洽谈一项业务，今明两天的日程全部都要改。

林玲直接傻眼："言总，您今天上午和索普通信的老总有一个会面，已经改过一次时间，再改不合适吧？"

言楚行略略沉吟："那你把时间提前到九点钟。"

林玲松一口气："好，我马上通知他。"

这边兵荒马乱，那一头，宋小暖已经去了飞机场，她加了纪安的微信，像这种出远门的事情，她会提前通知他。

于是，纪安也买了一张飞机票，与她同机飞往 B 市。

他有跟袁北报备，袁北转过头又把信息传给言楚行，所以言楚行现在很清楚宋小暖的日程安排。就在他与索普通信的老总洽谈业务的时候，宋小暖乘坐的飞机翱翔于蔚蓝的天空。

说巧也巧、说不巧也不巧，她在飞机上遇到了丰昀陌。

丰昀陌坐的是商务仓，但是登机之时，俩人就遇上了。宋小暖觉得尴尬，但是她心理素质很好，面色自然地与他打个招呼，就想溜去自己的座位。

但是丰昀陌喊住她，认真地问她有没有在 B 市订好宾馆，如果没有，他有合适的可以推荐。宋小暖连忙表示自己是去支援同事，宾馆什么的都是现成的。然后她礼貌地道谢，再次打算离开。

丰昀陌看出她的局促，心里叹息，面上却是淡淡："那一会儿我送你吧。"

说完他也不管宋小暖什么表情，径自往商务舱走去。

宋小暖被他晾在当场，也不好追上去拒绝，就这么莫名其妙地算是答应了。

纪安一直观察着，这时走上来，淡声道："有车坐你要带上我。"

宋小暖哭笑不得地应下："行，带上你。"

两个多小时的行程还算顺利，飞机落地，丰昀陌第一时间出现在宋小暖的视线内，完全不给她偷跑的机会。

B市非常冷，此时还飘着雪花。

宋小暖身形纤瘦，体内脂肪含量不够，所以尤其怕冷。看她不由自主地缩起脖子，丰昀陌不动声色地站到迎风的一面，替她挡住风，

纪安若有所思地看一眼，转过头没说话。在宋小暖替他做的介绍里，他俩是一起出差的同事。

豪华轿车平稳地行进在B市的机场高速，宋小暖坐在副驾驶座，纪安坐在后排。

丰昀陌目不斜视地开着车，气氛安静。

宋小暖担心他跟她聊天，面孔一直朝着窗外，今天天气不好，零散的雪花在灰蒙的天际间飘舞，空旷的原野显得很寂淡。

触景生情，心里浮起些久违的情绪，宋小暖轻合起眼，慢慢地平复心情。

"困吗？要不要拿个毯子盖一盖？"

丰昀陌好像没看她，但是她的一举一动又似乎全都知道。

宋小暖睁开眼，手指轻轻地揉一下眉心，挤出点笑容，客气地答："不用，我不困。"

丰昀陌瞥她一眼，又转回头看前方的路况："听说前段时间你吃了亏，有受伤吗？"

宋小暖怔住："你怎么知道？"

丰昀陌淡定："这又不是秘密，想知道就能知道。"

宋小暖凝起眉，歪过头看他一阵，心道：有钱人花样多，这家伙会不会在她身边埋了私家侦探之类的人？

见她没有答话，丰昀陌笑笑，不遮不掩，极其淡定地说："美容院的事情是我做的。"

宋小暖完全愣住，老半天才说："我不知道说什么好。"

"不用说什么。"

丰昀陌的表情很平常，就像是说普通的事情："我看她不是个会消停的人，后续还会给她找些麻烦。"

宋小暖有点无语："你不用替我出头。"

丰昀陌又瞥她一眼，闷声道："我有我的坚持，你不愿意回应是你的事情。我猜，这世间没有人比我知道你更多的事情，但或许这就是我的软肋，不过没关系，人生很长，你只需要知道我一直都在。"

宋小暖沉默了。

她其实是个极度缺乏安全感的人，表面上与人和善，实际疏离感极强。除了宋美娜和言楚行，她再没亲近过任何人。但是丰昀陌以一种强势又不讲道理的方式走近她，她不知所措，不知道该如何处理与他的关系。

犹豫片刻，她小心翼翼地说："那谢谢你了。"

丰昀陌的面色还是如常，但是他心底到底是舒缓了，唇角勾了勾，他状似无意地说："有一件事情我要跟你打个招呼。"

"嗯。"

"那天晚上我上你的车，被狗仔队拍到照片还挂去了网上，不过只一个小时，我就找人撤了，另外照片我也买下了。可能还是会有一些传播，但是我已经尽力了，希望没有对你的生活产生影响。"

宋小暖略略无语，尴尬地咧一咧唇："这个世界很疯狂啊，连财经界的人士都有狗仔队偷拍。"

丰昀陌也是无奈："可能是受你那个师姐的牵连吧，她有了新目标，狗仔队记得我这朵明日黄花，找人来跟拍吧。"

"刘荟有新目标？哪个？"宋小暖颇好奇地问。

她其实没有那么八卦，只是想转个轻松的话题，把剩下的时间给打发掉。

丰昀陌瞥她一眼，半笑不笑地说："潜远集团的太子爷言楚行，两个月前S市电视台举办财经论坛，刘荟是主持人，言楚行有做演讲。"

就这么勾搭上了？

宋小暖的面孔有点僵，心里感慨，这株烂桃花啊，怎么走去哪儿都有人惦记？

第十一章

S市。

送走索普通信的老总，言楚行回去办公室收拾东西。之后特助袁北开着他的小奥迪，送言楚行去机场。

袁北个子也高，五官端正，戴一副黑边框的眼镜，如果不是站在言楚行这个顶级男神边上，也是挺招眼的一个小伙子。

这会儿他有些局促，从后视镜里看一眼言楚行，小心翼翼地说："纪安给我发了条微信，说宋小姐在飞机上遇到熟人，然后那人开车送他们去的宾馆。"

果然言楚行皱起眉头："那人是谁？"

"他说那人姓丰。"

"丰昀陌？"

言楚行下意识地说出这个名字。

袁北点头："他拍了个背影给我看，如果我没有认错，应该是丰昀陌。"

言楚行的目光沉下去，但是他没有说什么，面色也是平静。只是袁北很熟悉他的气息，感觉到那气息正以秒速冷下去了。

袁北聪明绝顶，该说的话都说了，后面他的嘴上就像装了拉链，沉默且稳健地将老板送到机场。

再风度翩翩地与其告别。

候机的时候，言楚行给宋小暖发微信。

"到宾馆了？"

宋小暖舟车劳顿，正趴在床上休息。

听到微信的提示音，条件反射一样地拿起手机，看一眼，然后回复："到了，打算午休一小时，然后去审账。"

"拍张照片看看。"他理所当然的样子。

"自拍？"

"带上房间，看看你的居住环境。"

"哦。"

宋小暖觉得他的要求有点奇怪，而且也不容易操作。寻了好几个角度，手臂努力伸长，好不容易拍了张还算满意的照片。

发过去，两眼放光地问："怎么样？我是不是貌美如花？"

言楚行盯着手机屏看，小女人笑靥如花，但是他心里还是发闷，淡淡地打一行字："你有我美？"

宋小暖"啊呸"，就算是你人神共愤，也没必要这么嘚瑟。

不过自己的男人还是要自己哄，鼓一鼓腮帮子，她慢悠悠地打上几个字："美人儿，要姐姐侍寝不？"

"轰。"全身的血液都往一个地方流，言楚行咬着牙打上三个字："你等着。"

宋小暖有不祥的预感，但是想到这株烂桃花处处留情，小绿帽子一顶接着一顶砸过来，她心里也是不舒畅。人物关系是尴尬的，有些事情她只能想不能说，但是小小刺激他几下还是做得到的："等什么等啊，姐姐忙得很。"

她要作死，神仙也救不了她。

"忙什么？"

微信对话就这点不好，看不出字里行间的情绪，宋小暖平铺直叙地念，就是个普通的疑问句，所以她淡定地答："忙来忙去还不就是那点事情。"

她觉得自己是在讲审计，言楚行却不是这么想。他现在嫉妒得要命，在他眼里，宋小暖是一百个好，是个男人都会喜欢的品种，所以那三年他捂着她，走哪儿都带着，大多数的时候也是放在家里二人世界，就怕被外头的狼给觊觎了。

即便如此，后来还冒了个齐家展出来。

在这件事情上，他其实是后悔的，后悔不应该装清高，一早就应该告诉宋小暖他的身份，告诉她自己是钱多多，她想怎么花钱都花不完的那种。他又退一步想，爱情不需要考验，让自己喜欢的女人满意，生活稳定就好。

他这么想，是放低自己做人的标准的，但是为了宋小暖他愿意，有瑕疵也好过失去她。

丰昀陌？对于这个突然冒出来的强劲对手，他的心情是前所未有的沉重。原本他还不能肯定照片上的白色凯美瑞上的女人是宋小暖，现在基本是实锤了。

飞机上的两个多小时，他基本都在合目静思，一方面是调整情绪，一方面是思考问题。

从飞机上下来，他第一时间给袁北打电话："你去查一查，严倩美容院的投诉和丰昀陌有没有关系？"

袁北瞬间一个激灵："我马上去查。"

*

对了一天的账，也没找出问题在哪儿，宋小暖只觉得脑门子发紧，整个人都不利索。

小白都要哭了。

宋小暖只能强打起精神："别怕，没有什么事情是一顿烧烤解决不了的，走，咱们出去撸串。"

听她这一讲，小白的精神头总算上来一些。

撸串店里热气腾腾，与窗外飘飞的大雪形成鲜明的对比。

都是吃货，心烦的事情抛去一边，油滋滋的肉串入嘴，肚子里舒服了，心情自然就爽了。

"暖姐，原来你跳过两级，今年才二十四岁啊。"小白放下肉串，掰着手指算月份，"您只比我大五个月。"

她又是沮丧："人跟人的差距这么大吗？"

宋小暖笑眯眯地看她："一点小挫折而已，过了这个坑又是美女子一枚。"

说完这句，她脑门子里突地掠起一件事，糟糕，忘记开手机了。

"几点了？"

一边开机，她一边还问。

"九点半了。"

宋小暖顿时紧张了，不过还好，微信里言楚行也没给她留言。心情松缓了些，淡然地拍了张烧烤的照片，发过去。

"忙到现在才空下来，带小姑娘撸串呢。"

言楚行回得快："还有谁？"

宋小暖一愣，突然想到自己还有个保镖的，这会儿去哪儿了？东张西望了一会儿，在一屋子的白雾里头，看到了纪安的身影。他坐在角落的位子，正大口吃肉中。

她笑笑，慢悠悠地回一句："保镖在另一桌。"

言楚行没有立刻回答，宋小暖也不着急，拿了串羊肉慢悠悠地吃。小白看她在手机上忙来忙去，八卦地眯起眼："暖姐，你是不是在和男朋友聊天？"

宋小暖瞥她一眼："小孩子问这种问题？"

小白心碎了："暖姐，我只比你小五个月啊。"

"小五天都是小孩子。"

宋小暖替她拿几串蔬菜："今天姐姐请客。"

小白看出她不想说这些，也不勉强："暖姐是来支援我的，今天这顿必须我请。"

然后两人就请客的事情唠起来，中间手机"叮"了一声，宋小暖拿起来看，然后她的眉毛挑了起来。

"我在 1301 房间，你赶紧吃完赶紧过来。"

*

深夜十一点，宋小暖去到 13 楼。房门几乎是应声而开，健硕的手臂揽住她的腰，迅速地将她扯进门。

"怎么才来？"声音严肃。

走廊灯没有开，光线有点暗，宋小暖感觉到他身上的手感不大对，"你在洗澡？"

"嗯，刚洗完。"他穿着酒店的浴袍，刚才这么一拉扯，胸前露出了一大块，摸上去又滑又硬。

卫浴就在门口，难怪他开门这么快。

"你洗过了吗？"

他一边问，一边已经开始帮她脱衣服。

宋小暖任由他上下其手，嘴唇凑到他的耳边，小声地说："已经洗白白了。"

言楚行原本也没打算跟她客气，被她的语言刺激到，动作更是粗鲁，宋小暖有听到衣服脱线的撕裂声，暗自庆幸自己有先见之明，拿了一整套的替换衣服过来，否则明天就没办法下去见人了。

"注意力集中。"

言楚行不满意她的表现，重重地在她脖子上咬一口。宋小暖忍不住龇牙，啐他："你上辈子是狗啊？"

下一秒，她的唇被堵上了，和以前的风格不同，今晚的言楚行格外的勇猛，宣誓主权一般地攻城略地，每一寸都不放过。

天色浮白时分，激烈的情事才算完全结束。

言楚行的精神很好，抱了她去卫浴清洁干净，然后送到床上搂住不放。

身体舒畅了，心底的那股郁气也消失了大半。

低下头，手指在宋小暖的脸颊上轻轻地摩挲，他向来隐忍内敛，只有在宋小暖这里才会有大的情绪波动。他由此感叹，感情这件事，真如书上所言，如人饮水，冷暖自知。

三年前的分手，他是真的恨到了极点，也是真的下定决心与她老死不相往来。扑他的女人很多，有宋小暖这个标杆在，他看哪个都不顺眼。胖了，瘦了，妆浓了，话多了，不可爱，没内涵……总之，就是不对胃口。

后来是杜向南说了一句："曾经沧海难为水，除却巫山不是云。有些东西放在心里就行了，人总是要往前看的。"

他觉得有道理，默默地想了很久。后来，他虽然还是提不起精神，却没有那么抗拒。比如祁欣儿，对于这个各方面条件都算可以的女人，他从功利的角度考虑。她背后有祁岳，这个人翻云覆雨能量惊人。他不可能爱上她，但是也谈不上讨厌，他有从她的眼神里看到迷恋，他想，娶不到深爱的女人，退一步娶一个深爱你的女人是不是也可以？

但他迟迟下不了决心，潜意识里他还在等一个渺茫的希望。直到他在 A 城的衡誉集团看到宋小暖。

他松一口气，老天还是眷顾他的。

只睡了三个多小时，宋小暖脑子里的那根弦，强行让她醒过来。

她一动，言楚行也醒了，掠一眼窗户，紫色绒布的窗帘中间有一条缝，映出外头的光线不太亮。

"还早呢，再睡会儿。"他把她拽进怀里。

宋小暖哭笑不得，小声地哄他："快七点了，我同事要喊我吃早餐。"

"让她自己去。"

言楚行不仅不让她起来，还翻个身把她压到身下，然后把手伸到枕头下，摸出一个黑绒布的小盒子，看着像是……戒盒？

宋小暖其实很困，眯着眼睛看他："你想干吗？"

求婚她是肯定不会同意的。

言楚行不搭理她，慢条斯理地打开盒子，露出里头一个花瓣形状的钻戒，然后他又变戏法一样，另一只手从宋小暖的头发下面拖出一根白金链子。

链子套住钻戒，小心翼翼地挂到她的脖子上。

"位置刚刚好。"

他自得其乐地欣赏："挺好看的。"

宋小暖低头看一眼，面孔顿时红了一半："送我这个干吗？"

言楚行"哼"一声，垂下头在她的鼻尖轻轻咬一口，目光深邃："这个是信物，提醒你记住自己是谁的女人。"

宋小暖看过动物世界，知道雄性的占有欲有多强烈，幽幽地看他一会儿，她怂怂地说："这戒指我挺喜欢的。"

这句话像是服软，言楚行的心里头舒坦了，眉眼跟着柔顺下来："我不管你脑子里在想什么，反正你现在跟我在一起了，就不能想东想西。"

宋小暖是个超级聪明的，脑子里拐来拐去的就想到了丰昀陌，眼睛亮了亮，马上又垂下眸，憋住不说话。

言楚行一直盯着她，自然能看出她的心理变化，又哼一声："你怎么会认识丰昀陌的？"

宋小暖没想到他会直接问，眨眨眼，状似无辜："工作原因呗。"

言楚行也是这么想的，见她这么讲也便没有多说。翻个身，不再压住她，手指把玩着她的头发，声音变得轻松了好些："这里是B市，昨晚咱俩春风一度，你之前说的那些话是不是要改改？"

宋小暖无语看他，可以啊，精虫上脑的事情被他说得文绉绉，还要跟她讲逻辑，突破她的防御线。

"改什么改，下不为例。"她答得简略。

言楚行可没有那么好应付，凑过去亲她的唇，声音温柔又带着诱惑："我明天回去S市，今晚咱们继续。"

你不肯松口，那我只好用行动来破线。

他气息沉静，却带了些撩动人心的气味，宋小暖被他搞得喘气都不稳，只好拿手推他，嘴里一迭声地答："知道了知道了。"

言楚行不再闹她，慵懒地往后头一靠，看着她急吼吼地穿衣服，又冲去卫浴洗漱。这个宾馆挂四星，该有的东西都齐全，一通忙碌之后，她折回床边跟他道别外加商量："昨天没查出问题，今天我要很专注地对一天的账，你乖乖的，别来吵我，我忙好了会找你。"

"嗯。"

言楚行淡淡地应下，然后像是突然袭击，他问："一礼拜前，挺晚的吧，丰昀陌为什么上你的汽车？"

宋小暖的脑子里迅速掠起丰昀陌说过的话，皱一皱眉："你这么早就把纪安放到我身边？"

言楚行未置可否，继续问："他找你干吗？"

宋小暖不想说谎，垂下眼帘想了想，问："可不可以不说？"

"不能说？"言楚行的面色沉了些。

宋小暖感觉到压力，抿紧唇，默默地站一会儿，然后她扬起头，语气非常平静："他上车跟我说了一些话，我拒绝了，然后他就下车了。我和他没有特殊的男女关系，这次过来B市，我和他在飞机上偶然遇到，他有车停在机场，让我和纪安搭了一趟便车，然后就没来往了。"

她觉得自己说得挺好的，该说的说了，不该说的一点都没提到，不会引起误会，也不会让人瞎想。

果然言楚行像是被捋顺了毛，面色平缓了很多。

"我今天要去见几个客户，晚上可能会晚。"他换了话题。

宋小暖悄悄地松一口气："知道了。"

宾馆有免费早餐吃，宋小暖没睡好也没啥胃口，打了小馄饨和牛奶，随便应付一下。小白却是胃口大开的模样，中式西式、水果牛奶一样都没落下。

面对面，有说有笑地聊着吃。

突然小白一个激灵，坐直了身体："妈呀，我眼睛没问题吧，门口进来的那只大帅锅，是23楼的太子爷？"

宋小暖晕，要不要这么高调啊，她转过头，果然看到言楚行穿了一套浅色的休闲装，缓步入内。他眉眼清俊，身姿挺拔，纵然没什么表情，也是再好看不过的模样，所到之处引来众多倾慕的眼光，不过他习惯了，神情无半分不适，悠然自得地拿了餐盘顾自觅食。

小白确定自己没有看错，激动地捏着叉子："暖姐，他是咱们的客户，咱们要不要去打招呼？"

宋小暖眨眨眼，试探着问："你不觉得尴尬？"

尴尬？

小白被她说得一愣，仔细想想，又觉得有道理："对啊，他什么身份，咱们什么身份，凭什么凑上去打招呼？万一他不搭理，除了尴尬，还真是没有别的情绪了。"

宋小暖点头，孺子可教。

"咱们溜吧。"她提议。

等言楚行转过身，之前看好的位子已经空无一人。不过他本来就不是来找宋小暖的，看到纪安还在，他径自踱过去，坐到他对面。

纪安不觉意外，随便拿一个小面包，慢慢地嚼。

"丰昀陌和宋小暖说了什么？"言楚行问。

纪安默不作声，低下头喝一口汤，待嘴里的食物都咽干净，他才开口："言总雇我做的是保镖，并不是探子。"

言楚行淡定："那我换个问法，从他俩的相处中可以看出，丰昀陌对宋小暖有企图，但是宋小暖对他没想法。对吗？"

纪安略有犹豫，不过他点头："对。"

言楚行的眼瞳抽紧了些，慢悠悠地喝一口牛奶，语调依旧淡然："如果打分，10 分是最高分，以你男人的眼光来看，丰昀陌对宋小暖的企图心可以打几分？"

纪安不知道该怎么答，隔了好久，他字斟句酌地说："8 分以上，他很强势，但是他不会勉强。"

言楚行嗤笑，宋小暖的德行他还不知道？

声音还是淡然："是勉强不了。"

第十二章

工作还算顺利，昨天没有找出来的问题，强打精神居然在一个小时内就找出来了。之后齐心协力，宋小暖和小白花了两个多小时，完成了后续工作。

第二天回去 N 市。

在宋小暖的坚持下，言楚行没有提早去机场，所以他俩没有在候机厅里遇上，但是丰昀陌出现了。

这回倒没有表现得那么巧合，他和言楚行的目的地是一样的，只不过他坐的是八点十五分的飞机，两个航班的时间差不多，好巧不巧的又与宋小暖遇上了。

宋小暖倒没多想，保持客气的笑容："这么巧。"

丰昀陌微笑："我一年要坐几百趟飞机，一共才遇到你三回，所以也不算很巧。"

宋小暖振一振眉，貌似诧异："原来你就是传说中的空中飞人啊。"

丰昀陌笑起来，意味深长地说："确实比较忙，不过最近已经开始放缓节奏，钱是赚不完的，娶妻生子还这个样子，就不合适了。"

宋小暖微笑不语，边上的纪安又是一副稳若泰山的模样，他不大相信这会儿的相遇是偶然。

他觉得自己把分数报低了，以他侦察员的直觉，丰昀陌对宋小暖的企图心应该是满分十分，他对她有势在必得的决心。

广播里传出登机的提示，宋小暖暗自舒一口气。她还是保持客气的表情，言不由衷地和丰昀陌说下次见。

丰昀陌却很诚挚："年后我会经常去 N 城，我们会有机会再见的。"

宋小暖心里头叫苦，嘴里却虚伪地说："好。"

好什么啊，要是让言楚行知道她和他有联系，能让她第二天下不了床吧？宋小暖有点佩服自己，这种时候还能想到少儿不宜的画面。

有入闸的，也有出闸的。

过去入口的时候，正好遇上一拨人出来，中间有一个三十几岁的美女，衣饰讲究，戴一副宝姿墨镜，拎一个 LV 宽包，周身上下就一个"贵"字可以形容。

小白"咦"一声："今天是什么好日子？怎么又看到一个杂志封面上才能见到的人？"

宋小暖对名人无感，随意地笑一笑："走吧。"

而那个美女像是听到了什么声音，低下头从包里摸出手机，放到耳边，她音量不高，但是宋小暖刚好从她身边走过，听到她说："楚晏德，是你让我来 B 市的，却不过来接我，你是想冻死我吗？"

耳朵边有嗡嗡声，宋小暖的脸色以肉眼可视的速度，慢慢变得苍白。

纪安很敏感，侧过头看她："你怎么了？"

宋小暖笑得勉强："可能这两天睡得少，精神不振吧。"

说到这个，纪安忍不住撇嘴，但是他又不能表现得太明显，想一想，他说："那你在飞机上好好睡一觉吧。"

宋小暖心不在焉地点点头。

飞机上的两个小时，她始终合着眼，降落前，她突然睁开眼，急急地解开安全带，快步走去卫生间。

呕吐，翻天覆地一般，吐得她眼泪都飞出来了。

从机场回去公司的路上，她一直很安静，连粗枝大叶的小白都看出她情绪不对。

"暖姐，你怎么了？"她有点担心。

宋小暖难受地皱起眉："我大概晕飞机了。"

小白还是头一回和她坐飞机，不清楚她居然有这种症状："那怎么办？"

宋小暖恹恹地闭上眼："没事，休息一下就好了。"

回到公司，卢源也被她的脸色吓到了："出趟差而已，你要不要搞得好像我虐待你一样。"

宋小暖无语地朝他挥挥手："我请病假，B 市的案子小白能收好尾，我就不掺和了。"

卢源很自觉地去拿车钥匙："我送你回去。"

想到或许可以报销纪安的工资，宋小暖不介意介绍一下他的存在："我请了个保镖，他可以送我回去。"

"保镖？"

卢源大大地吃一惊："你干吗请保镖？"

小白在边上搭一句："暖姐差点被绑架，不请个保镖怎么放心？"

卢源恍然大悟，最近严情很消停，他又忙到飞起，差点忘了还有仇人存在。他是个反应快的，而且还大方，叉起腰，义正词严地说："保镖的工资可以给你报销，不过不可能给你请一辈子，等事情过了我就不管了。"

宋小暖顿觉温暖，给卢源点个赞："资本家可以的，不枉我们为你做牛做马。"

卢源无语："你少贫嘴了，赶紧回去休息吧。"

然后他转过头叮嘱小白："你扶她下去，小心点，我看她跟个纸片人一样，别风吹吹就跌倒了，到时候又要赖我一个工伤。"

宋小暖忍不住笑，她虽然不喜与人接近，但是好坏还是分得清的。

这三年，她之所以一直待在华瑞不动，很大的一个原因就是卢源，他这人看着油滑奸诈，其实心眼儿很好，是那种肯为朋友两肋插刀的人。

回到家里，宋小暖在客厅的沙发上坐了好长时间，低垂着头，面色阴晴不定。

*

北方的冷空气跟着言楚行一起南下，飞机落地的时候，S市的上空也飘起了雪，气象预报说有西伯利亚寒流，后半夜会有暴雪。

S市好几年也下不了一回暴雪，南方人对雪灾没什么概念，脑子里都是些诗情画意，觉得大雪覆盖的城市景色会很美，所以都挺期待的。

言楚行刚从北方过来，看多了雪景，没啥特别的感觉。不过晚点他要去F镇的森林度假村，公司中高层在那边搞雪景团拜会。

袁北过来接他。

刚上车，袁北便清一清喉咙，调整情绪，自觉进入一场风暴。

"N城美容院的事情我调查过了。"

"嗯。"

袁北看一眼后视镜，小心翼翼地说："没有确切的证据证明这件事情和丰昀陌有关。"

言楚行不语，随后冷笑："这件事情如果是我来办，也不会让人找到证据。"

这话是对的，配套工厂那边严情只知道是竞争对手下的黑手，完全摸不到他们的边。

袁北觉得这话题已经交代完了，老板已经认定是丰昀陌干的，那就是他干的。

林玲在办公室等他们，因为有团拜会，她今天穿得比平时要鲜嫩一些，头发编了小辫，让人眼前一亮。

言楚行多看她一眼，却没有说话。

"祁小姐有事耽搁了，她说搭您的车过去。"她的语气里带了一丝无奈。

言楚行蹙了蹙眉，停顿片刻才答："知道了。"

需要签字的文件摞了一叠，搁在办公桌上。言楚行不急着签字，先给宋小暖发一条微信："我到S市了，你在干吗？"

他等一会儿，没有回音。

眉头又皱起来，他发现自己近来的耐心差了很多，宋小暖这边稍稍晚一点回复，他就会患得患失，然后追着打电话过去。

沉吟片刻，他决定忍一忍。

从桌上拿过一份文件，他慢悠悠地看起来，注意力投入到工作中，时间过得就很快，等他把全部的文件都签完名字，已经是四十五分钟后的事情了。

拿起手机，他看到宋小暖回过一条信息，看时间是十五分钟前。

"领导开恩，允许我回家休息一日，我现在在睡觉！！"

她打了两个惊叹号，立时让言楚行想到她缺少睡眠的两个晚上，忍不住莞尔："被我吵醒了吗？"

她这次倒是回得快："嗯，不要吵了，我要继续睡。"

言楚行看着手机屏，目光格外温柔："我一会儿要去F镇的森林度假村开团拜会，到时候拍雪景给你看。"

"好啊。"

"你睡吧，晚点再联系。"

"嗯，拜拜。"

她发一个大大笑脸，还有可爱小姑娘挥手的表情。

言楚行并不知道，这会儿的她确实是躺在床上，但是整个人的状态却不是图片显示的那么愉快。

早年她抑郁过一阵子，每天躺着发呆，宋美娜哭着求她说话，她也置之不理。后来可能是吃药好的，也有可能是她自己想通的，总之她振作了起来，买了初中的全部课本，在家里疯狂学习。

往事不堪回首，现在的她隐约有当时的症状。但是她很清楚，这回她只是受了点刺激，休息一晚就会满血复活。

*

祁欣儿搭言楚行的车去度假村。

上车之后，言楚行就闭目养神。祁欣儿坐在边上，不时地瞟他一眼，心情复杂得很。

团拜会搞的是自助餐的形式，四周寂静，厅内灯火通明，员工们三五成群，或站或坐，各自端一盘食物，一边吃一边开心地聊天。

下午四点开始，说好的暴雪果真来临了。白色的雪花密密地，争先恐后地，从鸦青色的天空飘落下来。

好看是真好看，但是眼睁睁地看着周边的雪厚起来，而雪花依旧没完没了地往下落，心里还是有点慌。

言楚行坐在靠窗的位置，边上是运营部的同事，难得放松，大家嘻嘻哈哈地讲着各自的糗事。其中一个有搞笑细胞的，把部门每一个人都调侃了一遍，逗得大家乐个没完。

他也微笑，不过他的心思都在宋小暖那儿。拿出手机，对着窗外的皑皑白雪拍一张照，发过去。

那头反应有点慢，隔了好一会儿发一张惊讶的表情。

"这么大的雪！"

度假村全是排屋，一套有四个房间，可以分配四至八个人居住。这次过来很多人是带家属的，上午过来的时候都分好了房，言楚行是之后过来的，这边只剩下最后一套排屋，车上刚好四个人，一人一间房，直接就给安排了。

当然这种安排在外人看来也没啥，男女朋友住一起有啥问题？

言楚行在活动结束的时候，才知道这个安排，他仅仅皱了皱眉，却没有说什么。

分房间还算顺利，这里一楼全是活动室，二楼三个房间，三楼一个房间。

言楚行有风度，让祁欣儿住三楼，他、林玲和袁北住二楼。但是祁欣儿说她一个人住三楼害怕，于是换成言楚行住三楼，其余三人住二楼。

各自去了自己的房间，进去后有意外的惊喜。山区潮湿，每个房间里都点了特制的熏香，气味淡淡的，但是非常好闻。

言楚行先去洗澡，然后坐到窗前，用窗外的雪景做背景，自拍一张照片给宋小暖："礼尚往来，你也拍张照片给我。"

宋小暖没啥精神，懒洋洋地靠在沙发上："没有你美，算了。"

言楚行想象她此时的表情，忍不住莞尔。而他就是想看到她，直接拨视频电话过去。

宋小暖吓一跳，她一天没吃东西，脸色不好看，被他看出来问东问西就麻烦了。

起身关掉灯，仅点一盏微淡的壁灯。

电话接通，她埋怨地看他："这么晚了，该睡觉了。"

言楚行细细看她，还真是让他看出些问题："你看着有点憔悴。"

宋小暖下意识地摸一摸脸，然后她反击："比我美就算了，你还想暗示比我保养得好，比我年轻吗？"

言楚行忍不住地笑，这世上也就宋小暖，随便说一句话抛一个眼神就能让他喜不自禁。

"你才几岁啊，就想着保养了。"

"大哥你真是不知道，咱们女人的心里有多苦，年轻貌美就那几年，超过二十五就成苦菜花了。"

她随口瞎掰。

言楚行随口接："那你更要抱紧我大腿，我争取不嫌弃你。"

"抱就抱吧，还要抱得紧，你这人真难伺候。"宋小暖唉声叹气的样子，有点小萌，"我想说让你抱我大腿，但是那个画面太美，我不敢想。"

这话说出来，言楚行真是要笑疯。

宋小暖看得发呆："等等，让我截个屏，你大笑的样子太难得，我想拿来做表情包。"

她不是说说而已，而是真的操作了。

"挂了啊，一会儿发给你看。"

说完她麻利地挂断电话，然后捂着胸口长长地松一口气。她心里有一股戾气，调整了一天还没有消散干净，她怕自己忍不住会发作。

默默地发一会儿呆，她低下头，把截屏得来的照片找出来，又开了图片软件，慢悠悠地操作起来。

她当然见过言楚行大笑，就她这个"泼皮"性子，舰着脸尽情发挥，总能把他逗得大乐。而她特别喜欢看他笑，平时他冷静自持，不熟悉的人远远看他，说他高贵矜持得好像不食人间烟火。

宋小暖眯起眼仔细回忆，似乎他给她的第一印象，确实如此。

十分钟后，言楚行收到了宋小暖发过来的大笑表情包。是个可爱版的，给他加了小帽子，还配了腮红，看着萌萌的。

"喜欢吗？"她还问。

言楚行无语地看一会儿："还行。"

宋小暖发一个笑脸："我很喜欢。"

"不许传出去。"

"那必须的，你高冷的人设立得这么稳，我哪好意思把你拖下神坛。"

"贫嘴。"

"你不是说我泼皮嘛。"

"你确实是。"

"我妈才是泼皮，我只及她十分之一。"宋小暖不知道自己为什么会提到宋美娜，情绪又沉下去。隔一会儿，她又写一句："我妈说你是人间极品。"

言楚行正码字呢，看到这一句，脑海里瞬息浮起那个衣饰夸张的中年美女。沉吟片刻，他问："你是因为你妈的话，才跟我一起的？"

"第一次在酒吧里见到你，我虽然喝了酒，但也没到失控的地步。但是我抱着你哭，是因为你是我妈妈喜欢的人。"宋小暖陷入了回忆，颇为感慨地打字，"后来你哄我上床，我觉得冥冥之中有天意，就从了你。"

言楚行彻底无语，定一定神："你妈葬在 H 城吧，过年时咱们抽一天去看看她，我要感谢丈母娘。"

最近他经常说这种暗示性的话，宋小暖耳根子皮实了，也不当回事，相对平静："我自己会去，你忙你的吧。"

言楚行却不答应："年初二，咱们在 H 城会合。"

宋小暖皱眉头，她可不想让妈妈知道她和言楚行的复杂关系。想拒绝，又不知道怎么说，只好扯开话题："咱们到底聊了什么？怎么会说到这件事情上。你那边雪那么大，当心断电哦。"

她还真是张乌鸦嘴，言楚行刚看到这句话，房间里的灯突地灭了。他起身检查，果然是断电了。

这节奏，真是没得说啊。

"停电了。"

"啊？不会吧，我还没成仙呢。"

"不是成仙，是练成乌鸦嘴了。"

宋小暖啧啧："亏你还是物理系的大神，这种天气去这种地方，断电是大概率事件，预测这个，根本不需要神力资助的好吧。"

"有备用电。"

"够满负荷运行？"

"应该不能够。"

"所以啊，赶紧抱上被子睡觉吧，后半夜会很冷的。"宋小暖有点幸灾乐祸，"很晚了，我也睡了。"

"嗯，晚安。"

放下手机，言楚行摸黑去窗前看了看，路灯全灭了，望出去有点伸手不见五指的感觉，但是他能感觉到，外头还在下雪，而且还很大。

屋里也是乌漆墨黑，屋角的那点熏香已经燃了大半，小小的浮了一点亮光，还有幽幽的香气在屋里环绕。

他突然就觉得困了，眼皮像是要粘在一起。摸去床上躺好，只一会儿他就进入了梦乡。

*

大雪果然封了道路，不过森林度假村每年都会出现这种情况，备有专门的除雪车。

速度挺快，下午两点，路面基本清扫完毕，保险起见，大巴车上挂了铁链，来回开了两趟，顺利地把人送出去。

言楚行不想祁欣儿坐边上，对外宣称去 F 镇办事，道路一通，便坐着袁北的车出去了。

"言总，昨晚您睡得好吗？"

袁北和他出过差，还是头一回看他睡到九点多起来。包括林玲，起来的时候也是一脸的蒙，说是不是这地方太安静了，早叫铃都没把她喊起来。

言楚行靠在椅背上，若有若无地看着外面的雪景，声音很淡："比平时睡得好。"

袁北"哦"一声，他脑子里很复杂，一边觉得自己似乎有点多事，一边又觉得作为心腹特助，有些情况还是要汇报。

正纠结着，言楚行在后头问："你有事？"

袁北悄悄地叹一口气："也不是什么大事，昨晚一点多，我听到声响，出去看到祁小姐在外头。"

"嗯？"

"不知道是不是我多想，我觉得她打算去三楼。但是她跟我讲，她是去一楼拿熏香。当时还是断电的状况，黑灯瞎火的，她也不害怕？"

言楚行没有立刻答话，车厢里的气氛有点淡。

袁北觉得自己既然说了，那就再多说一句："早上我去服务台，提到熏香的事情，那边的服务员有点蒙，说不清楚，后来我问了几个同事，他们的屋里都没有熏香。"

言楚行的眉眼闪了闪，隔一会儿，他淡淡道："我虽然睡得好，但是醒来后提不起精神，我觉得不太正常。"

"对啊，林玲也是这么说。"

"那你呢？"

"我不喜欢那股味道，进门就把它掐灭了。"

言楚行微蹙起眉，想一想："以你的做事方式，应该把那根掐灭的熏香带出来了吧？"

袁北顿时来了精神："言总你好聪明，我有个化学博士的师兄，在F大的实验室做助教，我打算拿给他验验。"

"有结果告诉我。还有，不要声张。"

"这个您放心。"

袁北脸上正经，心里头却是乐得很。

如果他没有猜错，祁欣儿整这么大的阵势，把公司中层搞来这个偏僻地方搞团拜会，欣赏雪景什么的都是鬼话，真实的目的是想吃了老板这块唐僧肉。

女人心计啊。

第十三章

从度假村回来后，又忙了一个多礼拜，除了全年不休的特殊行业，全国的企业陆续进入春节空窗期。

包括宋小暖在内，忙碌了一年，假期快要来临了。

言楚行空下来就往 N 城奔，但是他还有个财富论坛要参加，所以只能在宋小暖这儿停留一晚。

两件大事要完成，首先是喂她，做一顿饕餮大餐，把她喂好喂饱，再让他好好地吃一顿。

没羞没臊地搞了小半晚，收拾干净后，他舒适地抱着她。

"严倩没再找你麻烦吧？"

宋小暖困得要死，眼皮子都撑不住，声音很勉强："她那个美容院又出了点事，卢源说她处理不慎的话，会停业整顿。春节生意很红火，她耽误不起，最近求爷爷告奶奶的，四处张罗着，没空搭理我。"

言楚行冷哼一声，抿紧了唇不说话。

第二天他回去 S 市。

难得有休息，宋小暖在家里搞了个大扫除。晚上的财富年会网上有直播，闲着无聊，她抱了 iPad 躺床上看。

开讲人是德众国际的董事长祁岳，他横行江湖二十多年，有很多经典案例可以分享，本身他的气场属于冷幽默性质的，潇洒、倜傥，场面把控得相当好。

相比较现场的轰动，宋小暖的神情就有些淡，直到摄影师把镜头转到场下，她的眉眼才较大幅度地动了动。

因为她看到丰昀陌和言楚行，他俩居然是挨着坐的？！

得体的西装，俊逸的五官，气质都是偏冷，分开看可能觉得差不多，搁一起就会看出细微的区别。丰昀陌有点沉默寡言的冷沉，言楚行则是漫不经心的冷淡。

宋小暖冷抽了一口气，直觉很不好。

心思叵测起来，盯着 iPad 屏若有所思。

现场，两个男人一边看讲演，一边也是揣着心事。言楚行之所以同意参加这个年会，并且做主题讲演，就是奔着丰昀陌来的。

混同一个圈子，原本他不在意，现在他知道丰昀陌觊觎宋小暖，并且时不时地逮机会偶遇她，便盯上他了。

消息是有的，美容院那儿鸡飞狗跳的先略过，一礼拜前，丰昀陌接受财经论坛的采访，公开表示他不会收购 N 城的港口项目。

言楚行也放弃了这次收购，但不会把这个结果放到明面上讲。丰昀陌的这个表态，传导到金融市场，严氏集团旗下的股票直接往下跳了一拨。严泽川气得要命，打电话给言楚行非要他出来说话，让潜远背书，稳定股民心态。

言楚行已经放弃这个项目，当然不会出来说话。何况丰昀陌不遗余力地给宋小暖报仇，他就算心里不爽，也不能拖后腿。

严泽川没辙，把另外两个兄弟 CALL 出来，各自出力，勉强稳定局势。然后他放言："咱们严氏和丰昀陌势不两立。"

气恼之下，原本兴致勃勃打算参加的财富年会也不来了，他的那张票让杜向南捡了空。

这是其一。

其二，言楚行得知他虽然不打算收购港口项目，却招兵买马，打算在 N 城设立办公室，地址就选在华瑞隔壁那幢楼。

作风是一如既往地强势和凌厉。

言楚行感觉到了压力，但他不是好惹的，逮着机会也要施压回去。侧过头，声音不响却足够丰昀陌听清楚："听说丰总要去 N 城设办事处？"

丰昀陌意外地瞥他一眼："言总的消息很灵通。"

言楚行笑笑："丰总是投资界的标杆，一点风吹草动就会有消息出来，想不知道也难。"

丰昀陌平静："言总想要合作？"

言楚行目光前视，声音淡淡："潜远是做实业的，不会进军投资界，只能看丰总发财。"

丰昀陌凝了下眉："言总客气了。"

暗藏杀机，但是聊得也算中规中矩。场上祁岳的发言结束了，祁欣儿是主持人，上去讲了一通热情洋溢的话，然后请下一位讲演者——地产界的大佬叶培持上台演讲。

房地产是全国热点，场下掌声雷动。

丰昀陌随便地拍两下手，突然转过头："祁欣儿虽然不是祁总的女儿，但是祁总早年潦倒时，去南方投靠哥哥，后来也是靠着哥哥的帮助，他才能打下眼前的这片江山。一半是亲情，一半是报恩，他把祁欣儿当自己的女儿看待，有求必应。他跟我讲过，他将来的财产大半都会给这个侄女。"

言楚行弯一弯唇，声音很淡："那是祁家的家务事，我没有兴趣。"

丰昀陌侧过头，半笑不笑地瞥他一眼，又转回头，目光也是平视前方："言总衔着金汤匙出生，气度确实不凡。"

然后他索性点了题："谁都知道祁欣儿是言总的女朋友。"

言楚行眯一眯眼，淡定地说："谣言不可信。"

"是吗？"

丰昀陌沉默片刻，突然笑了笑："我知道言总在Z大读书的时候有过一个女朋友，但是那个是过去式，因为你们在三年前就分手了。"

言楚行的眸光深了些，显然丰昀陌对这件事情的认知超出了他的想象。抬起头，他若有所思地看着台上，叶培持刚讲了个笑话，下面笑成一团，上下互动得非常热烈。

面色不动，趁着空当他转过头，直截了当地问："你什么时候认识宋小暖的？"

丰昀陌沉思，以他对宋小暖的了解，她在这里应该有一个破绽。他是应该利用，还是帮助她圆谎？做投资这么多年，他自认推算演练和权衡利弊的能力超凡，入门的第一天，祁岳就有教他，为达目的可以不择手段。之后的每一天，他都有认识到这句话的宝贵，想要好的结果，看准了必须果断。

"比你早吧。"他说得简略，有一定的想象空间。

言楚行很平静，甚至笑一笑："丰总去过H城？"

丰昀陌点头："去过。"

他这话带了点误导，他确实去过H城，在那儿待了好几个月，但是当时他见到的是宋小暖的妈妈宋美娜，宋小暖读的高中是寄宿制，为了专心备考，她周六、日都不回家。

言楚行的气息还是平常，淡淡地看他一眼，没有说话。

后面轮到丰昀陌上台讲演，他有不少拥趸，祁欣儿刚刚介绍完，下面就是如雷的掌声。

他神情自然，朝台下轻轻挥手，他今天演讲的主题是心态，投资人应该用什么样的心态去面对惊心动魄的变动。

晚上十一点，宋小暖接到言楚行的电话。声音很稳定，听不出喜怒："睡了吗？"

"刚打算睡。"

"陪我聊聊天。"

他说得这么正式，宋小暖觉得有点慌："你想聊什么？"

言楚行已经回到家里，洗了澡，慵懒地倚在客厅的沙发上，眼前是S市的夜景，灿烂如星光。

态度很温和，带了点循循善诱："你很少跟我讲H城，毕竟你在那边度过了童年和少年，应该有些有趣的事情，讲给我听听。"

宋小暖不知道他为什么会有这种想法，虽然口气缓和，但总让她有点凶多吉少的感觉。

犹豫片刻，她放低了声音，语调也很舒缓："我外公外婆死得早，留下我妈和我舅舅，我舅舅年轻时受过伤，右手使不上力，没有稳定的工作。我舅妈是农村人，脾气不好，没有钱就撺掇舅舅到我妈这儿拿钱，不给的话就拿棒子打老公，她是真的打，我有见过一回，舅舅身上被抽得一条一条的。我妈心疼哥哥，掏家底也会给，他们的女儿，从小的奶粉、尿不湿都是我妈买的，这样他们还不满足。舅妈农村的亲戚经常来城里住，他家住不下，就到我家来住，家里经常因为这种事情闹得鸡飞狗跳。这样的童年和少年有什么好提的？"

她讲的是部分的事实，每每想到那时的情景，她都想哭。

声音哽咽了："我之所以学习这么努力，就是想离开那个地方。你说我一个省高考状元，为什么不去清北，而是跑来Z大？因为清北离H城太近，我怕他们阴魂不散地找过来。"

她半真半假地说，逻辑却是通的。

言楚行没想到自己这么一问，竟然触到她的伤心事，心里顿时就不好受。想想读书那几年，她寒暑假都待在学校里，也没有亲戚来找过她，显然是有伤心往事的。

"没事，你还有我。"他安慰她。

第二天是小年夜，宋小暖约了纪安开车去H城。

昨晚被言楚行勾得回忆起了从前，后半夜直接从梦里哭醒，所以今天无论如何过不下去了，一定要去H城看宋美娜。

这边有过年上坟的风俗，陵园里已经有不少人。宋小暖没让纪安上去，她拿了一捧菊花，又拎了一个布袋子，慢慢地往山上走。

六年前，宋美娜在澳洲遇到车祸，没办法把尸体运回来，是宋小暖去大使馆签字，最后由丰昀陌把骨灰带回来。

她那时候整个人都是蒙的，墓地也是丰昀陌选的。他有在电话里问她，要不要把宋美娜送回 H 城安葬，她拒绝了，她说她一辈子都不会回 H 城，宋美娜也不回去。

往事不想回忆，她悠悠地叹一口气。

墓地在半山腰，背面是山，前面是一片开阔地，山风掠过空气格外清新。宋小暖把菊花放到宋美娜的照片下，大美女笑盈盈地看着她，好像有千言万语要和她讲。

她忍不住泪目："妈，您是不是怪我这么久没来看您？"

宋美娜当然不会说话，还是那样地看着她。

宋小暖从袋子里拿出香和蜡烛，蹲下来小心翼翼地点燃，她嘴里叨叨："我现在不在 H 城，不可能像以前那样，隔一段时间就过来看您。不过，我可以把您的牌位带去 N 城，那边有个法海寺，供了好多的牌位，和尚每天念经，还有信徒的香火，那边离我住的地方挺近的，我每个月都可以过去看您。不过那边要排队，我一年前听说的，马上去申请，结果那边已经满了，正在开发二期工程，还要等半年。"

说完这些，她默默地看着香一点一点地燃成灰，蜡烛的火焰一歪一扭地往下缩。

宋小暖的心里有惆怅，同时又有点害怕。害怕因为时光的流逝，原本坚固于内心的恨，会随着记忆淡漠，不再坚定。

想到这点的同时，疼痛在她的心中不可遏止地泛滥，她强行忍住，又控制住自己的面部表情。

回去的路上，刚刚过了收费处，言楚行的电话打来了，问她在哪儿。

宋小暖觉得不对味，但是她怂："在回 N 城的路上。"

"下回什么时候再去上坟？"言楚行尽量说得自然，"清明节我有时间。"

宋小暖有点傻，忍不住看一眼窗外，天空多云，还有点蓝。她思忖，宋美娜是不是在上头兴风作浪？这一个非要过来看她。

"清明节多么重大的日子，你不用看望你家老祖宗？"

"我会安排。"

言楚行不知道触到了哪根神经，不去宋美娜的坟头走一走，就不行了。

宋小暖头痛，手指捏着额角，她也是怂，说不出决绝的话，只能含糊其词："那个，到时候再说吧。"

言楚行见她没拒绝，就很高兴，语气轻松了些："春假打算干吗？"

这个宋小暖已经打算好了。她在卢源那儿放过话，说要找龙薇薇那个组的错处，目标已经有了：建环集团。但是前些日子她一直忙，腾不出空来钻研。这几天稍空下来，她首先找齐这家公司前面五年的财务报表、公告、新闻简报，以及例年的重要研报。这个春节她打算死磕这个了。

"春节有功课要做，不打算出门。"她简而言之。

言楚行得了想要的答案，便不再与她多说："知道了，我这边有事情忙，晚点给你电话。"

"嗯嗯。"

宋小暖松下一口气，随手点了关机键。

然后她就有点蔫，歪了脑袋闷声不响地看窗外。纪安是保镖，不是生死存亡的时刻，他一般不会说话。

于是，车厢里就很安静。

隔了很久，宋小暖突然问："纪安，从你的角度帮我分析一下，我有没有可能在这个世界消失得无痕迹？"

纪安莫名地看她一眼："你想干吗？"

宋小暖叹一口气："我有一种即将脱轨的感觉。"

她这话引起了纪安的重视，转过头看她一眼："被两个出色的男人追，想不好该选哪个？"

宋小暖神情茫然："你怎么会这么想？"

"不应该这么想？"

"对啊，丰昀陌跟我没关系。"

"哦，你已经选了。"

纪安琢磨她说的脱轨是啥意思，想一想，他说了自己的判断："你有秘密，不想让别人知道的那种，现在你很纠结，因为你觉得再这么下去，你的秘密要曝光了。你说你想消失无踪，其实是不想面对。"

宋小暖觉得特种部队的人真是有一套，居然让他说了个七八分相似。

"你别分析我的心理啊，你就说怎么才能消失无踪。"

"古代很容易，十年前勉强可以做到，现在嘛，到处都是摄像头，买东西用手机，上网有痕迹，除非你钻去深山老林做野人，否则很难做到完全消失。"

纪安答得淡定。

宋小暖其实就是一说，更多的是发泄郁结的心情。

最近她一直有这种感觉，自从言楚行在她的生活中出现，她的相对明确的生活就开始脱离轨道。

她觉得迟早有一天她会撞上坚墙，然后头破血流。

第十四章

第二天，宋小暖在毫无心理准备的情况下，接到了言楚行表妹楚茵的电话。她的心脏有一瞬的抽紧，下意识地看一眼窗外，冬季的阴天，颜色灰蒙。

也不知道想了些什么，隔了半晌她才开口："我过去看你吧。"

楚茵原本是个大咧咧的性子，但是这几天她正处于低潮期，心里委屈得要命，见宋小暖很是犹豫的样子，立刻就不得劲了，抽泣起来："暖姐姐，你是不是不想我过来找你？"

宋小暖被她吓坏了，连忙解释："茵茵你别哭啊，我没有不让你来，我只是在想我的时间安排。"

"你没空吗？"她还是伤心。

"有空，我不是跟你讲过嘛，时间像海绵里的水，挤一挤总会有的。"宋小暖小心翼翼地哄她。

楚茵立刻就高兴了，语速飞快："表哥这个小气鬼，跟当年如出一辙，因为怕我打扰你们的二人世界，给我订了外面的宾馆。好吧，我识相，但是暖姐姐，他明天才过来 N 城，今天晚上你能不能陪我在宾馆里住一晚？我有好多话要跟你讲。"

宋小暖没什么办法，还要装出开心的样子："我这里还有些事没做完，一个小时后去看你。"

"嗯嗯，好的。"楚茵乐悠悠地应下。

电话挂断，宋小暖的脸孔立时就垮下了，爬去床上躺平，闭上眼睛生闷气。

满脑子只有两个字：脱轨。

最终她还是在半小时后坐起来，拿出手机找言楚行算账。那头可能是心虚，接得极快："喂。"

她强自压抑，"楚茵在 N 城，刚刚给我打电话了。"

言楚行"嗯"一声，声音很普通："她打算考研，你知道的，她的数学是弱项，趁假期你帮她补补。"

宋小暖要吐血啊："我跟你讲过，这个假期我有事情要做。"

言楚行挖了挖耳朵，过滤掉她的不满，然后温和地说："她家里出了点事情，她是离家出走，别人她都不理，只肯到你这边来。你就当是同情她，匀点时间给她。"

宋小暖的眉头皱起来："出什么事了？"

言楚行既然把楚茵派发到她这儿来，自然不能瞒她："楚茵的爸爸，也就是我舅舅，在外头养女人。现在那个女人怀孕了，去他家闹。舅妈哭哭啼啼不肯罢休，刚才她娘家的哥哥打过来了，乱得很。"

宋小暖听得愣住，好久都没有说话。

言楚行吃不准她的态度，悄声地问："你不高兴？"

宋小暖全是心事，揉一揉眉毛，特别无助地说："没有不高兴，我只是不喜欢订好的计划被打破。下回有这种事情，你要提前跟我讲。还有，茵茵让我陪她住一晚，我会劝她的。"

"嗯，辛苦你了。"

言楚行松一口气，同时又觉得宋小暖的声音有点怪。他知道自己的做法过分了。但是没办法啊，如果提前通知，宋小暖十有八九会拒绝，他只能厚着脸皮，杀她一个措手不及。

夜深人静，楚茵抱着被子睡成天荒地老的姿势。

宋小暖睡不着，坐在客厅的沙发上看电视，手机里言楚行在给她发微信，她有一搭没一搭地回着信息。

言楚行在楚家看了半天的热闹，头很痛："茵茵没给你添麻烦吧？"

宋小暖没啥情绪："她睡了。"

言楚行感觉到她的不乐意，小心翼翼地哄她："她高二暑假跟你学了两个月理综，对你佩服得五体投地，而且她没什么朋友。"

宋小暖不想说这个，盯着电视发呆。

在发了几条微信没有反应之后，言楚行忍不住打电话给她："在干吗呢？"

宋小暖的声音有点冷淡："我在想，如果可以，你把楚茵带回去。我好不容易有个假期，不想陪着她想不愉快的事情。"

言楚行皱起眉："她让你不愉快？"

宋小暖叹一口气，慢吞吞地说："我很忙，有很多事情要做，我可以接受你的卖惨，匀一天时间出来安慰她，但是要我匀一整个假期给她，我不愿意。"

听筒里安静了一会儿，言楚行的声音也冷淡下来："好的，我知道了。"

宋小暖知道他很重视楚茵，当初他俩同居的时候，他特意在小区多租一套房，收留楚茵节假日过来住。有一段时间，宋小暖每天给她补习功课，可以这么讲，楚茵之所以能考进 S 大计算机专业，宋小暖居功至伟。

她虽然不愿意与人太过亲近，但是楚茵娇憨可爱，态度诚挚，在她身上，宋小暖情感投得不多，但心血扔了一大堆。

现在这样，确实挺伤感情的。

挂断电话，她又在沙发上发了会儿呆，神情倦怠，她摸进房间寻了自己的半张床躺好。

合上眼，她陷入沉思。

大四的下半学期，言楚行已经毕业，留在 H 城的潜远集团下属的一家公司上班。他没有跟她讲过他的身份，她只知道大学四年，他一直在这家公司实习，收入丰厚，所以他才能很好地维持他俩的生活质量。租一套装修精致的房子，吃用称不上奢侈，却也称得上精致、有序。

只不过他很忙，实习的时候，他可以把工作带回家里来做，正式上班后，他就早出晚归，经常在外头应酬，偶尔还会喝得满身酒气地回来。

她能理解他作为社会人的状态，但是她不能理解他明明是个物理天才，读研读博，在实验室专心做实验就好，为什么非要出来上班？

她跟他谈过这个问题，说自己之所以去读双学位，就是为了将来赚钱养他做科学家的。

她记得言楚行的表情，唇角勾了一个向上的弧度，眼睛莹莹闪亮，眉眼间带着写意的清朗，他用力地揉了揉她的头发，掌心温暖又干燥。

他说："我读物理只是为了满足好奇心，其实我真正想做的和肯定会做的是实业家。"他还说："你有做科学家的潜质，还是由我来赚钱培养你吧。"

宋小暖摇头："我讨厌物理。"

这个不出言楚行的意料，温柔地抱着她："等你毕业了，咱们去 S 市发展。"

宋小暖下意识地皱起眉："不能留在 H 城吗？"

言楚行还是头一回跟他说自己的打算："潜远的总部在 S 市，我最多在 H 城待两年，然后会去 S 市入职。"

"你在潜远上班？"宋小暖诧异地扬起眸，"可是你上回跟我讲，你上班的那家企业叫程远。"

言楚行不以为意地答："程远是潜远的下属子公司。"

宋小暖感觉自己的灵魂在颤抖，深吸一口气，她问："你有把握进潜远在 S 市的总部？"

言楚行很淡定："有把握。"

宋小暖看着他，心里有非常不好的预感，但是那一瞬间她鸵鸟了，脑袋不愿意多想。

而那段时间，言楚行实在是太忙了，没有留意她的情绪变化。

然后楚茵来了，她还是那个大咧咧的性子，嚷嚷着要答谢她的补课之恩，非要拽宋小暖逛街。

大包小包拎了一堆，她又嚷嚷着要吃醉香楼的东坡肉。

坐在靠马路的窗前，看着外面的车水马龙，她突地叹一口气："暖姐姐，我爸爸又闯祸了，这回姨父生气了，不肯帮忙圆场。"

宋小暖有点害怕，怔怔地看着她，没有搭话。

楚茵又是叹气："我爷爷把全部家产换了姑父公司 20% 的股权，一半给爸爸，一半给了表哥，这回我爸爸亏了一大笔钱，我妈说他至少要抛出去一半股权才能补住窟窿。"

她得过言楚行的关照，不说家族背景，但是隐隐透出来的信息，却容不得宋小暖有半点逃避。

她嗓子很干涩："你爸爸是楚晏德？"

楚茵怏怏然："暖姐姐您知道他？哦，应该是表哥告诉您的。他是个败家子，我不喜欢自己长得像他。"

宋小暖仔细看她，确实，她的脸型、五官和楚晏德如出一辙，只不过男女有别，她长发披肩还有刘海儿，气质又走了两个方向，一时没有产生联想。

但是宋小暖想，自己的潜意识里应该是有感觉的，否则为什么她一个劲儿地对她示好，但她心里始终隔了一层。

因为宋小暖的不情愿，言楚行只过来住了一天，就带着不情不愿的楚茵离开 N 城。

S 市那边都快闹翻天了。

传过来的消息很混乱，赵媛媛貌似情绪失控，一天要给楚茵打七八个电话，说来说去都是要拉楚晏德同归于尽，但是她又不肯说她到底捏了什么把柄，只是反复说，他死定了。

深更半夜，宋小暖接到言楚行的电话。

"睡了？"

宋小暖确实是被他吵醒的，声音微微有点哑，落到言楚行的耳朵里韵味十足："刚刚睡着，你到家了？"

"嗯，刚刚洗完澡，"

言楚行躺靠在床上，手里拿了一杯红酒，慢慢地抿一口："有点想你，想问问你明天能不能过来 S 市陪我睡一睡。"

宋小暖晕了，这男人真是愈来愈不要脸了："懒得理你，挂了，别吵我睡觉。"

然后她真的挂断了电话。

言楚行笑了，轻轻地摇一下杯子，又喝一口。他在考虑怎么才能让宋小暖心甘情愿地说要嫁给他。

感觉很难。

其实他到现在都没想明白，宋小暖的心结到底是什么。

这个春节，宋小暖也有思考，如果真如她预感的那样，不可避免地走到摊牌的地步，她会不会后悔与言楚行的再次相遇？

答案是否。

她现在的想法很简单，得过且过，快乐一天是一天，就算未来不可期，至少在一起的时光是美好的。而且，可能是因为长大了三岁，也可能是工作中见了些世面，她发现自己比以往勇敢了。就算有那么一天，她觉得自己也可以从容地面对。

身陷爱情之中，她尽量把事情往好的方向想。

*

言楚行不在的几天里，宋小暖研究了建环的财务报表。

从专业的角度讲，她有点佩服龙薇薇组的，有些似是而非的地方，他们做得堪称完美。就算将来祸起萧墙，从专业审计的角度，他们也有托词。

不美观，不道德，但是可以逃脱。

长假后的第一天，宋小暖从电梯口出来，转角遇到卢源，卢源淡淡地瞥她一眼："来我办公室。"

宋小暖喘一口气："容我泡一杯咖啡先。"

卢源貌似心情沉重，板正了脸，又揉了揉眉心："帮我也泡一杯。"

宋小暖感觉不大对，侧过头看他："有心事？"

"嗯。"卢源竟然点头，然后理所当然地指挥她，"我要蓝山咖啡，加奶不要放糖。"

难得看他这么耷眉耷眼，宋小暖也不与他计较，拿了咖啡包和一次性杯子出去了。

几分钟后，她回到办公室，和卢源一人手上捧一杯咖啡，慢悠悠地边喝边聊。

"知道丰昀陌吗？"

卢源张口就吓到了宋小暖，不过她面上装得自然："干咱们这行的，基本都知道他吧。"

"装。"卢源没好气地甩她一个白眼，"我现在基本确定你这人有秘密，我以前对你的看法都要推翻重来。"

宋小暖哼一声："你受了什么刺激，谈兴很浓啊？"

卢源眯一眯眼，按自己的思路往下说："我看过你的档案，你成绩优异，读书时跳过级，工作三年多，过年也才二十五岁，这年纪正青春，正常来讲，每个人都该有几个狗肉朋友，不说犬马声色，也该歌舞升平。但是你貌似与往事做了切割，特立独行，孑然一身。"

宋小暖不理他，顾自闷头喝咖啡。

卢源却是意犹未尽，摇晃着脑袋继续说："没有老朋友，那就交新朋友。但是你面热心冷，表面上耐心温柔与人为善还识大体，事实上冷淡无情拒人于千里之外，实证的例子有很多，这三年光咱们公司在你身边兜转过的职场精英就不下十个，出去审查账目招蜂引蝶就更不用说了，小常总就是标准案例。但是你公事公办，连个正眼皮都不会给他们。以前我以为你性格如此，现在我有新的看法。"

"有啥看法，我就是个性格孤僻的宅女。嫌人世太嘈杂，尤其是你这只聒噪精，一天到晚说些有的没的，也不嫌累得慌。"宋小暖随便应付他。

卢源撇嘴："得了吧，小白都跟我说了，你和丰昀陌的关系很好，而且是他死皮赖脸巴着你的那种。有这种质素的男人追，你当然看不上之前的那些了。然而，你连丰昀陌都看不上，必然还有个质素更强的心头好。"

宋小暖听得无语："卢老大，你一大早绷了面孔，就是打算跟我说这些？"

"不。"

卢源摇摇食指，声音凝重了些："我猜是因为你的缘故，丰昀陌才会找上我。昨天晚上，他约我去宝岛咖啡，密谈了两个多小时。"

宋小暖皱起眉，若有所思的样子："他对建环感兴趣？"

卢源吃惊于她的敏锐，停顿片刻，他点头："你猜对了。"

宋小暖默然，她感觉这桩事情挺复杂的，一时想不明白，也无从评判。

卢源重重地叹一声，身体往老板椅上一靠，双手压着后脑勺，满脸困苦："丰昀陌要挑我上马，但是我不知道自己有没有这个承受能力。苦思冥想了一晚上，也没能下这个决心。你是我的福星，这桩美事又是因你而来，你帮我分析分析。"

宋小暖放下咖啡，手指摆弄着杯壁，淡淡地说："那你讲得详细一点。"

事情三言两语就能讲清，大概来讲，丰昀陌也看出建环的问题，从他的眼光看去，有危机就有生机，建环集团的基础还是不错的，但是被董事长的好高骛远给害了，业绩造假这个雷一旦爆出，股价肯定暴跌，后面甚至面临退市的风险。资本市场玩的就是心跳，收购重组一整套流程启动，钱就会哗哗地流进来。

"丰昀陌说整个流程要两年以上，但是收益非常好。如果我跟他合作，我最后能拿到的数目，抵得上我在华瑞干十年。如果我表现出色，他答应可以继续带我玩，进了那个圈子，我的人生就是另一番光景。"

卢源说得兴奋，眼睛里却有些不确定："但是我是成年人，知道天上不会无缘无故地掉馅儿饼，还是个肉馅儿的。仔细想想，这件事情的风险也挺大的。首先建环不会坐以待毙，它是军工企业，各方面的关系也很多。如果丰昀陌最后被整垮了，把我列入仇人方阵，我虽然有赚，却及不上人家一根毛，最后被整了是不是也不划算？还有，前面三年建环的账都是龙薇薇组审的，这事儿翻出来，他们这个组肯定会倒霉，搞不好考出来的那些证都要作废，都是同事，我心里过不去这个坎。"

"如果丰昀陌自己动手，他们也跑不掉。"

"我袖手旁观，他们骂不到我头上。"

"你还在意这个？"

"当然。"卢源叹一口气，"我就是抹不开面子，心底柔软得很。"

宋小暖笑了，垂下眸想一想："长假的时候，我研究了两天建环的财报，结论是龙薇薇组很巧妙地规避了职务风险，问题肯定有，但是可推卸。"

卢源忍不住咬牙齿："坏事干得这么贼，一看就是老手。"

"只是我的初步印象，你也是专业的，应该知道审计需要查核的内容，有些票据票单要看实证，单看财报看不出来的。我也不能百分百地给他们打包票，说一定没事。"

卢源感慨："你这么说我心情好一点，现在是田鸡跳进篓里，要看他们的命数了。"

"所以你决定和丰昀陌合作？"

"没想好，虽说富贵险中求，但是我也怕自己没这个命。"

卢源还是举棋不定，他挑起眼皮："丰昀陌的行业口碑是吃人不吐骨头，我怕自己尸骨无存。如果是你我就毫不犹豫，要不你给我背个书？"

宋小暖微笑："你也是只江湖骗子，谁啃谁的骨头还不一定。"

回去办公室，宋小暖双手撑着下巴，兀自出了会儿神。

小白从后头过来，声音很轻："暖姐，丰总让我给你带句话。"

宋小暖吓一跳，脑子反应了一秒才仰起头，莫名诧异："你怎么跟他接上头的？"

"上回在B市见过嘛，后来他不知道从哪儿搞来我的微信，加了我。"

小白一脸的无辜，被大神主动邀加微信，她兴奋得一晚上没睡觉。

宋小暖看她半晌："什么话？"

"丰总说，他纯粹公事公办，请您不要多想。"小白不懂这句话的意思，但是她原模原样，一个字都没改地搬过来。

宋小暖给她面子，点头微笑："好，我知道了。"

小白交了差，面孔粉粉嫩，兴高采烈地回去自己的座位。宋小暖看她拿出手机，在上头码字，没意外是跟丰昀陌汇报情况。

她觉得丰昀陌也是有意思，默不作声地攻陷她两个同盟。拉卢源说是公事，那拉小白算什么？也是公事？

关键他还正大光明地让她带话，这做派啊，宋小暖不知道他意图何为。

*

卢源举棋不定了几天。

宋小暖没打算给意见，但是她猜测卢源最终会上。这几天他猫在办公室里不出来，应该是在研究丰昀陌的过往战例。

据她所知，丰昀陌出道之后经手的所有案例，未有败绩。

果然，几天后卢源又鬼促促地找宋小暖聊了两回，终于他下定决心，和丰昀陌合作，进军投资领域。

他还美化自己："男人大丈夫要有血性，就算是为下一代，也要拼一回。"

宋小暖不泼他冷水，职场生涯，每一步进退都是个人选择，她认为卢源有专业能力，又狡猾，可以去试试。

不过，她也提醒一句："丰昀陌是不是早就算计你了？否则建环的下属企业——远达型材的案子怎么会落到你的手上？"

她这个提醒很及时，卢源转过头就去审问中间人，果然不出宋小暖的预料，这件事情里头有丰昀陌的手笔，他早就算定他会选择合作。

"奸诈，要防他一手。"卢源愤愤地说。

宋小暖微笑不语，她想的是言楚行。他心思缜密，心里搁再大再多的事情，脸上也能做到喜怒不显，而她的防线正一点一点地被他侵吞蚕食，眼看就要守不住了。

是不是也该防他一手呢？

第十五章

言楚行意外接到祁岳的电话，约他吃饭。但他急着去 N 城看宋小暖，只能婉言谢绝。

祁岳的声音里带了些调笑："自从我发达以后，还没有人拒绝过我，言少你是头一个。"

言楚行听不出他的意思，只能道歉："有出差任务，不好意思。"

祁岳轻描淡写："那你现在有空吗？"

言楚行微皱起眉："我不能喝酒。"

"以茶代酒。"祁岳很爽快，"时间不会很长，最多一个小时。"

言楚行心里头再急，也不能违了这个面子，想一想，他客气地说："您离星海广场近吗？那边有一家私房菜馆很有名，要不就去那儿？我做东。"

祁岳轻轻地笑一声："是云尚吗？我就在这儿。"

言楚行到的时候，菜已经点好了。

祁岳轻轻地啜着茶，慢条斯理地说："知道你赶时间，自作主张点了菜，你看还对胃口吗？"

言楚行果然看一看，然后笑笑："菜式很合理，让您费心了。"

"坐。"

祁岳点一点桌子，淡淡的态度看不出他的喜怒："不喝酒就喝茶，这里的黄山毛峰很有特点。"

言楚行当然也没意见。

祁岳察言观色，笑了笑，随便地挥一挥手，示意服务员们都出去。

包厢里静下来。

言楚行感觉到他要说什么，虽然出乎意料，但是祁岳做事一向就是这个风格，所以假若他真的说出来，也不能算意外。

开场白意味深长："这两年我一直以为言少会是我的侄女婿，所以对潜远集团颇多关注。"

言楚行心头凛起，面上却是自然，甚至他还笑了笑："祁董是投资界首屈一指的人物，我一直都想听听您对潜远的看法。"

祁岳眯起眼，眸底掠起些微光："你很自负。"

"不敢。"

言楚行好整以暇地坐正身体："您是前辈，愿闻其详。"

他觉得今天也许是鸿门宴，但是既来之，则安之，不至于被对方三言两语吓到瑟瑟发抖，缴械投降吧？

祁岳的唇畔泛起些笑意，像是无意："年前开始，我一直在股票市场收购新光源的股票。"

言楚行挑挑眉："难怪新光源一直在创新高。"

"你也炒股？"

"新光源是潜远的下游企业，偶尔会有关心。"言楚行说得客气，其实他一直怀疑新光源有和外面的庄家配合，放消息炒作股票。现在看来，确有庄家，而且是个强庄。

祁岳盯着他看，语速很慢："我可以对新光源发起收购。"

言楚行微蹙起眉："祁总打算做实业？"

"没兴趣。"

祁岳摇摇头，"我是做投资的，赚钱和为贵，没必要去实业界掺和。不过，就投资而言，我最近一直在研究潜远上下游的供应链，学到了很多知识。新光源是我选来试手的，后面能选的企业还有很多。言少年轻有为，想听听我对潜远的看法吗？我研究的结果是，潜远根深叶茂，想要撼动它非常之难，如果非要找些弱处，恐怕就是这些枝枝杈杈的配套企业了。"

言楚行沉吟，隔一会儿才说："一般人不会做损人不利己的事情。"

祁岳夹一筷面前的鱼，慢慢地嚼，然后又咽下。

"你说的对，一般人确实不会做损人不利己的事情。"他意犹未尽地又夹一筷鱼，"你吃啊，这鱼很不错，不过还是我哥哥做的鱼好吃。"

然后他叹一声："我有一对不负责任的爸爸妈妈，在我很小的时候就离婚了，然后各奔东西，人影不见。我从小跟着哥哥长大，我家后头有条河，小时候都是我抓鱼，我哥哥做给我吃。不过，他在我读高中的时候，去了南方。没办法，求生活嘛。当时生活艰苦，每个月他要寄一半的工资给我做生活费，但是我那会儿不懂事儿，考上大学拿到录取通知书的那天，帮朋友打架，拿刀子捅了人，判了六年，当时就鸡飞蛋打啥啥都没了。我哥大老远地过来探监，痛哭流涕啊。出狱后我去南方投奔他，起步资金就是他给的。在我心里，我哥是三重身份，爸爸妈妈哥哥全是他。所以，在我这儿吧，损人不利己，但是如果利的是我哥，那我砸锅卖铁也是会干的。"

言楚行盯着他看了一会儿，伸出筷子也是夹一筷鱼，慢慢地抿着味道，最后他慢悠悠地说："这鱼确实不错。"

然后他去夹别的菜，也是细嚼慢咽，却没有说话。

祁岳看他姿态优雅，抿着茶，颇有兴味地欣赏，包厢里的气氛很淡，但是也说不上紧张。

吃到七八分饱，言楚行放下筷子，若无其事地开口："读大学的时候，我有一个同居女友，感情非常好，但是分手了。我很爱她，一直都忘不了她，去年我回头找到她，除了她，我不会和别的女人结婚。"

祁岳意识到哪里出了问题，眉毛轻轻地往上一挑，若有所思起来。

言楚行也不在意，拿起茶抿一口，然后淡淡看他。

脑子里当然没闲着，把潜远的重要配套商都捋了一遍，其中确有漏洞，比如祁岳提到的新光源。

还有建伦轴承。

想到这里，他眉心微微一抽，低下头又抿一口茶，再抬头，又是云淡风轻的模样。

祁岳注意到他的神情，不过他并不在意，如果真的要斗，他们在这个行业深耕这么久，一秒就能想透关键。

笑一笑，他继续自己感兴趣的话题。

"如果我没有记错，你读的是Z大物理专业。"

言楚行点头："是的。"

祁岳突然有些感慨，清癯的面庞上露出些岁月的沧桑："当年录取我的就是Z大物理系。如果不是年少冲动，我的人生路会完全不同，咱们还会有校友情谊。"

这个言楚行确实没有想到："可惜了。"

"所以你说的大学里的同居女友，也是Z大的学生喽？"

"是的。"

祁岳突然笑了，一边还无语地摇头：欣儿这乌龙闹的，抓小三还能抓出个赝品。这本事还想登堂入室，难怪人家看不上你。祁岳顾自喝一会儿茶，然后扬起眸，淡淡道："年轻时的感情，大多不靠谱。不如利益结合来得稳固。"

言楚行淡定："各花入各眼，各人各想法。"

祁岳唇角含笑，眼神却很沉静："女人心海底针。我的人生经验告诉我，女人都是不可靠的，她们嘴上说的和最后做的，完全是两码事。就算有过山盟海誓，转眼也能随风而逝，只有利益是可控的和永恒的。比如你和你的那位大学时期的爱人，如果真的情比金坚，当初你们俩又为什么要分手？"

言楚行的眼瞳紧了紧，眸光逐渐变得冷傲。

"这是我的私事。"就是无可奉告的意思。

祁岳不在意，以他风流老男人的经验，这世上就没有拆不散的情侣。他低低地笑一声："我拭目以待。"

言楚行抿紧唇，专注地看他片刻，然后微笑道："前辈的这些话，让我受益颇深，非常感谢。"

祁岳的手指搭在茶杯上，不紧不慢地转一圈，然后轻描淡写地说："年轻一辈里，我能看得上的人不多，丰昀陌是头一个，你是第二个。如果咱们可以亲上加亲，那是最好。如果不行，就我的本意来讲是不会勉强。毕竟谁都知道，强行扭来的瓜不会甜，何况也没那个必要。但是欣儿对你用情颇深，还想着争取与你有未来。我和我哥感情好，侄女只有一个，他的事情我也得关心，今天找你过来，主要还是了解情况，同时也传达一些信息。没有威胁的意思，你随便听听就行。"

*

当天晚上，丰昀陌接到祁岳的电话。

"你在 N 城？"祁岳问得随意。

"嗯，我在 N 城设了个工作室，一个月有一半时间在这边。"丰昀陌和祁岳的业务重合度很高，原本他打算等业务上手了，再和他说，没想到他竟然打电话来问。

祁岳颇有点好奇："N 城这边有你感兴趣的标的？"

丰昀陌一直犹豫要不要把宋小暖的事情告诉他，话头到了，但他还是下不了决心。他并不担心祁岳有什么想法，而是宋小暖，想到她的绷紧的黑脸，他莫名有点胆寒。

"有感兴趣的人。"他含蓄地说。

祁岳多聪明啊，立刻听懂他的意思，还与他开句玩笑："你这株铁树终于开花了。"

丰昀陌镇定地说:"尚需努力。"

祁岳笑声爽朗:"还能有你搞不定的女人?我对你有信心,必然手到擒来。"

丰昀陌苦笑,他已经知道言楚行赶来 N 城,就目前的形势而言,他的希望不大。但是他相信凡事付出努力,哪怕不成功也不会后悔。

声音还算淡定:"承您吉言。"

祁岳打电话过来另有其事,之前算寒暄,下面言归正传:"我想让你帮我查个人。"

丰昀陌经常帮他做调查,很自然地答:"有相关资料吗?"

"没有资料,只知道是 Z 大毕业的。"祁岳淡淡地与他解释,"欣儿说言楚行在 N 城藏了个女人,但我觉得她张冠李戴搞错了,你帮我查一下,那女人到底是谁?"

听筒里安静下来,隔了好一会儿,丰昀陌才问:"您打算对付她?"

祁岳觉出些异样,想一想,他犹豫着问:"你知道?"

"知道。"

既然他问了,丰昀陌也不打算骗他:"您也认识她。"

祁岳"哦"一声,脑子飞快地运作起来,一边淡悠悠地说:"我认识的这个年龄段的 Z 大毕业的女人可不多。"

丰昀陌的声音也很淡:"我认识她也是拜您所赐。"

答案呼之欲出。

祁岳觉得不可思议,眉头拧得紧,犹豫着问:"是……宋小暖?"

"是的。"

丰昀陌答得极为干脆,然后他问:"您不会对付她吧?"

祁岳沉默了,隔一会儿他莫名地笑起来:"你这么紧张,你前面讲的感兴趣的人,也是她吧。"

丰昀陌觉得他真是只狐狸,稍微一点情绪变化都能让他逮到,在他的精密的大脑里转一转,答案就出来了。

他略略沮丧:"是的,我很喜欢她。"

两人静了会儿,然后,话筒中传出倒水的声音,以丰昀陌对祁岳的了解,他应该是在泡咖啡。

祁岳体质异常,喝咖啡会失眠,所以很少喝。只有在他认为事情很严肃，需要他仔细思考的时候，才会认认真真地泡一杯，有时候只是闻闻味道，并不会真的喝。

"说说，她和言楚行是怎么回事？从头开始讲，包括细节。"祁岳泡好了咖啡，浅浅地啜一口，摆出长谈的样子。

丰昀陌没想到他这么来劲，只好把自己知道的都讲给他听。祁岳听得仔细，有不明白的还会及时提问，最后，他一语道破天机。

"你跑去N城，与其说是努力，不如说是等着捡漏。"

丰昀陌瞬间凝滞，老狐狸太贼了，一点小心思都瞒不过他。

见他不答，祁岳也不在意。

"宋小暖的脾气咱们都知道，油盐不进，如果不是真的喜欢，哪有可能和言楚行梅开二度？就这点来讲，你再努力都没有用。但是，她的软肋也是明显，我很了解言崇信，他未必在意门当户对，但是，他这人极要面子，很看重家世清白，还有楚晏贤，虽然她那个弟弟人品极差，抛开这一点，她也是温婉的贵妇人，这个圈子很势利，她对儿媳妇的要求，不会比言崇信低。从这个角度看，宋小暖进言家的可能性不大。她这人不爱钱，也没有攀附富贵的想法，同时又是个绝顶聪明的人才，我猜她之所以和言楚行分手，就是认清形势的缘故。从这个角度看，你捡到漏的可能性很大。"

他谈兴甚浓，喝一口咖啡继续讲："但是言楚行对宋小暖的情意很深，他亲口跟我讲，非宋小暖不娶。他也是个有本事的，自己的女人必然会死死守住，你想等到漏洞，很难啊。"

丰昀陌当然知道，声音淡淡："我有耐心。"

祁岳点头："目前看，也只有这样。"

丰昀陌沉默一瞬，然后问回之前的问题："您会为了欣儿对付她吗？"

祁岳略有纠结："其实我之前已经打算出手了，但是这里头居然有宋小暖，那我就需要好好想想。也不知道为什么，我一想到她对我怒目而视，后脊梁都会发寒。"

"所以您不会对付她？"

"不会亲自出手，但是会隔山观虎斗。"祁岳沉静一会儿，声音严肃了点，"你这个消息来得太突然，我还要好好想想。"

言楚行不知道祁岳认识宋小暖，更不知道因为这一层关系在，祁岳放弃了原本想好的并购计划。

在 N 城的这些日子，除了例行的公事外，言楚行还做了两件事情。

第一就是注意新光源的股价波动，他知道严泽川有投资的想法，给他提示了几个操作方法，冲去股市割祁岳的羊毛。

祁岳这边是高度控股，突然进来一拨力量，两边顿时缠斗起来。严泽川的资金量不大，眼瞅着要顶不住，上阵不离兄弟兵，付钧、杜向南纷纷携资入场。两边杀得难分难舍。

趁这边热闹之机，言楚行悄悄地买入建伦轴承母公司的股票，这个下游配套是潜远的软肋，两年前，言楚行就提议收购这家公司，但是因为别的股东的反对，暂时搁置了。

现在这个威胁明晃晃地摆在眼前，他不是个坐以待毙的人，董事局开会审议太慢，干脆拿自有资金收购一部分股份再说。

言楚行做得隐秘，但是祁岳是谁啊，当即就让他监控到异常。

他其实很久没在股市搞风搞浪，见此情景也觉有趣，既然你要玩，那我就陪一把。他也悄悄地买入建伦轴承母公司的股票。

言楚行不在意，他在股市的操作其实都是眼障，能吊住祁岳的注意力，拖住时间就行。董事会那边，他已经让袁北起草文件，推动收购建伦轴承事宜，这一次他势在必得。

这伙人在股市搞事情，宋小暖这个资深股民当然也有察觉。

趁着吃晚饭的时候，她问："潜远的下游供货商出问题了吗？"

言楚行瞧他一眼："你听说了什么？"

宋小暖不知道该怎么讲，迟疑片刻："我看到潜远系的股票有些异动。"

"你这么忙，还炒股？"言楚行不以为意，随手给她夹一只大虾，"我在里头放了红酒，你尝尝。"

宋小暖见他扯开话题，心里头便有些惴惴："出问题了？"

言楚行平心静气："你没听人讲吗？潜远根深叶茂，想要撼动它可不容易。供货商本来就有优胜劣汰的问题，股市上有些波动也正常。"

宋小暖感觉他在打发她，不过，看他这礼拜朝九晚五，准时回来给她做晚饭，一点紧迫感都没有的样子，就算有问题，也不会是大问题。

"我买了点建轴集团的股票。"她淡淡地说。

言楚行挑起眉，唇角浮起些笑意："有眼光啊，多少钱买的？"

"十三块二。"

"两个月后会到二十五块，然后你就抛吧。"

"这么强？"

"就是这么强，有钱你还可以继续补仓。"

他说得淡定，宋小暖却是圆睁起眼："你不是不炒股票的嘛，怎么突然好像股神附体了。"

言楚行很看不上她的样子："你不是最讨厌内幕交易信息嘛，还补仓吗？"

宋小暖懂了，这只股票有重大交易要披露。这就很纠结了，她拧起眉，难受得不要不要的："有钱不赚很亏心啊，但是赚内幕交易的钱更加亏心啊。"

言楚行就知道她会这样，轻描淡写："你不问，我不会说的。"

宋小暖兀自难受了会儿："做人不能太贪，十三块二的是我凭本事赚的，多的就算了。"

言楚行就知道她会这么讲，笑一笑，他转去别的话题："最近你都在丰昀陌那儿，建环那边弄得怎么样了？"

对此，他可是忍了好久，终于过问一下。

宋小暖没有感受到他嫉妒的情绪，反而是用警惕的眼光看他："人家的商业秘密，我怎么可以随便讲给你听。"

言楚行冷冷地哼一声："你们老板知道你们在干和工作没关系的事情吗？"

宋小暖语塞，想一想，她一边小心翼翼地剥虾，一边振振有词地回答："咱们该干的活都在干，没有耽误工作。"

言楚行的表情很平淡："所以你在家里加班的那些时间，其实是在替丰昀陌打工喽？"

宋小暖隐隐觉出危险，想怂却又不甘心，给他舀一碗鸡汤，殷勤地摆到他面前："我虽然不能跟你讲具体的内容，但是我可以告诉你，建环虽然有虚报利润的问题，但是盈利能力还是挺强的，如果能拉到投资人，活下去的概率很高。潜远资金雄厚的话，可以抄它这个底。"

"丰昀陌一个人抄底不香吗？"

"建环太大了，他一家搞不定。"

言楚行眯一眯眼，心里头已经有了算计，面上还是淡淡："潜远是做实业的，对投机不感兴趣。"

宋小暖时常听他讲类似的话，做实业最难的就是守住初心，他定力稳是好事情。

不过，她歪过头："那你们收购方远干吗？"

言楚行慢悠悠地喝汤，声音也是淡淡："方远是外公的产业，还有些别的资产，一同并购给潜远，换了 20% 的股份。我本来不参与这部分的运营，为了来 N 城，恶补了一个月的证券知识，好不容易争取到这个项目。"

宋小暖眨眨眼，刚想说些什么，见言楚行面无表情地抬起头，目光灼灼："你就是个没良心的女人。"

宋小暖噎住，心里头愁苦，欠他的人情这辈子还不清了吗？

言楚行对她知之甚深，见她眉眼下垂，唇角略显苦涩，知道自己成功地勾起了她的内疚情绪。

"没事，我会包容你。"他的声音低沉又委婉。

宋小暖顿住，隔了老半天才略显沮丧地回复："无以回报，咱们滚床单去吧。"

第十六章

言楚行在 N 城待了大半个月。

耽没耽误工作两说，但是一副君王不早朝的架势，让远在 S 市的亲爸爸言崇信犯了嘀咕。

打个电话，敲打了几句，言楚行也不辩解，随便"嗯"几声应付完了就算了。

最难受的是祁欣儿，见他久居 N 城不归，心里是抓心挠肝般地难受。举棋不定的时候，她又去找祁岳拿主意。眼睛下面是两个大大的黑眼圈，情绪看着也不太稳定。

"叔叔，言少去了 N 城，两个多礼拜还没回来，您说我该怎么办？"

祁岳坐在藤椅上，轻轻摇晃，脑子里信马由缰也不知道在想些什么。隔了好一会儿，他回过神来，淡淡道："放弃是最简单的。"

祁欣儿摇头："不，我很爱他，不想放弃。"

祁岳看着侄女，脑子里浮现的是五官精致、气质清新的宋小暖，左比右比，他都觉得言楚行的选择是正确的。

"他不爱你，就算你进了言家的门，结局也不会好。"

他慢悠悠地说："男人有钱有势又不喜欢家里的那个女人，结局就是养小三，不走心的像叔叔一样，养一大堆，那样还好点。走心的就养一个，只要她翅膀硬了，就会扶正她。叔叔只能管你一时，管不了你一世。"

祁欣儿眼泪汪汪："N城的那个女人文凭都是掺假的，她不过就是身材好，媚劲足，这种女人玩玩罢了，怎么可能入得了言少的心。"

祁岳沉默片刻，略略抬起眼皮："传言不可信。"

祁欣儿怔住："叔叔您什么意思？"

祁岳头一回觉得选择是一件烦恼的事情，他一向觉得自己天性凉薄，对哥哥的感情更多是因为他对自己的无私倾注，所以他给出真挚的回应。祁欣儿是哥哥的女儿，他爱屋及乌，亲情是其一，但是更多的是礼尚往来的常情。

宋小暖就很特别，头一回见到她，他就非常喜欢，说不出缘由地想要与她亲近。

但是——

可能是因为宋美娜的去世，她迁怒于他，也有可能是因为他口不择言，得罪了她，或者二者兼而有之，他觉得自己在宋小暖的心目中，应该是仇人级别的人设。

即便如此，也挡不住他对她的好感。

只是之前没有那么强烈的感受，现在突如其来的要他在侄女和宋小暖之间做二选一的选择的时候，他发现自己竟然犹豫了。

但人毕竟是社会性的，有各种羁绊，不可能简单地按自己的喜好去决定立场。

揉一揉眉心，他慢吞吞地说："我试探过言楚行，他很直接地告诉我，他很爱那个女人，不会和除她之外的女人结婚。我觉得你上回讲的女人不够这个分量，所以，你会不会搞错了？"

祁欣儿震惊，原本她信心满满，认为凭自己的家世 KO 掉梵雅不成问题，可如果言楚行藏在 N 城的女人另有其人，那整件事情从根子上都要推翻重来。不仅如此，听叔叔的意思，言楚行很爱那个女人？

她觉得不可思议，这两年尽管有很多绯闻，但她没有看出言楚行对哪个女人特别上心。祁欣儿头晕，手指揉着眉心，沮丧地问："叔叔您跟我说实话，那女人到底是谁？"

祁岳略有心虚，面上却是一本正经："我也是猜测，你真想知道，找个私家侦探查一查吧。"

他觉得这件事情瞒不住，但是不能从他口中说出真相。他总觉得自己和宋小暖有再次见面的可能性，若是被她知道他在其中使坏，仇恨的小树苗再长高几尺就不合适了。

他有自知之明，却远远不够。

在宋小暖的心里，她对他的恨早就长成了一棵遮天蔽日的参天大树，与他有关的记忆，都是阴霾。

*

丰昀陌的工作室迎来了一位不速之客——祁欣儿。巧合的是，卢源和宋小暖也去那边，三个人在电梯里遇上了。

祁欣儿的衣着打扮走的是英伦风，微烫的蓬松短发，上身是剪裁适宜的墨绿色短款大衣，下身是简洁修身黑色长裤，黑色高跟鞋，配同色系的剑桥拎包，优雅干练又不失时尚气息。

和她相比，宋小暖就随意多了，长发中分披肩，职业风格的黑色套装西裤平底鞋，身上唯一的亮点是言楚行送的、在香港订制的草绿色文件拎包。

卢源西装革履，站在两个美女的中间，左看右看，心情颇为爽利。

两拨人按的是同一个楼层，电梯门开的时候，祁欣儿最先出去，卢源其次，而宋小暖站着没动。

"怎么不走？"卢源转头看她，好奇地问。

宋小暖微拧着眉："我想起件事情，要回去一趟，这边你一个人可以讲清楚，我就不进去了。"

卢源觉得她的反应很奇特："来都来了，把这边的事情讲完再走嘛。"

宋小暖摇头："挺要紧的一个数据，一会儿我该忘了。"

说完她也不管卢源什么反应，也不管电梯往上还是往下，直接按了闭门键。

卢源没奈何地"哎"一声，眼睁睁看着电梯往上而去。他纳闷了，宋小暖平时挺好说话的，怎么这会儿一点商量余地都不给？难道是因为知道我马上会跳槽，不再是她的上司？

这也太现实了吧，她难道不知道我想带她一起跳槽的吗？卢源一边寻思，一边往里走，拐弯看到之前电梯里遇到的美女。

与此同时，被电梯送到顶楼又下来的宋小暖，缓步走回恒信大厦。

步姿还是从容，看不出情绪变化。

回到办公桌前，她静静地坐了一会儿，然后给小白发微信："昨天你问我的数据，我找全了。晚点我会给你拿过去，然后咱们就在 C 城把尾巴收了，直接宣布胜利。"

宋小暖谁也没告诉出行计划，包括纪安，她勒令他到机场了再给袁北报信："不耽误你报销就行。"

纪安见她神神秘秘，便也不问。但是他心里是有想法的，作为和袁北、林玲一样，站前排看热闹的人，他稍稍也有了些八卦心。

登机前一分钟，他才把行程发给袁北，后面附一句："这趟行走非常意外。"

而袁北也在 N 城，他是一大早赶过来的，攒了厚厚一叠文件找言楚行签字，另外汇报他正在推动的收购建伦轴承的事宜。

"建伦的老大只肯出售三分之一的股份，我们没办法拿到 51% 的控股权。而且他很有底气，胸有成竹的样子。"

言楚行听完，垂眸思索："这个不急，咱们要在董事会这边达成共识。"

"董事长还在犹豫，还有您舅舅不同意，他和战总是一派的，他们就是想多分红，不希望公司因为收购业务影响这笔收入。"

言楚行的面色微沉，想了想说："下周我会回 S 市，董事长那儿我会去谈。"

"好。"袁北点头。

然后，纪安的微信到了，他看一眼，神情略有古怪："宋小暖去 C 城了。"

他把手机递过去："纪安说比较意外。"

言楚行微蹙起眉，一目十行地掠一遍，又静下心，仔细地再看一遍，目光停在"意外"这两个字上。

"是工作安排吧。"

他假装淡定的样子，是看不出破绽的，其实他心里有点烦，这女人又开始作妖，说好了他在N城的时候，她不出差的。就算要出差，为什么不跟他联系？

有异必有妖。

情绪淡下来，随便挥挥手："你先去忙吧。"

袁北心领神会："好，我去姚副总那儿看看。"

宋小暖的手机是关机状态，预示着她应该在飞机上。

言楚行知道N城和C城的行程在两个小时左右，他强迫自己静下心，处理起手边的文件。

与此同时，端正坐于飞机上的宋小暖，凝神静气，像是在思考着什么。

这一路她都是这个表情，让纪安很是讶异。偷偷地观察她许久，他终于没忍住，问："遇上难事了？"

宋小暖转过头看他，眸光非常复杂："是的。"

纪安转了转脑子："今天早上一切如常，转折出现在丰昀陌那边，但是看时间，你并没有在那边待多久，是遇到什么人了吗？"

因为宋小暖和卢源在一起，纪安跟得不紧，当时他在大堂，宋小暖下来的时候他才跟上去的。当时他以为她落了什么东西，没有多想。现在看来，这里头疑点很大。

宋小暖不意外纪安的反应，特种部队侦察兵出身，又有律师资格证的保镖，必然是有这个洞察及推理能力的。

她也不瞒他，扬起头看他，目光灼灼："我在电梯里看到祁欣儿了。"

纪安听过这个名字，眉头微微皱起："言总的伪女朋友？"

宋小暖心里搁了太多的事情，强行忍着也是挺压抑的，静静地看他一会儿，她轻声说："我并不是怕她，我只是不想生出事端。"

纪安不懂，但是他努力地从她的角度去考虑，迟疑片刻，他问："你不想言总的父母知道你的存在？"

宋小暖点头："是的。"

纪安微微滞了一下："那你和言总怎么可能会有未来？"

宋小暖咬住嘴唇，俏丽的脸庞略微发白，静了不止五秒，她重重地吸了一口气："我本来就没打算跟他有未来。"

纪安无语了："那你现在打算怎么办？也许人家只是过来逛逛，啥事都没有。然后你就像受惊的鸟儿一般，一飞冲天了。"

宋小暖垂下头："到 C 市我会打电话问。"

啥事没有，按啥事没有的处理。有事？那就复杂了。

飞机在云端航行，到达 C 城时已近黄昏，落日刚刚转到地平线的方向，晕红的彩霞光辉灿烂。

从飞机上下来，又坐上出租车，宋小暖一直没有打开手机。

纪安这里有袁北的问讯，他坐在副驾驶座，转过头想问，却看到宋小暖托着下巴看窗外的景色，光影浮在她的侧颜，凝肃又沉静。他能看出来，她是真的心事重重。

犹豫片刻，他把手机放回口袋。

而宋小暖终于拿出手机，开机的瞬间，她看到几个未接电话，有卢源的，有丰昀陌的，也有言楚行的。

抿紧唇，她毫不犹豫地点了丰昀陌的电话。

那头接得很快："喂？"

宋小暖问得直接："她过来干吗？"

丰昀陌轻轻地笑两声："你那儿声音比较杂，我听不清楚，稍等我打给你。"

宋小暖意识到祁欣儿可能在他旁边，他不方便说话，所以耍了个虚招。

"好。"她淡淡地应一声。

然后她耐心地等，中间卢源的电话又响了一次，她没搭理。

丰昀陌没有让她久等，最多五分钟，他便拨过来，没有废话："欣儿知道言楚行在 N 城藏了个女人，也知道自己之前搞错了对象，这次是来抓正主的。"

宋小暖面无表情，声音非常清冷："她有什么资格？"

丰昀陌听出她的生气，也可以想象此刻的她面若冰霜的模样，沉默了会儿，他叹气："她想做这件事情，和她有没有资格，没有必然的逻辑关系。"

宋小暖冷静下来："你会帮她吗？"

丰昀陌和祁岳选了同一个立场："她不会从我这里获得信息，不过听她的意思，她会请私家侦探做这件事情。"

宋小暖又是沉默，隔一会儿她淡定地说："好，我知道了。"

电话挂断，她再次陷入沉思。

她确实不怕面对祁欣儿，但是她感觉自己似乎置身于多米诺骨牌的场景，言楚行再次出现，她心存侥幸地接受他，这是推倒的第一张牌。

现在祁欣儿过来推第二张牌。

宋小暖主动给言楚行拨电话，声音软软的："我去C城出差了。"

言楚行独自坐在办公室里，窗外的余晖落在办公桌的一角，他冷着脸，低沉的嗓音里带了些寂然："为什么？"

宋小暖悠悠地叹了口气："你生气了。"

"不应该生气吗？"

宋小暖的声音软软的："这事儿不怪我，我在丰昀陌的大楼里看到祁欣儿了。"

这个情况言楚行还没有掌握，下意识地蹙起眉："那又怎么样？"

"我问过丰昀陌，她知道自己闹了乌龙，打算找私家侦探做调查。而我不想被她查出来，所以跑去C城避风头。"

宋小暖如实相告，然后讲自己苦思冥想之后的打算："我希望你离我远点，直到搞定这件事情为止。"

言楚行的气息明显地沉了一格。

宋小暖知道他怒了，但是他愈生气就会表现得愈沉静，她可以想象他那双漂亮又深邃的眸子，如何冷幽幽地盯着前方的某一处虚空，然后唇角浮起讥诮，声音凉淡："你就这么见不得人？"

宋小暖点头："我不想打破平静的生活。"

这句是大实话，货真价实不掺半点水分。

言楚行没什么表情："你什么时候回来？"

"这边的工作最多三天。"

"我晚上会回去S市，祁欣儿那边我会处理。"言楚行在怒气溢出言表之前，挂断了电话。

宋小暖抿紧唇，睫毛低垂着，神情看着有点惘然。

她其实特别不愿意惹言楚行生气，缘分这么薄，在一起的每一天都是那么珍贵，要开开心心的才好。

*

十五分钟后，祁欣儿接到言楚行的电话。声音很沉，听不出情绪：

"你在 N 城？"

祁欣儿稍有惶恐，看一眼边上的丰昀陌，她平复好心情，微笑着说："是啊，叔叔说昀陌在 N 城开了办事处，我过来蹭顿海鲜。"

言楚行的语调很平："晚点有空吗？我想和你聊几句。"

祁欣儿受宠若惊的样子："好啊，约在哪里？"

"你在哪里？"

"我在中城广场的天海私房菜馆。"

"吃饭一个小时够吗？"

"够。"

"八点钟，中城广场的北岛咖啡店见。"

"好。"

电话挂断，祁欣儿若有所思地看着丰昀陌："言少约我见面，但是他从来没有主动约过我。而且，他怎么知道我在 N 城？"

丰昀陌穿了一件高领的毛衣，骨架匀称，面孔英俊又平稳："他这人一向高深莫测，你应该有心理准备。"

祁欣儿觉得他这话含了些意味，眉毛皱起来："他不会知道我的意图吧。"

丰昀陌想一想："难说。"

丰昀陌觉得，言楚行反应这么快，应该是被宋小暖下了战书了。

想到宋小暖，他忍不住莞尔，想到一飞冲天的这个反应说明她没想过和言楚行有未来，所以，他可能捡到这个漏。

八点差五分，言楚行出现在北岛咖啡店。他穿一身裁剪得体的纯黑西装，身形匀称又挺直，气质清贵不同常人。

他提前让袁北订了包厢。

此刻，在服务员的带领下，他缓步入内，而祁欣儿早就到了，听到外面的脚步声，她的心脏就扑通扑通地跳开了。

看到他出现在门前，她下意识地站起身，笑容甜美："你来了。"

言楚行面孔一如既往的冷淡疏离，眸光却是冷冽，到对面坐下，看了看桌上的茶点，他转头看一眼服务员："给我上一壶苦丁茶。"

心情不爽，喝点苦的刺激一下神经。

服务员应下出去。

祁欣儿重新化了妆，眼线画得淡，却很巧妙，把眼睛勾勒得很有神采。眨一下眼，她微笑着说："N城的海鲜真是不错，难怪你待在这儿不想回去了。"

言楚行神色淡淡："我在这边不是为了吃海鲜。"

祁欣儿微微一僵，手指忍不住弯一弯，笑容略略尴尬："方远很忙吗？"

言楚行还是摇头，静一瞬，他淡淡开口："如你所猜测的，我在N城藏了个女人，我很喜欢她，想方设法地挤出时间过来这边陪她。"

祁欣儿的胸口一阵憋闷，目光垂下，一时竟无话可说。

言楚行的声音依旧很淡，却像是利刃一下一下地戳着她的心肝肺腑："我们很满意目前的状况，不想受到外界的打扰，希望你能理解。"

祁欣儿欲哭无泪，但是她终究还是扬起眸，坚强地面对他的冷酷："前面两年，我认为你已经接受我了，你现在的行为算是移情别恋吗？"

言楚行的脸上没什么表情，眸光严肃又冷漠："那两年，我确实考虑过接受你，但是仅仅停留在考虑的阶段，没有向前迈过半步，感情的事情没有办法勉强，如果因此让你产生误会，我只能跟你说抱歉。"

祁欣儿深深地吸一口气："她是谁？"

言楚行没想到她这么执着，沉吟地看她："我认为我已经跟你说得很清楚了。"

祁欣儿终于捏紧了拳头，强自忍住即将爆裂的情绪："我只想知道她是谁。"

她坚持。

言楚行觉得她不可理喻，皱起眉："如果我不告诉你，你是不是打算找私家侦探之类的人来调查？"

祁欣儿咬紧牙关："我想知道你喜欢的女人是什么样子。"

言楚行静默几秒钟，淡淡地说："比你漂亮，比你聪明，比你拎得清。"

祁欣儿有五雷轰顶的感觉，呼吸沉重，她残忍地咧一咧唇："家世呢？"

言楚行沉静看她："家世对我不重要。"

祁欣儿低下头，眼瞳微微抽紧，隔一会儿，她扬起头，脸上没有笑容，神情却是真挚："我很喜欢你，现时你有喜欢的女人，那我就靠边站。如果哪一天，你们分手了，希望你能继续考虑我。"

言楚行没有继续说绝情话，两年下来，他早已看出这个女人不是善茬，尤其喜欢使用手段，是个难缠的对手。

多说无益，打回去才是真章。

这次过来，言楚行是有准备的。

证据是早就收集好的，原件在 S 市，这次匆忙，他仅仅打印了照片带过来，但是也足够清晰。

拿出来，移去祁欣儿的面前。

声音极淡："这是一份熏香成分的检验报告，详细点讲，是 F 镇森林度假村那晚，在我们房间里点燃的那支熏香的检验报告，列出了详细的成分及比例，安眠为主，亦有少量的致幻剂的成分。"

第十七章

三天后，宋小暖心虚惶惶地回到 N 城。

家里空荡荡的，没有半点人气。里里外外看一圈，包括衣柜鞋柜都有打开检查，言楚行的东西都还在。

坐到沙发上，她默默地啃了会儿指甲。

这三天，她其实挺忙的，小白这边如果不是她过来，还得忙上一个礼拜。但是因为她的强力支援，成功收缩战线，且提前宣告胜利。

中间，卢源好像抽风一样，隔一段就发几条信息骂骂她。她就小狗腿一般地给他发笑脸。

丰昀陌在第二天的时候给她打了个电话，说不知道言楚行和祁欣儿说了什么，她情绪低落地回去 S 市了，看情形应该是没有找私家侦探。末了，他友情提示了一句，祁欣儿的战斗力很强，只能防住一时，不能防住一世。

宋小暖没说啥，只是淡淡地应了句知道了。

她情绪低落，言楚行不搭理她了，连续三天，别说电话，他一个字的微信都没给她发过。原先那些事无巨细、嘘寒问暖的唠叨都没了。

讲真，她很不习惯。

下巴搭在腿上，她想来想去，觉得自己之前的话确实太伤人了，有点招之则来斥之则去的意味，骄傲如他，怎么忍得下去？

即便如此，宋小暖也不认为言楚行会因此离开她。

但她不确定他的气性有多长，就他俩相处的经验看，除了三年前分手的那一回，其余都是甜甜蜜蜜，没有正儿八经地置过气，真有点啥，谁理亏谁就在床上主动点，睡一睡基本也就没气了。

由上可见，最长的气性是三年，最短的气性是半小时。

宋小暖是理科生，思维运作的过程偏向于理性。

她认为这回没有分手那么严重，但是听他的口气确实是气到脑袋冒烟了，所以这次的气性应该是介于这两个值的中间，具体会和她冷战多久，在生气值的基础上，还要加上他在S市的忙碌程度。这个部分，她认为可以从潜远系股价的波动中看出一二，尤其需要盯住的是建轴集团。

这个部分是可预测的，想完这些，宋小暖的心思就沉定了很多。

然后她开始思考多米诺骨牌的部分，这里头有很多感性内容，消耗了她不少的精力，也让她消沉。

她觉得，被她埋于地底深处的那些秘密，会因为多米诺骨牌的倾倒，大白于天下。而她不能肯定，现时的自己是否能够承受？

苦思冥想的结论是不确定。

事过境迁，很多记忆都淡薄了，但是，痛和恨的情绪还很深刻，触到一个边角都会让她痛不欲生。

她再次确认，自己没有办法和往事和解。不仅如此，内心浮出的强烈信号是清算。

这些年，她愈发地确定一件事情：六年前，宋美娜去世之后，如果不是因为言楚行的出现，她真有可能毫无顾忌地去做一些事情。

她知道自己的脾性，绝对不是表现给人看到的佛系，她的心底压抑了一座火山，她怕有一天会沸腾而出，伤害到她最爱的人。

宋小暖的心情很复杂，反映到行动上，就是不愿意和言楚行低头。

而言楚行也确实是被气到了，见她没事人一样，电话不打，微信不发，心里头恼怒得不行。当然收购行动不顺利，也是个气上加气的原因。

袁北成了夹心层，每隔两小时和纪安聊几句，把宋小暖的信息反馈给傲娇总裁。

监控重点是丰昀陌。

"言总，宋小暖最近挺老实的，只去过一回丰昀陌那儿，就……刚才。"

言楚行冷冷地瞥他一眼："建环那头有事吗？"

"王建环可能觉出不对了，我听说他打算卖股份了。"

"晚了。"

"是的，丰昀陌下的网，不可能让他这么容易逃顶。"

"你继续盯着，另外，咱们手上拿着的建轴的股份已经抛了一大半了，剩下那点明天开盘都砸出去。"

袁北点头："行。"

言楚行斜倚着靠背，眼瞳微微收紧。这些日子，他不断地抛售之前买入的建轴股票，明天再砸一拨就会到生死线。他想看看宋小暖会不会因此打电话给他。

结论是，没有。

宋小暖当然有注意到股票的异动，她一点不慌，抛掉已经获利的股票，之后陆续增仓，收盘前，她转了一半仓位过来。

宋小暖很清楚言楚行的为人处世。

算无遗漏，且爱惜羽毛。

她猜测，潜远会对建伦轴承动手，而他担心证监会调查他在内幕交易时有不当收益，刻意弃股以证清白。

宋小暖没打算大赚，人物关系尴尬，她不愿意别人认为她有内幕交易，补仓是为了降低成本，小赚她就清仓走人。

这么想，也是这么做。

第三天，股价就升到她的满意价位，她也果然清仓走人了。

有赚，且心安理得。

言楚行和宋小暖的冷战还在继续。

S市这边，潜远集团对建伦轴承的收购案却顺利起来。拉锯谈判了好几轮，得到一个满意的价位后，建伦那头勉强从了。

消息传到祁岳那儿，他首先是庆贺自己大赚一笔，其次佩服言楚行的手腕、魄力和执行力，他警告过丰昀陌，没有万全的把握不要和他为敌。

"他对宋小暖的决心超出你我的想象。"

丰昀陌也是看在眼里，沉吟片刻："但是这件事情还要看宋小暖的态度，他到现在都不知道宋美娜的情况，你觉得他俩有可能在一起？"

足足一个月，言楚行没有和宋小暖联系，宋小暖也没有和言楚行联系。

宋小暖经常会盯着手机发呆，尤其是夜深人静的时候。

她觉得自己回到了三年前，刚刚和言楚行分手的那个阶段，辗转反侧，夜难成眠。

但是情况又不相同，她认真回想，半年前，言楚行再次出现，他死磨硬缠地进入她的生活，之后，他俩之间的关联都是他经营与维系的，她偶尔会主动打电话或发微信，基本也是与他有过约定，或者是必须的时刻。

现在——

一旦他不再主动，他俩之间的这根线似乎就断了，时间愈久，线的断头离得愈远，让她心生怀疑，是不是他已经决定跟她一刀两断了？

于是她游魂一样地打开柜子，看看他留下的衣服、领带、袜子、袖扣……然后她又会想，上回分手，他也是留了很多东西在屋子里没有带走。他那么有钱，这些东西扔了就扔了，随时可以采购一大堆。

宋小暖很难形容自己的心情，大部分是患得患失，中间还搭了些难受与轻松。

很矛盾，却很真实。

直到一个月零一天的那天晚上，她正睁着眼睛看天花板，听到外面有轻微而又熟悉的咔嗒声。

心脏不受控制地狂跳起来，但是她又想假装无动于衷。

言楚行打开卧室的灯，垂眸看她，宋小暖缩起身体，看他一眼，又垂下眸。他像是从晚宴上出来，穿了一套贵气得体的灰色西装，身形高挑，俊颜如画，他直视着她，眸眼幽沉。

宋小暖觉得难受，嘟囔了一句："你还知道过来。"

言楚行轻轻磨牙："没良心的女人。"

宋小暖突然就很委屈，翻个身拿被子蒙住脑袋，不说话。

床边陷下去，她知道言楚行上来了，原本怦怦直跳的心脏，莫名地平缓下来。然后被子被扒拉开了，言楚行低头看她："你还生气了？"

宋小暖摇头又点头："刚开始没生气，但是后来生气了。"

言楚行有点无语，脸孔贴上去，吸一口有她气息的空气，声音跟着软下来："我怎么觉得应该我生气才对？"

"你气太长了。"

宋小暖底气不太足，小声地斥责他："小气鬼。"

两人对视，言楚行的眼瞳里满满的都是她，不言而喻的情感不需要酝酿，他低头封住她的嘴唇。

宋小暖的身体发软，整个人都偎入了他的怀里。

一个月未见了啊，唇齿间的接触完全不够发挥，之后的行动一直持续到天色泛白。

下午两点，在鲜美的骨头粥的香气中，宋小暖挣扎着睁开眼睛。

"先刷牙。"洁癖先生还有要求。

"吃完了再刷吧？"宋小暖和他打商量。

"不行。"他身体力行地把她抱到卫浴间，还给她挤好牙膏，就差帮她刷牙了。

宋小暖虽然困倦，却有生活终于恢复原样的喜悦。

言楚行的厨艺是真的好，骨头粥配上凉拌三丝，还有油汪汪的鸡蛋饼，吃得宋小暖眼睛眉毛都舒展开："太好吃了。"

"你会做吗？"言楚行歪过头看她。

宋小暖拿筷子点一点鸡蛋饼："这个会，不过没你摊得匀称。"

言楚行瞥她一眼，目光傲娇："你说你能少得了我吗？"

宋小暖扬起脸和他对视半秒，垂下眸静静思考，实际上，在昨晚见到他的那一刻，她心里已经有了答案。未来不可期，抓住现时的快乐，然后顺其自然。

沉一口气，她微笑："少不了你。"

言楚行说完后，见她犹豫踌躇的模样，心里头已经来了气。目光淡下去，正琢磨怎么收拾她一下，才能让她老老实实地说出他想要的答案。

而幸福来得太突然，看着她的美好的笑容，他竟然愣住了。

只一瞬，他便回过神来，然后他又想让这个画面显得平常，挑一挑眉，夹一筷三丝到她碗里："晚上咱们吃火锅。"

宋小暖抿着唇笑："我要吃鲜菇口味的。"

"行。"

这会儿你就算要天上的星星，我也想办法给你够一够。

言楚行的胸口是满溢的快乐，眼睛盯着宋小暖的手指出神，脑子里是前几天在杂志上看到的梅花形状的复古钻戒，愈看愈觉得相衬。

他还是想把她带去 S 市。

三月中旬，卢源正式递交了辞呈。公司老大自然极力挽留，但是人各有志，最后只有摆席送行。

之前有花絮，卢源一心想要带走宋小暖，思想工作做了好几箩筐，但被她坚决拒绝。

"还真是被丰昀陌猜到了，他说你绝对不会辞职。"

宋小暖"嗯"一声，神情淡淡，心里却道他倒是有自知之明。

"是因为丰昀陌？"卢源不死心，猜这个答案。

宋小暖挑起眉毛看他，犹豫片刻点头："是的。"

卢源眯起眼，意味深长的样子："你是不是有男朋友？"

宋小暖觉得大幕已经拉开边缘，所以不介意开一条小缝，她微笑："是的，我有男朋友。"

卢源摸一摸下巴，眸光幽深了些："那人我认识？"

宋小暖咬嘴唇，良久，她点头："你认识。"

卢源略略惊悚，然后他露出"果然如此"的表情，手指虚虚点她："你可以的，奥斯卡欠你一尊小金人。"

宋小暖被他说得尴尬，却撑住表情："我不看好结果。"

卢源拧起眉头认真地想："讲实话，我也不看好。不过你配得上他。"

宋小暖笑笑，没再说话。

卢源潇洒离去。

这几天言楚行不在 N 城，不过他隔三岔五地会和宋小暖微信联系。

"下礼拜清明节，我安排好工作了，你这边怎么说？"

宋小暖愣住，心想他这记性还真是好啊。犹豫来去，她觉得宋美娜这辈子干过的不靠谱的事情 N 多，偶尔看她做一件，也不算过分。

另外，她已经决定顺其自然，就不抵抗了。

"我请假一天。"

"好，我前一天晚上过来。"

言楚行乐哉哉地安排起了工作，他最近春风得意，工作、爱情样样顺利。

晚上，他去言宅吃饭，进去发现楚茵也在，而且见到他就大步过来，扯他去隔壁安静的地方。

"表哥。"

她一脸的纠结："你别怪我啊。"

"嗯？"他若有所思地看她，"你干了什么需要我责怪的事情吗？"

楚茵叹气："上回我在姑姑这儿不小心说漏了嘴，让她知道了暖姐姐的存在，然后她现在老是找我打探暖姐姐的消息。"

言楚行倒不是太在意："你说了什么？"

楚茵见他不生气，心思定了些。

"我肯定是挑好的说，但是姑姑太会问了，刨根问底，把我知道的都掏出来了。不过我听她的口气，至少不排斥暖姐姐，只是我原先不知道，姑姑好像对 H 城的人有成见。"

言楚行皱一皱眉，沉吟片刻，他放轻松表情，拍拍楚茵的肩膀："不是什么大事。"

楚茵略略有些纠结："我觉得你要重视，网上对 S 市婆婆的风评很不好，万一姑姑针对暖姐姐就不好了。"

言楚行听得好笑，用力地揉一记她的头发："小姑娘家家的想这么多。"

楚茵忙不迭地整理头发，一边嘟囔："我这不是替暖姐姐担心嘛。"

言楚行没有从这个角度考虑过，心里头有点小咯噔，但是面上却是镇定得很："你暖姐姐聪明着呢。"

这顿饭吃得还算温馨，刚开始楚晏贤讲些富豪圈的八卦，大家听听笑笑，快结束的时候，她终于没忍住，瞥一眼儿子："听说你有女朋友了？什么时候带回来给咱们看看？"

话语出来，言崇信也是抬头看儿子："听说她在 N 城？为什么不让她来 S 市工作？"

言楚行直起腰，颇认真地答："她在 N 城的工作还没有完成，没意外明年会过来 S 市，到时候你们就能看到了。"

楚晏贤不乐意了，微微皱起眉："你女朋友年纪不小了，认准的话就早点结婚，让咱们早点抱孙子。"

"她年纪不大呀。"

言楚行瞥一眼楚茵，淡定地说："她是跳级生，虽然比我低一届，但是年纪要比我小两岁多，今年才二十五岁。"

他这话像是一个惊雷，在楚晏贤的头上炸开，耳朵有一瞬都听不见了。然后她又疑心自己听错，半晌又问一遍："她才二十五岁？"

言楚行点头："是的。"

言崇信倒是高兴："跳级生，还是省理科高考状元，儿子你淘到宝了啊。"

言楚行抿起唇，眸眼里浮起些温柔："她确实很好。"

她若不好，哪有可能让他喜欢上，之后更是念念不忘，分手三年还觍着脸回去求复合。而且这个没良心的女人还死拗死拗的，他费了老大的劲，才让她重新接受他。最近她总算良心发现，整个人都柔顺了，不再排斥 S 市。他打算再努努力，争取明年把她签进户口簿。

"阿行。"

楚晏贤在边上一直没有声响，突然叫一声，显得非常突兀，她的目光有些急切："你有女朋友的照片吗？给咱们看看。"

她的这个提议立刻得到了言崇信的支持，声音欢快地："对啊，不让见人总该让咱们见见照片吧？"

对上他们的殷殷目光，言楚行还真是没法反对。

一边从口袋里摸出手机，一边开玩笑地说："妈，网上说咱们 S 市的婆婆很难搞，您可不能为难她。"

搁平时他这么说，楚晏贤必然要笑骂他两句。但是这会儿她的心思全在另外的地方，眼睛盯着他的手机，没有反应。

反而言崇信替她打抱不平，还将过去一军："你妈在贵妇圈里是出了名的贤良大度，哪有可能跟你媳妇过不去。反而你那个女朋友，网上说 H 城的女人都很强悍，咱们是不是要提防一下。"

楚茵在边上哈哈大笑："姑父您多虑了，暖姐姐脾气可好了，才不是网上说的那样呢。"

说话间，言楚行已经把照片调出来了，手机递过去："你们自己看吧。"

方崇信坐得近，首先接过来看，仔细看一眼，他不可思议地耸起眉："我一直觉得学霸无美女，听茵茵说好看，以为她爱屋及乌，吹牛来着，没想到真的挺好看的。"

楚晏贤直着腰，等待手机传到她手上。听到老公说好看，脸色居然沉了沉。

她也终于看到了照片，阳光很好，洒在宋小暖的身上，她微笑着，明眸皓齿，气质芬芳。

她盯着看，怔怔不语。眼前的画面，与记忆中的碎片，断续地拼合在一起，硬生生地敲碎了她的侥幸。

"妈？"

言楚行觉得她的脸色有些不太正常的白："您不舒服吗？"

楚晏贤回过神来，眼神平静，态度温婉："我没事，你这个女朋友确实挺漂亮的。听茵茵说，她是个孤儿？"

言楚行警惕地看她："您不会歧视孤儿吧？"

楚晏贤假装生气："不能问吗？"

言楚行笑一笑："她不是从小父母双亡，只是很小的时候父母离婚了，父亲那头就不来往了，然后她妈妈在她大一的时候车祸去世了。"

"哦。"

楚晏贤低下头，又看一眼照片，声音很淡："离异家庭的小孩不太有安全感，你觉得她心理有没有受到影响？"

言楚行停顿半晌："她心理很健康。"

楚晏贤点点头："那就好。"

之后她便很安静，微笑着看他们说话，偶尔还会给他们夹菜，完全看不出异样。

直到言楚行和楚茵离去，她疾步走去二楼，言崇信觉得奇怪，跟上去。然后就看到她冲进卫浴间，没多久，里头传出响亮的呕吐声。

"吃坏肚子了？"他在外头问。

楚晏贤没说话，好一会儿，她面色憔悴地出来："可能吧。"

她说得淡，然后去床上躺靠着。

言崇信和她夫妻多年，隐隐感觉到她情绪不太稳定，而且，他也知道她有神经性呕吐的毛病，每每受到刺激，或者情绪过度紧张，就会呕吐。

也正是因为这个原因，他才会屡屡出手帮她解决楚晏德的烦心事。

今天她又这样，只能是不满意儿媳妇人选的缘故。

窗外已经黑透了，卧房内的灯光幽淡，落在身上，线条分外的柔和。言崇信走去床边坐下，声音低缓："儿孙自有儿孙福，咱们老了，管不了那么多。"

楚晏贤的眼眶突然就溢满了眼泪,隔了半晌她才开口:"我知道。"

第十八章

清明时节雨纷纷,后半夜的时候,淅沥的春雨悄悄地落下来。早上开窗,天色迷蒙,空气湿润。

车子行进在高速公路,雨渐渐下得大了,从大货车边上开过时,眼前只有白蒙蒙的水雾。

言楚行专心开车,宋小暖则抱了条薄毯闭目养神,车厢里颇为安静。

按着导航的指示,车子开进陵园的停车场。

清明节最热闹的就是这儿了。

搁以前,人多的地方言楚行是不去的。

但是今天他面色虽然清俊如常,情绪却是莫名地高扬,甚至还有些兴致勃勃,扯一扯宋小暖,问:"往哪边走?"

人多,雨大,宋小暖觉得这回的扫墓尤其不容易。

她后知后觉,寻思是不是宋美娜不想见到楚晏贤的儿子,所以在那儿兴风作浪?

拐过头,眸光略显犹疑:"以前清明上坟没这么麻烦的。"

言楚行哪知道她在想什么:"除了下雨,其余不都一样?"

对啊,前几年都没下雨啊。

宋小暖揣了心事,隔了片刻,终于指一指左边的山头:"在那儿。"

路其实不远,就是太多人上山,又都撑着伞,速度就慢了很多。不过这儿是高档园区,墓与墓之间的距离比较大,站着还算宽敞。

言楚行头一回来,在网上查了好多祭拜丈母娘的套路,东西又带得齐全,做起来也是有模有样。

宋小暖帮着撑伞,看他忙忙碌碌,心里说不出是个什么滋味。

上完坟,两人去山下的集中焚烧点,把言楚行买来的纸钱之类的供品烧掉。

去丈母娘那儿拜过码头之后,在言楚行看来,他和宋小暖的未来已经确定无疑了，两地分居显然就不合适了。

晚锻炼之后，他抱着她，"暖暖，咱们俩轮流吧。"

宋小暖没听懂："什么轮流？"

言楚行半垂着头，黑眸里有极浅的笑意："我过来 N 城一周，你过来 S 市一周。"

宋小暖凝神未语，隔了好一会儿，她才答："让我想想。"

她还没有想好如何去面对楚晏贤，还有楚晏德，一想到那个场面，她觉得自己的心都要揪起来。

"有什么好想的。"言楚行低下头吻她，把气氛搞得非常的温馨，然后他说，"咱们结婚好不好？"

宋小暖深呼吸："你妈知道你在 N 城藏了个女人吗？"

言楚行笑起来："我爸妈很开明，他们已经看过你的照片了，没有反对。"

宋小暖心跳有些不稳，眸底掠起一抹复杂，然后她把头埋入他的怀里，声音很轻："你让我再想想嘛。"

宋小暖有预感，楚晏贤一定会来找她的。

所以，当那一天真的来临的时候，她情绪控制得很好，没有表现出任何的慌张。

楚晏贤是一个人过来的，当然过来之前，已经把宋小暖在 N 城的情况查了个透彻。

她的豪车就停在宋小暖的车边上，守株待兔，看着她从电梯口出来。然后她从车上下来，昏淡的光线下，她的姿态也是从容。

"宋芊芊。"她扬起声音。

宋小暖脚步微微一滞，多少年没有听到这个名字，有恍若隔世的感觉。

她站住不动，目光落在楚晏贤的脸上，到底是有钱人家的太太，注重保养，十二年没见，她珠圆玉润，差不多还是原来的样子。

宋小暖感觉到心脏的抽动，心底深处的那些沉渣缓缓泛起，眸光渐渐变得锐利。但是她也知道，眼前的这个人是言楚行的妈妈，而她已经决定给未来机会。所以，有些事情是要忍。

纪安的车停在不远处，见势不妙，他从车上下来。

楚晏贤朝他看一眼，目光又转到宋小暖的身上："可以请你吃饭吗？"

宋小暖静默不语，轻垂着头像是在思考，终于她扬起头，微微一笑："过来是客，还是我请您吧。"

两辆车，一前一后从车库出去。

纪安是司机，他很沉得住气，见宋小暖没有说话的情绪，便闷声不响地开着车。

气氛比较压抑，隔了好一会儿，宋小暖才低低地说一句："她是言楚行的妈妈。"

"看出来了。"纪安淡定。

宋小暖重重地往椅背上一靠："是个大美女，言楚行长得像她。"

纪安笑笑，像是宽慰她："他妈妈确实好看，但是不如你。言楚行应该取了父母的优点，青出于蓝，而胜于蓝。"

宋小暖不禁失笑，歪过头想一想："还是我妈最好看。"

想到这里，她的眼瞳又抽紧了一瞬，情绪低落下来："我妈要是知道我和她的儿子搞在一起，该气死的吧？"

纪安的眸光一敛，若有所思地蹙起眉："这里头有秘密？"

宋小暖点头："是啊，所以你别把今晚的事情通报给雇主，另外这个月你的工资归我发。"

纪安愣了愣，突然与她开玩笑："你知道我一个月多少钱？"

宋小暖摇头："不知道。多少？"

纪安淡定："算了，这个月我免费给你打工。"

宋小暖顿时一静，然后使劲摆手："我钱多着呢，你别替我担心。该给的钱我一分都不会少你。"

纪安还是笑："没事，我给丰昀陌打了几天工，他说我干得好，给我发了个红包，可以抵一个月工资了。"

宋小暖忍不住咋舌："你左右逢源啊。"

纪安笑了笑，算是默认。

这么聊一聊，气氛倒是轻松。等到了私房菜馆的包厢，宋小暖的唇角还微微向上勾着。

反观楚晏贤就严肃很多。

刚开始是点菜，宋小暖点些言楚行喜欢的菜式，又点了这边的特色花茶。这段时间，楚晏贤一直没有说话，但她也没有摆出恶劣的态度，气氛还可以。

等服务员上菜的时间，两个人一人端一杯茶，默默地喝。思绪像是沉浸在回忆里，气氛渐渐浓重。

终于，楚晏贤抬起头，面上有一种说不出来的感慨："你改了名字。"

宋小暖淡然："不是什么大事。"

楚晏贤重新陷入沉默，她其实是无言以对，当年的事情是楚晏德造的孽，她为了给弟弟脱罪，做了帮凶。这些年她刻意淡化那段记忆，却不知道已经牢牢地刻在心底，在重新看到宋小暖的那一刻，她面上没什么变化，心底受到的冲击却是空前的。

宋小暖不介意场面的尴尬，她慢悠悠地喝茶，心里想的是她会不会拿支票出来砸她？而她又该如何应对？

服务员进来上菜，N城的特色酱菜很有风味，这家菜馆做得又是尤其的好，言楚行过来应酬，走的时候都会给宋小暖打包一份。

食物是有记忆的，熟悉的味道会唤起某种情绪，宋小暖的心里跟着软了软。暗暗地叹一口气，她扬起头，"您找我有什么事吗？"

楚晏贤的思绪还在神游，听到这一句，目光缓缓移到她的脸上，语调沉重："你是来报复我们的吗？"

宋小暖微微皱眉："不是。"

楚晏贤不相信："你是省级理科状元，明明可以去清北这样的一流高校，为什么跑来Z大，还和阿行读同一个专业？"

宋小暖没从这个角度想过问题，被她这么一说，确实有那么点处心积虑的意味。

她觉得好笑，端起面前的茶杯，喝一小口，然后她淡淡地答："清北离H城太近，我想远离那个地方，Z大物理系不比清北差，做这个选择很合理。"

楚晏贤抿紧唇，目光灼灼地盯着她，想要从她的脸上看出些撒谎的端倪。

空气略略紧张，隔一会儿，她又开口："我查过你和阿行的过往，大学毕业的时候，你和他闹过分手，而且你还销声匿迹了三年，之后你们为什么又在一起了？"

宋小暖默了一瞬，面孔冷下来："旧情复燃。"

楚晏贤能听出她言语当中的不满情绪，但是事关重大，有些话她也不得不说："你们一个在 N 城，一个在 S 市，虽说现在交通便利，但是如果没有一方的刻意，两个人要遇上也很难。"

宋小暖感觉到话里的恶意，眉头微微皱起："我和他是在 A 市的衡誉集团遇到的。"

楚晏贤有些颓然，颈背弯了些，整个人看着好像老了几岁。良久，她缓缓地抬起头："多少钱你肯离开阿行？"

终于到了这一幕，宋小暖说不出是个什么情绪，像是紧张又像是放松。神情有些冷漠，却缓缓地勾起唇。

"似曾相识的一幕。"

声音里含了些讥诮："只是当年，您在盘算给钱解决问题的时候，比现在有把握得多吧。"

楚晏贤咬紧唇："我很有诚意。"

宋小暖笑笑，声音随意："可惜我已经不是当年的我，砸钱的把戏不灵了。"

楚晏贤的气息明显重了："过去是我们的错，给钱是对你们的补偿。现在也是一样，阿行是我的儿子，你不可能剥离这层关系，而且，你妈妈的在天之灵不会愿意和我们结为亲家。"

听她说到宋美娜，宋小暖的目光明显地冷了一格。没什么表情，也不讲话，她夹了一筷菜，慢慢地咀嚼。

就这么静了十几秒，然后，她抬起头，唇畔浮起些浅笑："我妈偶然见过一回言楚行，觉得他长得好看，气质也好，非常喜欢。当然，她不知道他和您的关系，如果知道……"

宋小暖眯起眼，颇为认真地想一想："我也不知道她是什么反应，一般来讲，只要是我喜欢的，她不会反对。"

楚晏贤没什么食欲，放下手中的筷子，正视她："你喜欢阿行？"

宋小暖扬起头，神色淡然："如果不是因为喜欢，您认为我会有耐心应酬您？"

楚晏贤的脸色瞬时发白，嗓子有些哑，情绪隐隐还有些激动："我是阿行的妈妈，如果你想和他在一起，之前的事情就要一笔勾销。"

宋小暖抿唇，下面的这句话，是她思考良久的结论。

一字一顿，她说得极慢："对您，可以。但是楚晏德不行，如果您不想出什么意外，请您让他离我远点。"

楚晏贤沉默了，低下头静静思考，隔了好久，她重又抬头："咱们家对儿媳妇的要求不高，不追求门当户对，但是要求家世清白。你应该没有和阿行讲过你妈妈的过往吧？否则他哪有可能心安理得地和你在一起。"

宋小暖的心口涌起一股烦闷，忍住气，她淡然地说："我倒不知道，你们家有一个楚晏德这样的败类，还会对别人的过往挑三拣四。"

楚晏贤有自取其辱的感觉，但仍忍住气，心平气和地说："楚晏德确实不是个东西，但是他姓楚，不是言家的人，而你想进的这个门姓言，而言家是有身家清白这个要求的，你觉得你有这个资格吗？"

宋小暖拧眉："我妈已经去世了，您会去翻旧账吗？"

楚晏贤从她的眼里看出些不同的内容，静默片刻，她说："你是在威胁我？"

宋小暖浅浅地笑："您不多事，我也不会多事。"

二十分钟后，楚晏贤从包厢里出来，她姿仪还是婉正，贵妇人的架子端得很足，但是她的内心却是狼狈不堪。

纪安坐在大厅，看她从楼上下来，之后去角落寻了个座位坐下，像是雕塑一样，一动不动。

他沉下眉，拿出手机给宋小暖拨个电话："你没事吧？"

"没事。"

那头的声音还算轻松，还邀请他："点的菜基本没动过，你过来吃啊。"

纪安无语："你和老太太说了什么？她坐在大厅里缓和情绪呢。"

宋小暖"啊"一声，声音略有紧张："那你看紧点，别搞出心脏病发作什么的。哎？她有带司机的吧，你要不去通知一下？要好生伺候啊，她好歹是言楚行的妈，可不能怠慢了。"

纪安淡定："知道她是言楚行的妈，你不应该送送吗？"

宋小暖像是无奈："我倒是想送的，被她拒绝了。她看我不爽，我贴上去反而不好，只有麻烦你上心了。"

纪安眼睛盯着楚晏贤，嘴上却是啧啧："你这个婆媳关系，够呛啊。"

可能是因为纪安嘴严，宋小暖愿意跟她说些心里话，悠悠地叹一口气："我觉得主要责任不在我这里。"

和楚晏贤谈过之后，宋小暖便有了放飞自我的迹象。具体表现在，她开始主动和言楚行联系了，有事没事会给他发些照片，比如桌上厚厚的两叠资料，并附言：瞅瞅，我被埋在里头了。

言楚行很欣喜她的变化，于是就得寸进尺地要求："这礼拜我工作很忙，你过来 S 市吧。"

宋小暖发个"不"的表情："我要加班。"

"你可以把文件带过来。"

"很多呢，我拿不动。"

"让纪安帮你。"

"我考虑一下。"

考虑的结果，就是由纪安开车，把宋小暖送去了 S 市。言楚行住的那个高档小区，进出都是密码。保安眸光警惕，态度却很谦和，见宋小暖从容地输入密码，便殷勤地帮忙拎东西，搞得纪安反而英雄无用武之地。

言楚行确实很忙，晚上有个越洋视频会议，开完都快十点了。他在微信里看到宋小暖拍的窗外的夜景照片，心里头痒痒的，就想赶紧回去抱住了好好亲热一番。

但是他被爸爸叫住了。

见他忙不迭地收拾东西，言崇信以为他又要奔去 N 城，赶紧喊住："过来聊几句。"

言楚行回头看他："啥事？"

言崇信皱着眉，很烦的样子："建环在股市炸雷了，王建环最近火烧火燎地到处找人，条件很优惠，让老哥们注资挽救他，我磨不开面子，答应明天和他谈，你也过来。"

言楚行摇头："这事儿丰昀陌年前就开始筹划了，您若出手，搞不好一起被围剿了。"

"这事儿是丰昀陌干的？"言崇信揉着眉心，语气沉重，"那祁岳肯定也有份，王建环这回怕是要栽啊。"

言楚行不以为然："他敢做假账，就要有被抓现行的心理准备。"

"建环集团整体还是赚钱的，只是夸大了而已。"

言崇信锁紧了眉："不管怎么样，明天你也过来，听听他们的说法。可以帮的话就帮一把，做企业不容易，咱们就当是积德，万一以后咱们有困难，人家也会帮咱们。"

言楚行想一想："我最多给他们两个小时。"

言崇信没好气地瞥他一眼："可以，不过谈完了要回家吃饭，你妈最近情绪不好，可能跟你的女朋友有关系，你去陪她说说话。"

言楚行像是吃惊："我妈不喜欢宋小暖？"

言崇信心累，娓娓地劝导儿子："你妈也不能说不喜欢，只是不符合她心目中儿媳妇的理想人选。你妈的脾气你是知道的，想问题容易钻牛角尖，你要是认准宋小暖做老婆的话，就在你妈那儿花点心思，要是婆媳关系处不好，你就是夹在中间的老鼠，两头受罪。"

言楚行被亲爸爸的话吓到了，考虑到社会上频频发生的婆媳惨案，他不由得陷入了深思。

回到家里，屋里没有开灯，客厅的窗帘全部拉开，落地玻璃窗外是一片璀璨的夜景。这些是他看惯了的，眉毛都不挑一下，直接从沙发角落里把他喜欢的女人找出来。

宋小暖其实睡着了，被他大力地抱住，吓得睫毛一颤。紧接着，嘴唇被堵住了，温柔又饱含着情意的索取，让她喘不过气来。

终于他放开她，双目相对，他似笑非笑："我脑子里一直有这个情景。"

"什么？"

宋小暖迷糊地看他。

言楚行身体力行："就是这样。"

宋小暖无语，只能啐他："你流氓啊。"

流氓就流氓，言楚行乐在其中。

后半夜，两人泡在浴缸里。宋小暖全身软软的，手指头都不想动一动。言楚行倒是精神得很，手边放了一杯红酒，间或怡然自得地抿一口。

"丰昀陌打算怎么处置建环？"他突然问。

宋小暖合了合眼，没精打采地答："我哪知道。"

"你猜猜。"

"建环业绩造假，股价大跌，砸到合适的价位，他就入场。"

宋小暖挑起眼皮看他："潜远别去凑这个热闹，你不知道丰昀陌手上有多少牌，所以你也不会知道建环的股价会掉到哪个点位。贸然进场的后果可能是血本无归。资本市场这种大鳄，咬住目标好比一鱼三吃，会做好几个波段，时间可以长达数年。最后说不定会和建环握手言和，总之腥风血雨，充满了狡诈和欺骗，你说你们是做实业的，不要去蹚浑水。"

言楚行歪着头看她："你怎么这么懂？"

宋小暖勾一勾唇："我做审计的，多少总见过些风浪。"她没说她研究过祁岳操作过的所有的案例，高兴起来可以写本书给他看。

而言楚行若有所思起来，隔了好一会儿才说："我爸爸和王建环有点交情，想救他一救。"

宋小暖瞥他一眼："实业是你的主战场，投资是丰昀陌的主战场，各守一块互不相干是最好的。"

"搭船呢？"

"你块头太大，搭不上去。"

宋小暖随便一句大实话把他打回去。

言楚行其实也是瞎聊，他脑子里转的是爸爸说的婆媳关系的问题，又怕说出来吓到宋小暖，思前想后，还是等把她迁进户口簿再说。

手指落到她脖子上的链子，上回买的戒指她一直都挂着。轻轻地把玩着，像是无意地问："你的户口在哪里？"

宋小暖想一想："挂靠在人才交流中心。"

言楚行"哦"一声，然后悠哉地说："我这儿也可以挂靠。"

宋小暖挑起眸，半笑不笑地看着他："你这是跟我求婚吗？"

"嗯，你愿意吗？"

言楚行低下头，轻轻地吻她一下，然后抬起头，幽沉的眸子看着她，声音低沉又有魅力："暖暖，嫁给我。"

宋小暖微笑："好。"

她内心无比地坚定，相爱不容易，既然大家都是死心塌地，又一心一意，那就为他们的未来拼一拼吧。

她相信楚晏贤不会为难她，至于楚晏德，只要他老老实实地收起尾巴，她起码可以做到视而不见。

至于天上的宋美娜……

她轻轻地合上眼，心里头默念：妈妈，我包容了您那么多的任性妄为，现在也请您包容我一回吧。

言楚行没想到这么容易就求婚成功,大喜过望,当然要那啥一回以示庆贺。宋小暖没奈何,任其为所欲为。

第十九章

下午,言楚行去公司开会。

言崇信答应往建环注资八个亿,搞得他很不高兴。可以预见的,下周股市开盘,王建环就会炒作这个题材,妄图撑住连续下板的股价。

言楚行其实并不反对挽救建环,但是反对在山腰的位置进入。

出来后他和爸爸有争执,言崇信说他找人测算过,现在进去或许会被埋,但是只要撑过去,最后还是会赚的。

"生意做到咱们这个份儿上,赚钱很重要,但是赚情谊更加重要。王建环确实好大喜功,但他人不坏,也是个有能力的人,你对他有恩,将来他会报答你的。"

言楚行不能说爸爸的想法不对,但是在商言商,这笔投资在初期必然是打水漂,之后能不能赚回来,也是难讲。但是言崇信是董事长,他说出去的话,还是会执行的。

事已至此,他似乎也不能再说什么。

寻思了一晚上,他决定一举二便。

然后一大早的,言崇信就接到了儿子的电话,他是睡意蒙眬的声音,"怎么这么早起来?"

言楚行惬意地坐在沙发里,精神极佳,"我是年轻人,体质扛得住,您不行吗?"

言崇信朝边上看看,楚晏贤正警惕地看着他。

他叹气:"昨晚跟你妈聊天,睡晚了。"

言楚行立刻接收到他的意思,但是他不打算跟他打太极,简单扼要:"我和女朋友求婚,她已经答应了。如果您今天有空,我们想请您吃顿饭。"

"只请我?"

"如果妈妈能够用一种宽容接受的态度出席,我们也是欢迎的。"

言崇信揉眉头,声音略略发苦:"要不要这么着急啊,总要给我们一个接受期吧？"

"见一见，可以帮助您缩短接受期。"言楚行淡定。

言崇信又看一眼边上的夫人，觉得自己莫名成了夹在中间的老鼠，两头受罪。但是生活还是要继续，既然儿子诚意邀请他见未来的儿媳妇，这个人情他必然是要给的。

"嗯，知道了。"

他含糊其辞："建环的事情还要再谈谈，你一会儿去公司。"

言楚行心领神会："知道了，一会儿给你发时间地点。"

"OK，OK。"

挂断电话，言楚行悠哉哉地进去卧室。

宋小暖还睡着，头埋在枕头里，黑发凌乱地散落着，只能看到小小的一半脸颊，白皙又甜美。

他盯着看，唇角勾起些浅浅的笑意。弯下腰，轻轻地拍拍她的肩膀，毫无意外，宋小暖的身体更多地缩去被窝，嘴里嘟嚷着："别闹。"

言楚行的笑容更盛，凑头过去，在她的发间轻轻地吻一下，声音很轻："我爸爸要见你。"

这句话就跟紧箍咒似的，宋小暖刹那间就睁开眼，虽然有些蒙眬，话语却是清晰："为什么？"

言楚行挑一挑眉，非常淡定地说："我跟他说了呀。"

"说什么？"

"咱俩结婚的事情。"

言楚行直视着她，淡然自若："丑媳妇总要见公婆吧？"

宋小暖瞬时清明，脑回路转得飞快："只是你爸爸？"

"嗯，公公好说话，你想办法搞定他，我再带你去见婆婆。"言楚行从边上拿来她的衣服，认真地翻弄，"要不要我帮你穿？"

宋小暖有一瞬的静默，突地她跳起来："我自己穿。"

动作飞快，嘴里还问："昨天你们和建环谈得怎么样？"

言楚行没想到她会问这个，但是也好好地跟她讲了一遍："我爸觉得建环本身的基础不错，还能救。另外他那代人比咱们重情谊，王建环跟他交情不错，偶尔也会一起打个高尔夫什么的，可能也是抹不开面子。"

宋小暖理科生头脑，不关心枝枝杈杈的问题："打算签对赌协议吗？"

言楚行发现她非常在行："有这个打算。"

宋小暖点头："早餐你给我搞点小馄饨，管个七八分饱就行，饥饿有助于思考。"

言楚行看她眸眼严谨："你打算跟我爸爸谈建环？"

"不行吗？"

宋小暖的思维都活络起来，脑子里跑马一般，N多的数据一一袭来，她坚决地握一握拳头："可不能让咱爸亏钱。"

言楚行对她这个"咱爸"非常满意，不过面上依旧没啥表情："小馄饨是吧，我出去买。"

宋小暖这会儿脑力全开，才不管他是出去买还是出去抢。

顾自拿了笔记本电脑，走去外间的餐厅。电脑开机，调出文件，认真地看，手边还有个小本子，不停地写写画画。

言楚行换完了衣服出来，瞥她一眼，心道：老爸要是知道他这趟见面值八个亿，会不会把中饭改成早饭，且飞奔而来？

同时心里还有几分小得意，关键时刻就能看出宋小暖的亲疏有别。之前嘴巴多硬啊，说什么人家的商业秘密，不能说给他听。现在一听潜远真要入场，态度立刻就变了。

不过这事儿啊，还真的只有宋小暖能给出建议。

建环这档子事情，她嘴上不说，其实她是全程参与的，心里头必然是门儿清。她这人轻易不会许诺，一旦说了，应该会有办法。

临近中午，言楚行带宋小暖去了老爸经常去的一家日式料理店。

他解释说："我爸年纪大了，中午吃清淡点。"

"挺好，我也想吃日料。"

宋小暖没啥意见，她现在就跟参加高考一样，满脑子都是与解题有关的内容。

言崇信晚到了几分钟，倒不是他摆架子，因为这地方他常来，难免会遇到熟人。

看到宋小暖，本人和照片上一样好看，眸光灵动，带了些盈澈的波光。

言崇信心里先叫一声好，他阅人无数，立刻看出儿子喜欢的这个美女，内外兼修，是个有内涵的。

"不好意思，迟到了几分钟。"他笑着说。

今时不同往日，言楚行牵了宋小暖站起身，嘴上还要客气："没事，我们正点菜呢。"

"坐坐。"

言崇信打量眼前的两人，郎才女貌，非常般配啊。他看得喜欢，一边坐去对面，随意地问："点了什么？给我来一份紫菜味噌汤。"

言楚行看他："酒劲还没过去？"

言崇信直起腰，叹息："老了呀，肠胃什么的不如你们年轻人了。喝点软软暖暖的汤，养养胃。"

言楚行笑笑，按一下服务铃，简单调整了菜单。

这时间，宋小暖都是微笑，不卑也不亢。

像是随意，言崇信瞥她一眼，唇角有笑意："宋小暖是吧，阿行跟我说你们要结婚了。"

宋小暖没想到他这么直接，心跳有一瞬的加快，不过她声音很平静："他前天跟我求婚，很突然，不过我接受了。"

言崇信似笑非笑地看一眼儿子，又转过头："他都不跟我们说你的事情，仅有的那些还是他妈妈从茵茵那儿打听来的，今天见面，能不能请你做个自我介绍呢？哦，你别觉得我仗势欺人，我们是开明的父母，关于我们家的情况，你有什么想问的也尽管提，我都会回答你。"

他摆了个对等的姿态，然后便微笑不语。

姜是老的辣，宋小暖顿时感觉到压力，但是她又知道，她现在的每一个表情都落在对方眼里，所以绝对不能慌。

抿一抿唇，她微笑："我的求学经历，茵茵应该都说过了。您应该是对我的家庭感兴趣。"

"可以说吗？"言崇信饶有兴味地看她。

言楚行在边上搭一句："我不是跟你们说过了嘛。"

言崇信瞥他一眼，神色颇淡："我和小暖说话呢，你坐着听就行。"

宋小暖知道楚晏贤隐瞒了这件事情，言崇信是完全不知情。所以他现在是正常的家庭考核。

整理一下思路，她简单地介绍起来："我是普通人家出身，父母在我没出世的时候就分开了，我是由我妈养大的。从小到大，我没见过几回父亲。然后我妈在我上大一的时候，因为车祸意外去世了。"

宋小暖的这部分介绍，之前有和言楚行讲过，没什么特别的。

言楚行没有追问，但是言崇信会。

"你妈做什么的？她靠什么养你？"

宋小暖扬起眉，声音很淡："我妈单身女人没什么特长，只有做保险。"

这问题是核心，她苦思过很久，现在的这个回答不算骗人，宋美娜确实做过保险，也确实赚到过钱。

言崇信见多识广，见过一些保险做得很好的女人，所以只是点点头："你妈挺辛苦的。"

宋小暖的眸底掠起些苦楚，没有说话。

言楚行知道她想起妈妈意外去世的事情，安慰地握住她的手："要不要喝茶？这里的麦茶还不错。"

宋小暖微笑，声音很轻："我没事。"

这当口，服务员陆继开始上菜，言楚行就势把话题转到吃上头，还一个劲地劝言崇信喝清酒，说什么以毒攻毒，醉酒之后喝点不同类型的酒，酒量会大大提高什么的。

言崇信没好气地瞥他，心道这个儿子白养了，为了媳妇不被盘问，竟然要给老父亲灌酒？！

他也不怂，眼皮子挑起来："你也喝点？"

言楚行无所谓啊，一人一杯，就这么喝上了。

宋小暖在边上笑，她看出未来公公虽然江湖老道，却是个好脾气的，言楚行和朋友的交往方式，应该是学了他。

一杯酒接近尾声，言楚行开始讲建环的事情。言崇信皱眉头，不想他问家事也没必要把公司的秘密拿出来说吧？

然而不等他表个态度，宋小暖已经熟练地搭上话了。

行家一出手便知有没有。

言崇信不是傻白甜，投资之前有搭班子研究过建环的情况，八亿这个数字也是仔细核算过的，他没把握的部分是资本市场的反应，所以才想着和祁岳约个局，咨询一下。

而宋小暖显然是有备而来，随身携带的笔记本电脑上有详尽的图表。

她怕他听不懂，先是拿一个濒临退市，又成功脱帽的股票做例子，深入浅出地给他解释资本大鳄的运作方式。然后，她拿出建环的走势模型，点着其中的几个关键点位，给他普及资本市场的惯常做法。

她侃侃而谈，言崇信的眼睛愈来愈亮，这个可是宝啊，逻辑严谨，思维活跃，有她看守大门，潜远可以少踩很多坑啊。

"咱们是不是可以成立一个投资部？"在宋小暖说话的空隙，他突然冒出一句。

言楚行侧眸看他，声音里含了些小傲骄："这事儿您得征得老妈的同意。"

这话真是打击人，言崇信脑子里立时掠起楚晏贤的哀怨眼神。权衡利弊，他微微点头："我会找她商量。"

宋小暖头一回见公公，貌似还行。

言楚行朝爸爸眨眨眼，意思很明确，你去搞定老妈，我来搞定新媳妇。

言崇信心领神会，同时也是感慨，敢情儿子的高冷傲娇都是用在外人身上的，遇到喜欢的女人，是和他一模一样的怂货。

想到这里他也是叹气，自己的老婆自己知道，她这一关怕是难过的。

公司里还有事，言崇信提前走了。

宋小暖小仓鼠一般地扯着言楚行，目光里带了好些不确定："你爸对我印象怎么样？"

言楚行闲闲散散地往后头一靠："我爸爸是老江湖，他已经看出你的核心价值，满意得不得了。"

"但是他都没有听完。"

宋小暖准备好的学霸理论还有个尾声没有讲，心情不大爽利。

言楚行笑得不行："他是董事长，听个大略下面有人执行就行了。你还指望他亲自操作啊。"

"谁来执行？"

"我啊。"

言楚行一脸的听天由命："回去你再给我讲一遍。"

其实他已经了然于胸了，但是他想培养宋小暖与他谈公事的习惯，毕竟后面还有一大摊子事情要交给她。

周一早上五点多，宋小暖睡眼惺忪地踏上归途。

言楚行起来送她，一边走一边叨叨她："华瑞有什么好的？卢源都不做了，你差不多也辞职吧。另外这套房你还满意吗？赶紧把设计图纸发过来，我找人重新装修。"

宋小暖摆手："不用不用，你这儿装修得挺好的，就这样吧。"

言楚行不乐意了："结婚怎么可以马虎，按你的喜好重新装一下，你住起来也舒服。"

宋小暖没想到他会计较这个，抬起头看他："硬装不用动了，等我有空的时候，改一下软装吧。"

她这么讲，说明她会经常过来。言楚行满意了，唇角微勾："嗯，那你下回过来的时候别带太多工作，咱们一起去逛软装市场。"

宋小暖微一思索："这个不着急，咱们的首要任务是建环，要把你爸砸出去的水花赚回来也不是容易的。"

之前她就几百万的操作，现在数值放大到以亿为单位，讲真她心里也是慌的，而且她看多了案例，很清楚心态决定结果，扛不住压力，很容易偷鸡不得蚀把米。

言楚行看出她的紧张，闲适地拍拍她："怕啥，我是实操人，有问题我会扛。"

宋小暖快速地摇头，然后用力地抱一抱他："放心，我这个狗头军师也是练过几年神功的，不会让你输。"

是的，一定要赢。

宋小暖一直很排斥自己血液里的投机特性，但是事到临头，她发现自己真是没办法抗拒天性，心底激荡的都是热血。

回去 N 城，面对的是加班加点的工作。

可能是感情生活比较甜蜜，宋小暖像是保养过且加满了油的汽车，兴致勃勃且高效率地干着活。

言楚行老是催她办户口，她乖乖地照办了。

时间不紧不慢地过，转眼又到周五，这礼拜言楚行去美国拜访客户，早两天前就遗憾地通知她这件事情，不过他保证："下周五我直接从机场过来。"

宋小暖觉得他太辛苦："去美国飞机上要坐十几个小时呢，你要不要这么赶啊。"

言楚行趁机数落她："你要是在 S 市，我就不用这么赶了。"

宋小暖微微蹙眉，盯着手机半晌没码字。她当然也喜欢和言楚行腻歪在一起，但是，她对 S 市的阴影还没有完全消除。

言楚行去了美国，宋小暖没有私事干扰，周五就加了个小班。八点多，她意外地接到丰昀陌的电话，声音很温和："有没有可能请你吃个夜宵？"

宋小暖瞬时觉得嗓子很干，本能地推辞："我在加班呢。"

丰昀陌追着问："那晚点有空吗？"

宋小暖犹豫，她感觉丰昀陌不是那种死缠烂打的人，但是如果有什么非讲不可的事情，他也会紧跟到底。

逃不掉，那就接受。

"我这儿还需要半个小时。"

"好，我订的是品鲜餐厅，一会儿我来接你。"

"不用，我和纪安一起过去。"

"好。"

电话挂断，宋小暖拧眉思考了好一会儿，在建环这件事情上，从道义上讲，她认为自己应该给他一点警示。但是很难把控这个度，以丰昀陌的聪明与敏感，一着不慎就有可能掉进他刨的坑里。

宋小暖初出江湖，钩心斗角的道行还很浅，心底还是有些忐忑。她以为丰昀陌会跟她谈建环，哪里知道这次的邀约另有玄机。

品鲜顾名思义，是个吃新鲜海鲜的餐厅，离恒信大厦很近。

宋小暖特别喜欢那儿的葱油泥螺和海瓜子，偶尔自己也会过去打牙祭。

显然，卢源把这信息告诉丰昀陌了，所以她进去的时候，首先就看到桌上摆了这两盘菜。当然有钱人规格高，还有龙虾、象拔蚌之类的高端海鲜，泥螺和海瓜子搁中间显得特别寒碜。

纪安把宋小暖送进包厢，便离开了。当然他不会离得很远，一般就回到大厅里，挑一个四面都看得着的座位坐下，叫点喜欢的小食，一边吃一边等。

之前都是风平浪静，但是这一回，他等到了一个特殊人物。

第二十章

如果他没有认错，进来的那个中年男人是经常出现在金融杂志封面，在投资界呼风唤雨、风光无限的大鳄祁岳。今天他穿了一件黑色风衣，面容英俊，身姿修长，举手投足像是目空一切，又像是漫不经心，潇洒地从他边上走过，往二楼的包厢走去。

纪安看过他的花边新闻，心道男人活到他这种境界，也算是另一种形式的典范了。感叹之余，他有另一层想法，应该出现在 S 市的人，深更半夜跑来这儿，应该是来找丰昀陌的吧？

考虑到宋小暖也在里头，他随手拿起手机，给她发一条通知信息："祁岳进去了。"

宋小暖正与丰昀陌寒暄，话头也刚刚说到这里。

"我今天很冒昧。"

丰昀陌难得地露出尴尬的神色："实在是受人所托，不得不和你约了这个局。但是，也确实是有事情相告。"

宋小暖觉得他的这句话很拗口，但她迅速领会"受人所托"这四个字的含义。

恰巧，纪安的信息也到了，她看一眼，面色立刻就变了。

"我不想见他。"声音克制，但是能听出怒意。

丰昀陌就知道会这样，想到去年在机场的头一次见面时，她对他的态度，他非常担心自己这半年努力刷出来的好感归零。

稳住心神，他认真地解释："他带着善意，而且真的有事情跟你讲，关于言楚行的。"

其实这事儿和言楚行的关系是拐着弯儿的，但是不这么讲，丰昀陌感觉自己镇不住。

但是宋小暖根本不吃这套，冷板起面孔，站起身。

"我还有事，我先走了。"

丰昀陌跟着站起身，面色极其无奈："祁欣儿要你的资料，闹了挺久了，祁岳是叔叔，夹在中间挺难做人的。"

宋小暖面色愈发的难看，心头翻腾着一股怒火，抑制不住想要喷薄而出。

而祁岳恰巧走到门前，推开门。

两人面对面，一个惊诧，一个愤怒。

"怎么了？"

祁岳猜度这个紧张局面，或许跟自己有关，脸上挂出安抚的笑容，打个哈哈："那个我迟了五分钟，这顿我做东。"

宋小暖斜起眼看他，这货除了笑起来眼角有几条皱纹外，时光倒没有在他脸上留下太多印记，老帅老帅的。难怪宋美娜这只颜狗会对他念念不忘。

眯起眼，唇角带了点挑衅："让开。"

祁岳朝丰昀陌的方向掠一眼，见他难得地蹙紧眉头，就知道这姑娘又发脾气了。

挑一挑眉，他转身关门，一边还说软和话："别这样啊，我真有事情跟你讲。你耐下性子听一听，等我讲完了，你肯定还是不高兴，没事，摔桌子砸碗都可以。千万别手软，反正是我做东，搞坏多少东西我包赔。"

宋小暖没想到他会走赖皮的路数，气头还在，却不知道怎么发作。

然后他还扯她的袖子，用哄小孩的口气："听说你喜欢吃这儿的泥螺和海瓜子，这两样吃起来可慢啊，不过你也没啥事，咱们可以边吃边聊。"

显然他已经打听过了，言楚行去了美国，鞭长莫及。

宋小暖用力甩开他的手，然后冷幽幽地瞥他一眼："我知道你想说什么，我不介意。"

祁岳看一眼丰昀陌，求救一般："你来劝劝。"

丰昀陌能有什么办法，不过他也走过来，小声地说："海鲜凉了不好吃。"

宋小暖无语看他，面色依旧冷沉："你骗我过来。"

丰昀陌苦笑："说实话的话你肯定不会来，但是我觉得你应该听一听他说的内容。比如你想介入建环的这个局，势必会多多地搜集资料，些微细小的疏忽，都有可能让你败走麦城。"

他话中有话，宋小暖却是沉默了。良久，她挑起眼皮看他一眼："你知道我会介入建环？"

"潜远入坑了，你不会坐视不管。"

"你怎么想？"

丰昀陌笑笑："静候。"

宋小暖平静下来，淡声道："那就各凭本事。"

瞥一眼祁岳，之后目光落回到丰昀陌的脸上，她八风不动地解释："从道义上讲，建环这件事情我对你略有亏欠，所以今天的事情就不跟你计较了，算打平。"

丰昀陌眼角往上挑起，唇畔带了些微微的笑意："嗯，那坐下聊聊吧。"

宋小暖深吸一口气，转身走回自己的座位。

气氛还是紧张，尤其是宋小暖的眼神，盯着祁岳看的时候，眸光里带着明显的敌意。

祁岳觉得她可能有掐死他的心，但是他左思右想，觉得自己或许有得罪她的地方，但是没到苦大仇深的地步吧？

"喝酸奶吗？"

他顺手递一盒过去。

宋小暖面沉如水，没有搭理他。

成名之后，祁岳见多了阿谀奉承，鲜少被人这么冷落与打脸，说不尴尬肯定是骗人的。不过他毕竟见过大风大浪，很会给自己端台阶下台，一副浑然未察觉的样子，笑容随意："你不喝那我自己喝了。"

说完他真的给自己倒了一杯。

丰昀陌认识他这么多年，头一回看他自找退路，心下也是诧异。

而祁岳为了和宋小暖拉关系，讲了一桩陈年往事："其实我很早就见过你。"

看到宋小暖掠起眸，意味深长地看过来，他笑着拿手掌比了比高低，"你那会儿才这么高。"

"四岁。"

宋小暖口齿清晰："我记得你。"

那天天气很好，她坐在门口的小板凳上，手里拿了一本不知道哪里找来的小人书，一板一眼地翻着看。突然，眼前的光线不太对，她被一个黑色的影子罩住了，疑惑地抬起头，她看到一个高大的男人，正低下头看她。

她想起妈妈说，外面有坏人，会抢小孩，面色顿时紧张，而那个男人蹲下来，手掌抚了抚她的脑袋，问："你妈妈是宋美娜？"

她觉得他长得很好看，态度也温和，于是就"嗯"了一声。

然后，她发现男人的眼神变得古怪，时间像是停顿下来，一秒一秒走得极慢。屋子里有声音，她转过去看，然后她隐约感觉阳光又盛了，等她再回过头，那个男人已经不见了。

而宋美娜走出来，弯起腰把她抱起来，柔声问："芊芊一个人闷吗？妈妈带你去动物园玩好不好？"

"好啊。"

她欢喜得眼睛里都是光，忘了刚刚在她面前出现过的男人。

很多年以后，她在杂志封面上看到祁岳的照片，经过好几个辗转反侧的夜晚，才从记忆深处找出那个片段。

听了宋小暖的回答，祁岳略显惊诧："你记性很好。"

宋小暖看他一眼，眼中还是那种拒人于千里之外的目光。

祁岳不在意："你小时候长得像洋娃娃，非常漂亮。"

"我长得像我妈。"宋小暖冷冷地看他，"我妈因你而死，我这辈子都不会原谅你。"

祁岳觉得冤枉，但宋美娜的死确实与他有那么一丢丢的关系，既然宋小暖把这笔账算在他头上，他只有认了。

清一清嗓子，他尴尬地说："我想给你补偿的。"

宋小暖冷勾起唇："你别侮辱我。"

祁岳没办法了，摊一摊手："你对我有误会。"

宋小暖胸口的那股火腾地冲上来，她用尽力气压住，手指却是微微发颤："过去的事情不要提了，你就单说这次的来意吧。"

祁岳顿时觉得头痛，沉吟半晌，他一本正经地开口："你应该知道，祁欣儿是我的侄女，她很喜欢言楚行，而且得了言家父母的认可，根据我的观察，如果不是因为你的出现，这会儿他俩应该在度蜜月了。"

宋小暖懒得搭理这种废话，顾自吃着泥螺。

祁岳见她淡定，暗自给她点个赞。

然后他也不长篇大论了："都是聪明人，我就长话短说，我侄女不死心，要查你的资料。"

宋小暖扬起眸，漫不经心地答："她要查我也拦不住。"

祁岳瞅着她，眉宇微微蹙起："你不怕她把宋美娜的过往查出来？"

宋小暖的语调彻底冷漠下来："怕她查出宋美娜做过你的情妇之一？要不要去网络广而告之？"

她低下头，继续吃："我猜你不想这种事情发生。"

祁岳平心静气："我风评很差，不在乎这种事情上网，但是你和言楚行就完了，言崇信对儿媳妇的要求是身家清白，宋美娜的过往经不起调查。"

宋小暖笑笑，眸光略有复杂，声音依旧很淡："随便吧，我从没觉得我和言楚行可以善始善终。"

祁岳怔住，他感觉自己从她的言语里听出一丝悲凉，心里莫名就觉得难受。他转过头看丰昀陌，丰昀陌的脸上也浮起怅然。

感情的天平略有倾斜，他下意识地问："你不打算跟我谈谈条件？"

宋小暖还是笑，伸出两根手指，一字一顿地说："我这辈子恨两个人，你是其中之一。我就算万劫不复，也不会跟你谈条件。"

说完这句，她淡定地站起身："你的话我听完了，我的意思也表达过了，现在我可以走了吧？"

祁岳被钉在当场，面色渐渐冷峻，隔了好一会儿，他点头："知道了，你可以走了。"

丰昀陌深锁着眉头，送宋小暖出去。分别时，他认真地说："你没必要和祁岳为敌。"

宋小暖淡然："我就是要他知道，我恨他。"

丰昀陌无语地摇摇头："你太意气用事，放到商业上可不是好事。"

宋小暖挑一挑眉，颇不在意的神情："那你不是可以赢得轻松？"

这话像是圈套，令丰昀陌扫她一眼，声音很重："我不会轻视你。"

两人道别，看着宋小暖的背影，丰昀陌总觉得哪里不太对劲，以他对宋小暖的认知，她不应该是这么冲动的人。

若有所思地走回包厢。然后他看到祁岳眉目清峻地坐着，面前有一堆泥螺和海瓜子的壳。

祁岳扬眉看他："宋小暖挺会吃的，这两样东西确实好吃。"

丰昀陌笑笑，慢慢地踱进去："你生气了？"

"有一点。"

祁岳冷勾起唇："说起来她还是省理科高考状元，逻辑思维应该没有问题，然而却会迁怒于人。"

丰昀陌也不理解，拧着眉头想一想："宋美娜的死确实与你有关系。"

"又不是我找人撞的她。"祁岳很不高兴，"她招呼都不打一个，直接跑去澳洲找我。结果被车子撞了，这也怪我？"

"你那会儿只是按月给钱，她想打招呼也找不到人。"

祁岳凝起眸："你知道我和她是怎么遇上的，如果不是看她可怜，我会收她做情妇？我从养她的第一天起，就只是养她而已。"

丰昀陌不语，有些事情没办法跟宋小暖解释。

"那您打算怎么办？"他问。

祁岳直起腰，目光幽深，恢复成那个叱咤江湖的大鳄派头："你想我怎么办？"

丰昀陌摇头："我有私心，所以不打算给您建议。"

"不想做恶人是吧？"

祁岳没好气地瞥他一眼："我也不打算插手这事情，宋小暖的资料很简单，明天一早我会发去欣儿的邮箱。能不能从中看出问题，看她的本事吧。"

丰昀陌一副老神在在的表情，喝一口茶，他缓悠悠地问："既然您已经想好了，为什么还要跑来 N 城见宋小暖？"

他有潜台词：自讨没趣很有趣吗？

"心血来潮吧。"

祁岳对自己的行为也是费解："不想背着她做坏事，把事情说清楚然后让她骂一顿，心里踏实点。"

夜色清凉，宋小暖神色疏淡地坐在窗前。

她其实也没想什么，事情都是摆在眼前的。无论哪个有心人去调查，都有可能把宋美娜的过往摊出来。只是没有想到，会这么快发生。想到自己刚刚和言崇信撒的谎，宋小暖的心里还是有些愧疚的。

但是没办法，她当初借齐家展和言楚行分手，一大半的原因是楚晏德当年做过的事情，她过不了自己的心理关，另外也是因为她很清楚齐家这种高门大户，是不可能接受小三专业户的女儿。

分开了就不会有那么多的麻烦，也免得宋美娜被人拿出来鞭尸。

她果断地做了选择，没想到言楚行又找回来，而她被爱情搞晕了头，不知不觉地竟然和他走到了结婚的边缘。

然后怎么办？

顺其自然，该维护的还是要维护，该分开的还是会分开，当然还有那么一丢丢风平浪静的希望，一切如常。

只是她心中的依恋与依赖快要长成参天大树，她怕到了那一天，会舍不得离开。

忧伤啊。

第二天，祁欣儿收到祁岳发过来的邮件。

里头与其说是宋小暖的基本资料，不如说是个求职履历表，下面还附了近照。

祁欣儿看得心头拔凉拔凉，她没想到对手这么强劲，大学霸不算，居然还是个大美女。难怪能入到言楚行的心里，分手三年还念念不忘，最终屈尊纡贵，跑去 N 城找回她。

她反反复复地看，这中间能挑的毛病有两个：家庭状况和分手原因。

考虑楚晏贤的反应，应该是嫌弃宋小暖的出身。但是据她的观察，言崇信不在意这些，他可能更看重她的省高考状元的头衔，相反还会觉得满意。

在这一刻，祁欣儿还只是单纯的，把宋小暖理解为单亲和孤女，没有往更深层的地方去考虑。

时间简单地过去，表面上还是风平浪静。

股市里，建环集团因为业绩造假事件的发酵，潜远的投资意向，仅仅在公布的那天上午，砸了个小水花，之后，股价继续步入下跌通道。

宋小暖每天都在观察，适时根据数据调整模型。炒股这么多年，她还没有这么上心过。

不过她时间控制得很好，没有耽误工作。

言楚行比预期早到了半天，而且因为时差的缘故，他是周五凌晨三点到的家。没有敲门，轻手轻脚地进去，先洗一个澡，然后摸进卧室。

宋小暖睡得酣沉，另一边的床沉下去的时候，她像是有感觉，懒懒地翻了个身。言楚行开了壁灯，盯着她看了几秒，然后身体凑过去，踏踏实实地抱住她。气息与温度瞬时融合在一起，而宋小暖终于醒了，睡眼惺忪地看他："你怎么回来了？"

言楚行一言不发，首先吻上了她的唇。

两周没见了，战况很激烈。

平复下来时，窗外已经微有亮光。

"你提前回来了？"宋小暖还揪着前面的问题。

"嗯。"言楚行眸底还有些幽色，随意地说，"想你了，推了一个宴会提前回来了。"

宋小暖心里头温暖，静静地看他："我也想你。"

她现在顺应心意，想说什么就说什么，而言楚行的唇角勾了起来。

"你等等。"

他突然起身，去客厅转了一圈又进来。

宋小暖好奇地看他："你干吗？"

言楚行跪坐在她边上，唇角勾了些笑意，眼睛里有细细碎碎的光："你要嫁给我。"

他用的是肯定句，一边变戏法一样，从身后拿出一枚亮晶晶的花瓣造型的钻戒。

"喜欢吗？"

他一瞬不瞬地看着她。

宋小暖被中间的那一点亮光耀到了眼睛，深深地吸一口气，由衷地答："好漂亮。"

言楚行颇为得意："我就知道你喜欢这种样式，这是我在美国定做的，这趟过去正好取回来。"

说完，他乐悠悠地把戒指戴到宋小暖的左手无名指，大小刚刚好，他左看看右看看，神情满意。

"和你的气质很搭。"

宋小暖也是盯着看，欢喜、甜蜜、惶恐、无奈……各种情绪汇集到一起，让她酸涩不已。眼眶湿润了，她默不作声地搂住他的脖子。

"怎么了？"他问。

静了好几秒，她轻轻地说："我很喜欢。"

言楚行感觉到她的伤感，扯她下来，认真地看她的眼睛："你是欢喜地哭？"

宋小暖"嗯"一声，然后嘴角扯出一个大大的笑容，半开玩笑地说："我在想这戒指应该很值钱，戴着它我一下子成了大富翁，品位都高了很多，我事先跟你说好啊，这戒指戴到我手上就是我的了，可别想我还给你。"

言楚行觉得这句话哪里不对，蹙起眉刚想说些什么，却见宋小暖笑眯起眼，合拢五指，放到眼前看啊看，声音更是换成了小欢快："戒指戴上了，但是你没有正儿八经地跟我求婚啊，电视上都有鲜花红酒蛋糕单膝下跪什么什么的，搁你这儿怎么就这么简单呢？"

"想要个盛大的求婚仪式？"言楚行觉得她说得有点道理，这样确实太简单了。

宋小暖朝他看看，突然把手缩起来放到身后："不用不用，这样就可以了。反正我不会把戒指还给你。"

"真不用？"

"不用。"

宋小暖答得坚决。

言楚行想一想，眉头舒展开："那咱们把婚礼办得隆重点吧，你喜欢什么形式？"

宋小暖没想过这个，不过既然问起来，就当是憧憬，随便地唠叨两句："我眼前的画面只有蓝天白云沙滩大海。"

"这样？"

言楚行认真地想："那咱们去东南亚租个小岛，或者澳洲也行，那里的白沙滩很有名。"

"我不去澳洲。"

"那就马尔代夫，那边的小岛很有风情。"

宋小暖歪头看他，良久，她绽颜一笑："好啊。"

如果真有那么一天的话。

第二十一章

感觉明确了人物关系，言楚行愈来愈难以忍受和宋小暖的分别。周一凌晨，两人在床上腻歪了好久，在得了宋小暖周五过 S 市去的保证后，他才肯放过她。

车子开上高速，他接到杜向南的电话。

"从美国回来了？这会儿在哪儿呢？"

言楚行漫不经心地答："在 N 城回 S 市的路上。"

杜向南"哦"一声，他不像严泽川和付钧话那么多，打电话都是说一句是一句的："齐家展给我打电话，说有人向他打听宋小暖。"

言楚行心头一凛："什么人？"

"齐家展说是圈子里的一个比较八卦的女人，他觉得不大对劲，于是跟我通个气。顺便他问了问宋小暖的近况，我说你和她复合了，齐家展说恭喜你们。"

停一瞬，杜向南继续往下说："宋小暖不是圈子里的人，你俩也一直挺保密的，我也觉得不对劲，刚才和老二老四都说过了，大家都留意一下，看看到底发生了什么。"

言楚行沉吟着说："嗯，有消息及时反馈。"

"好。"

挂断电话，言楚行的眉头锁得很紧，他很清楚，他和宋小暖的那次分手是经不起推敲的，风言风语一旦传起来，落到爸妈的耳朵里，对宋小暖的印象就会变差。

当机立断，他从高速的下一个出口下去，转个弯，掉转头回去 N 城。

此刻，宋小暖刚刚换好鞋，电话音乐响起，拿起来看居然是言楚行。

"喂？"

"你在哪里？"

宋小暖愣一愣："还在家里，不过马上就要出门了。"

"别出门，我马上就到了。"

“干吗？”

“没干吗，你等着。”

言楚行也不多说：“你跟公司请一天假先，我开车呢，先挂了。”

说完他还真的挂了，宋小暖有点蒙，寻思来去的，还真的和肖丽群请了一天假。

最多半个小时，言楚行开门进来，看到宋小暖坐在沙发上看手机，他也不管，径自往卧室走去。

宋小暖微扬起头，诧异地看着他的背影，没两分钟，他便转身出来，整个人看着很轻松：“走，跟我去S市。”

“干吗？”

宋小暖一脸的茫然：“S市有什么特别的事情吗？”

“有。”

言楚行悠悠地走到她边上，伸手拽她：“去了你就知道，是好事儿。晚点我会送你回来。”

宋小暖想破脑袋也不觉得自己在S市会有什么了不得的好事，值得他大动干戈地折返回来接她。

猜测的口吻：“是建环的事情？”

言楚行低头看她，语焉不详地“嗯”一声：“要不要我抱你下去？”

宋小暖的脑子转得飞快：“王建环找到新的冤大头了？”

言楚行抿着唇笑：“你去看看就知道了。”

然后他真的做出弯腰抱人的动作，宋小暖的心神顿时涣散，笑着扬起手：“别抱别抱，我自己走。”

然后就看她收拾东西，感觉要去做公事，笔记本电脑、ipad都要带上。二十分钟后，言楚行的豪车重新开出小区，朝着S市的方向奔去。

车子开得平稳，中间他神秘兮兮地接了一个电话，严泽川的大嗓门偶有溢出手机，宋小暖只能听到声音，却不知道他们说了什么。只是觉得言楚行的表情有些严峻，不过挂断电话后，又是一副如沐春风的温雅神情。

“要不要睡一会儿？”他问。

昨晚断断续续地一直折腾，宋小暖确实有些困，打个哈欠：“开车别接电话，注意安全。”

言楚行的唇畔浮了些浅笑："后座有毯子，你自己拿来盖。"

"嗯。"

宋小暖调整好座位，拿毯子盖好，然后她果然睡着了。

车子依旧开得稳，间或，言楚行会转过头看她一眼，严泽川打电话是告诉他，不知道是谁推动的，圈子里流传了一个宋小暖和齐家展的狗血故事，目前还没有涉及他，只是说宋小暖贪慕虚荣，大学时苦追齐家展，得手后，从对方手里拿了不少好处，后来齐家展看出她的虚荣本质，甩了她独自出国。但是最近齐家展回国结婚，她又缠上去了，惹得正宫裕酒庄的二女儿萧妍非常恼火，两人有分手的迹象。目前，矛头已经全部指向宋小暖。

按严泽川的意思，这次宋小暖有可能是被误伤，但是名声被搞臭是必然的。是听之任之，任谣言自行消散，还是组织人马反攻，澄清此事？要他做个选择。

言楚行认为这件事情不会这么简单，宋小暖根本不是这个圈子的人，却被拿出来当成个主角来办，抹黑的痕迹太明显。

"也许是指东打西，查一下传播途径。"

严泽川沉吟片刻："懂了。"

宋小暖醒来的时候，觉得光线有些不同，很幽暗。眯一眯眼，她发现自己还是在车上，但是边上的驾驶座却是空的。

心头掠起一丝异样，扬起头透过车窗看，发现这里是地下车库。

她记性不错，通过对面的一辆红色的保时捷，判断这里应该是言楚行在S市的家。

把她放在车上，说明……

她正想着，看到熟悉的顾长的身影朝这边走来。车门打开，清俊的眉目间的笑容很是温柔："醒了？"

他坐上来，扣好安全带，又启动车。这点时间，宋小暖调整好座位，又叠好毯子放好。

"刚才你干吗去了？"她随口问一句。

他转过头朝她笑："我去楼上拿点东西，看你睡得熟，就没吵你。最多十分钟，就下来了。"

"哦。"

宋小暖觉得他神秘兮兮，不过她也不在意："下面去哪儿？"

言楚行看她，清亮的黑眸里泛了些柔光，语气很稀松平常："你答应我结婚的。"

说完他不再说话，脚尖点一记油门，车子轻巧地掠出去。

宋小暖微怔，他说的是她想的那个意思吗？眼睛眨几下，狐疑地看他几秒，然后又转头看窗外。她对 S 市的街景不熟，看半天也看不出个所以然，想一想，她摸出手机，打开里头的地图研究。

她那么忙，言楚行却是悠闲，连续拐了几个弯之后，车子在一个小高层的大楼前停下。

宋小暖在地图上看到坐标，上头写着 XXX 民政局。她茫然地抬头，"你玩儿真的？"

言楚行不乐意了："结婚这么重大的事情，怎么可以说玩？"

"可是你家里还没同意啊。"

"结婚是咱俩的事情。"

宋小暖脑子里有点空，手指捏着衣角，不知道该说什么好。看她手足无措的样子，言楚行的眉毛皱起来："你不愿意？"

"没有。"

宋小暖下意识地回答，然后她扬起头，目光复杂："你这个行为很突然，是不是发生了什么事情？"

言楚行知道她聪明，会问这个问题，所以在过来的路上已经打了腹稿，此时答得流畅："有一些关于你和齐家展的谣言，不严重，很快就能搞定。"

宋小暖莫名其妙："我和齐家展三年多没见了，也没有联络，怎么会传我和他的谣言？"

言楚行抓过她的手，握入掌心。眉毛轻轻垂下，像是愧疚："表面上看是针对齐家展，实际上山雨欲来风满楼，我感觉幕后之人是想通过抹黑你来针对我们俩。我倒不是怕他们，但是我不想耽误咱俩结婚。领了证，把你贴上'言楚行'专属的标签，我就心安了。然后，有一招接一招，再大的风雨也可以顺着蹚过去。"

宋小暖怔怔地看他，心里头百转千回，却找不出一句合适的话。

"那个。"

她抿紧了唇，好不容易地往下说："你瞧，我这么爱钱，你又这么有钱，真登记的话，需要签一个婚前协议的吧。"

言楚行笑起来，眸子闪着光："知道你爱钱，所以我的钱一半都是你的。"

宋小暖摇头："这不行，亲兄弟要明算账。万一咱俩离婚，我的钱可不会分你一半。"

说完，她低下头，从座位下面的公文包里找出笔记本和笔，闷下头唰唰地写字。没多久，一份龙飞凤舞的婚前协议完成，她还一式两份，下面需要签名。

递过去，漆黑的眸子盯住他："签字生效。"

言楚行一直盯着她看，眉头微微拧着，目光里带了些思索。这会儿他接过协议，粗略地读一遍，大概意思是婚前双方的财产各归各，将来如果离婚，财产也是各归各，不做分割。

"快签啊。"宋小暖还催他。

言楚行抬眸看她，好半晌才发出声音："咱俩不会离婚的。"

宋小暖笑笑："世事无常，万一呢。你别觉得我吃亏，我很会赚钱的，你将来会知道。"

这话言楚行还真信，不过他好笑地看她："你就不能让我赚点便宜？"

宋小暖白他一眼："大老爷们有点出息好吧？"

言楚行瞧着她，慢条斯理地说："签字可以，但是我要跟你说清楚，咱俩是不会离婚的。"

一个多小时后，两人从民政局里出来，手里各自拿了一个红本本，宋小暖觉得不可思议。

言楚行却挺高兴，搂住她的腰，轻描淡写地宣布："人生进入新的阶段，咱们去吃一顿领证饭。"

这个当然没问题。

宋小暖歪头看他："隐婚吧。"

言楚行想一想："先隐吧，等我把那些宵小处理了，再隆重地办一场婚礼，打他们的脸。"

这只是原因之一，最大的原因是妈妈那儿还没有搞定，亲爸爸刚跟他讲过，不能讲结婚的事情，真把亲妈搞抑郁了那可是大不孝了。

宋小暖"嗯"一声，回过手抱住他，心里是一种从未有过的平静。

她没想到领证这件事情对她的心理影响会这么大，同样是这个人，因为手上的这本结婚证，竟然让她有了归属感，不仅是她身上贴了言楚行专属的标签，他身上也有宋小暖专属的标签，两个人息息相关，一圈又一圈地缠绕在了一起。

真好。

回到 N 市后，宋小暖直接去了公司，虽说请了一天假，但她不放心之前布置肖远做的工作，要过去检查成果。

中午吃得多，晚饭也省了，一直忙到八点多，她才从一堆资料里抬起头。

窗外还是如往常一般的夜色，远远近近霓虹闪烁。但是心境却是变了，她静默着，看着远端的天际，低低地笑了一声。

晚上她接到卢源的电话，嗓门极大："你们这算是公开了？"

宋小暖被她吓一跳："公开什么？"

卢源哈哈地笑："你别说你不知道啊，中午你们去的那个西餐厅，是 S 市名流时常出入的场所，太子爷敢带你去那儿坐大厅，就是做好了公之于众的准备，现在如愿以偿了。不过——"

卢源的音调一转，语调里有浓浓的八卦气息："宋小暖，我还真是小瞧你啊，丰昀陌、太子爷你还不够，中间居然还夹了个齐家展。我今天看了一天关于你的八卦，当年在 Z 大，你居然为了齐家展抛弃了太子爷？我说你脑子是不是秀逗了？西瓜芝麻都分不清楚？"

宋小暖晕啊，陈年往事都被翻出来了，难怪言楚行急吼吼地押了她去登记。

她只有忽悠："谁没个年少无知的时候？"

然而卢源知她甚深，一语中的："别人跟我讲这话我相信，你讲这话我完全不信，这中间肯定有个瓜。而且你因为这个，隐姓埋名一样，从 H 城跑来了 N 城。"

宋小暖惊到了，看八卦你那么用心干吗？打算拍《名侦探卢源》吗？

见她不说话，卢源"嘿嘿"地笑两声："放心，我是你娘家人，不会揭你的老底。实在不行，你再来跟我混，大不了咱俩合伙开一家审计事务所，我管接单子，你管做单子，不跟那些豪门阔佬有纠葛，咱们照样可以活得很滋润。"

宋小暖感动了，之前她确实如卢源所言，面热心冷，表面上耐心温柔与人为善还识大体，其实上冷淡无情拒人于千里之外。原因与她复杂的幼年经历有关，看够了冷眼与恶意，与人交往时习惯性地给自己加一层保护膜，也只有言楚行用了超凡的耐心，润物无声地攻陷了她。

卢源是第二个打动她的人，那时她刚进华瑞，摊上个难啃的果子，周围人不是看她热闹，就是熟视无睹，任其自生自灭。只有卢源同情地指点了她几招，对当时的状况而言，无异于雪中送炭。她是个投桃报李的人，之后加入他那个组，兢兢业业地做了三年审计。这期间，她在他这儿得了很多正向的指引，他于她而言，是良师益友。现在他以娘家人自居，又说出这么至真至诚的话，宋小暖心里头暖暖的。

她不擅于表达情感，沉吟半晌，很务实地说："我做投资也很厉害的，你不跟丰昀陌混，跟我也可以过得滋润。"

卢源语塞，隔一会儿才笑骂着说："老子被你说得好像吃软饭的一样，不过你这人深藏不露，跟着你我也服气。行吧，就这么说定了。"

之后的四天，似乎风平浪静，又似乎暗流涌动。

宋小暖的"事迹"果不其然地传到言崇信的耳朵里，他半信半疑，同为豪门，也是有成色的差别的，尤其他还是上榜福布斯富豪榜的。考虑到多种因素，他特意找了齐家展的照片来看，包括他的履历，比较下来，对方虽然也是大好男儿，但是和儿子的差距还是明显。

宋小暖眉目清秀，言语逻辑分明，一看就是个聪明拎得清的人。不可能干那种丢西瓜捡芝麻的事情吧？

但是楚晏贤言之凿凿，还给他提供了一种可能性："儿子读书的时候很低调，不会跟别人讲他的身份。"

所以——

逻辑就通了。

言崇信虽然有个不靠谱的小舅子，但是他自己品行很正，以己度人，对家里人的道德操守也是重视。贪慕虚荣肯定不行，查证属实，就算宋小暖是全国高考的第一名，在他这里也是一票否决。

把言楚行叫过去，东拉西扯一番，突然问："你一向低调，当初在大学的时候，别人知道你和潜远的关系吗？"

言楚行诧异地瞟他一眼："怎么想到问这个？"

言崇信打个哈哈："老朋友聊天，聊到类似的话题，所以问问。"

言楚行"哦"一声，像是不在意，淡淡道："亲近的人知道，外人不知道。"

"比如？"

言楚行像是在思索："严泽川肯定知道，宋小暖刚开始不知道，但是我在程远做过一年业务经理，程远是潜远的下属子公司，她一猜二猜的，就知道了。其他应该没什么人知道了。"

言崇信瞅他，目光显出几分犹疑："宋小暖她知道你在潜远的身份？"

"知道呀。"言楚行极之淡定，"一半是她猜的，一半是茵茵告诉她的。"

这事儿他没撒谎，这几天他一直琢磨这事儿，昨天还给楚茵打了电话，打听当年宋小暖有没有从她那儿听说什么。

楚茵的记忆已经不深刻了，在他不断的诱导之下，好不容易想起来，她有跟宋小暖提过楚晏德："我和暖姐姐发牢骚，她知道我爸爸是谁。"

"什么时候？"

楚茵期期艾艾地说："就是爸爸捅了篓子，最后不得不把一半股权抛出去的时候。"

听到这个回答，言楚行忍不住握一记拳头。

宋小暖是先知道他的身份，然后才和齐家展在一起，最后佯装被他识破脚踏两条船，羞恼之下跟他提了分手。

言楚行的心头浮起巨大的疑问，但是他不得不承认，如果宋小暖存了必定分手的念头，也只有这种情况，他才会毅然决然地同意分手。

她为什么要这么做？言楚行觉得自己应该很生气，但是心底深处却隐隐有着恐慌。宋小暖不是不讲道理的人，她深思熟虑后走出这一步棋，必然有她的不得已。

他怂，不敢追究。

第二十二章

眼神有点飘，坐在对面的言崇信则轻托着下巴，一脸疑惑地看他。

"之前，你和宋小暖的分手，是谁提的？"

言楚行微抬起头，若有所思地看他："这个很重要吗？谁没个年少轻狂的时候，您年轻的时候和妈妈也是一帆风顺的吗？重点是你们现在在一起，我和宋小暖也在一起。"

他一句话堵了言崇信好几个问题，瞪着他，缓缓地吐出一口气："你妈对宋小暖有些成见，你有空去开导开导她。你真想把宋小暖娶回家，婆媳关系不和，你的日子绝对不会好过。"

言楚行一脸大度："宋小暖才不会和老妈计较。"

言崇信摇头："那你是没见过女人心思，她们要是上起心来，绝对斗得你摸不着头脑。"

说到这里，言楚行还真有话讲，点点头："您这话我信一半。"

"嗯，哪一半？"

"我觉得男女都一样，咱们不也一样在外头跟人钩心斗角。建环这个局，你虽然答应踩下去，但是八个亿有三分之二还捏在手上吧。要等宋小暖给你回出本来，才肯继续往下跳。在王建环看来，您就是只老狐狸。"

言崇信"哼"一声："你当我的钱是大风刮来的？"

言楚行莞尔："对啊，您有您的立场，但是您的底线是答应了会执行。宋小暖跟您是类似的，甭管她做什么，都是有底线的。"

这话言崇信爱听，不过他也看出来了，儿子夹私货，把宋小暖归到他这一类，是帮她领保命金牌呢。

横他一眼，没表态。

言楚行淡定，稳稳地开始批判祁欣儿："但是有些人就不一样，比如祁欣儿，她就没什么底线。"

有条有理摆证据讲事实，他把祁欣儿在森林度假村的事情讲了个透彻。最后下结论："这种女人娶回家，那才是鸡飞狗跳。"

"看着斯斯文文，心眼子怎么这么多？"言崇信听得直皱眉头，然后很无厘头地问一句："侥幸逃脱，你给袁北发红包了没？"

言楚行口吻平淡："发了。"

言崇信直起腰，手指捏一捏额角，颇为无奈地说："现在的年轻人，花样真是多。"

想一想，他继续说："祁欣儿的这件事情到此为止，看在祁岳的面子上别再往外说，多一事不如少一事。"

言楚行无所谓地"嗯"一声，心道要不是她又出来搞事情，这事儿早就结束了。

关于宋小暖的传言，翻腾了几个回合后，慢慢地消停下来。

七月份，骄阳似火，宋小暖终于辞职了。

办完相关手续，吃完热情洋溢的散伙饭，她晃悠悠地打了车回家。坐在后排座上，看着霓虹闪耀的街道，她的心情非常复杂。

四年前，她心情低落，孑然一身地来到这个城市，之后她入职华瑞，认识了好多人，又陀螺一样地忙碌着。工作忙，但是精神却是放松的，有一段时间，她以为自己会在这儿待一辈子，可是终于也到了离开的时候。

有一种淡淡的，接近于留恋与不舍的伤感情绪。

回到家里，刚刚推开门，客厅的灯居然是亮着的。

"回来了？"

言楚行从厨房里探出头来，看一眼她的脸色，他理所当然地说："我就知道你会喝多。"

宋小暖确实喝多了，脑袋有点晕，一边换鞋一边问："今天是周三啊，你怎么会过来？"

言楚行神色淡然："我不过来，你明天会去 S 市吗？"

宋小暖愣愣地看他："总要给我时间整理行李吧？"

言楚行没说话，折回厨房，没多久他端了一碗汤出来："这碗是醒酒汤，效果非常好。喝完了我和你一起整理行李。"

宋小暖瞪着他，半晌才吐出一口气："要不要这么急啊？"

"不急，我把明天上午的工作都推了，明天下午三点前到公司就可以。有足够的时间整理。"说完他指了指屋角，"我已经帮你收拾了一部分，还有一些也帮你拿到新房子里去了，你只需要收拾随身的衣物就可以了。"

看言楚行井井有条的安排，宋小暖有哭笑不得的感觉。这家伙有多想她去 S 市，连周三至周五这么两天都等不了。

于是她认命了，轻飘飘地点头："好的。"

喝完醒酒汤，她果然清醒了很多，然后便是埋头苦干，虽然只是一个人，四年下来也攒了不少的东西，满满的都是回忆，哪个都不舍得扔。

言楚行郁闷了："你当初扔我那么爽快，这会儿扔点小东西又扔不得了？"

宋小暖像是被掐了七寸，态度立刻就端正了，手脚麻利地挑了些东西，剩下的就……眼不见为净吧。

去到 S 市，安顿下来。

宋小暖在家里懒了好几天，言楚行可不管她在做什么，只要下班回家能看到她就行。

但是建环这里起了风云，不知道是拐点到了，还是有人刻意为之，股价的起伏非常诡异，一天涨停，一天跌停，有一天还搞出了天地板。宋小暖有点看不懂，直觉告诉她，是散户大佬进来掠食了。而丰昀陌不想对方进来，双方在肉搏战。

她静观，偶尔做个 T，账户上的钱慢慢地多起来。

隔几天。

严泽川给言楚行打电话，约他出来喝酒，然而言楚行说没空。

他忍不住喊："宋小暖来了 S 市就叫不动你了？哥们郑重通知你，前方高能，八点钟老地方见，不来后果自负。"

说完他傲娇地挂断电话，不信你会不来。

另外他又叫了杜向南。

言楚行是踩着秒针进来的。

一杯酒下肚，严泽川就开讲了。他素来话多，而这类人的描述能力通常都很强。

从严倩的近况讲起，谈自己对她的精神状况的猜疑，最后过渡到她说的话："她说，你以为宋小暖冰清玉洁，一点毛病都没有？等着，你那个好兄弟会有惊喜的。她还说她是坐前排幸灾乐祸的，并且现在已来不及了，该发生的总归是要发生。"

终于说完，他大功告成一般，身体往椅背上一靠："我不知道她的这个预判性质的语焉不详，是她想象出来的，还是真的会发生。反正过程就是这样，我觉得至少要提高警惕。"

言楚行和杜向南都是话少的人，他说的时候，俱都缄默不语，若有所思地听。

这会儿他讲完了，杜向南侧过身，眸光颇为凝重："我觉得真的会发生。"

言楚行平静点头："你说的对，我也觉得会发生。"

这二人都是三思而后行的人，一般来讲，若他俩看法一致，结论十之八九便会如此。

严泽川静一瞬，然后问："依据是什么？"

言楚行扬起眸，像是轻描淡写："我之前和你说过，宋小暖和我分手的理由不充分，当时骗过了我，但是从结果来反推，齐家展是被她利用的。那么你认为，当时的情况下，她为什么一定要跟我分手？"

严泽川愣一愣，问了一个关键性的问题："她知道你是潜远的太子爷吗？"

"之前她不知道，但是知道后，她就跟我分手了。"言楚行眯起眼，思绪有些飘移，"我在想是不是她有什么苦衷？"

杜向南露齿一笑："我一直不觉得她是贪慕虚荣的人，但是我也确实想不出她跟你分手的原因。"

所以当初严泽川和付钧气得要命，而他保持了沉默。

言楚行转过头看他，沉吟着问："今时今日，你觉得会是什么原因？"

杜向南看他一会儿，慢吞吞地开口："你知道她的家庭状况吗？会不会她觉得差异太大，高攀不上你？或者她对豪门有偏见，不愿意嫁入这种人家。"

言楚行一脸的若有所思，杜向南拍拍他的肩膀："就你这个傲娇的脾性，在认定她贪慕虚荣且背叛你的情况下，还肯回头把她找回来，就你而言是极限了吧？所以，后面还有什么事情，是你扛不下来的？"

"而且，"杜向南又看他一眼，目光凝重，"我觉得这里头肯定有事儿，而且这事儿不会小，否则不值得宋小暖跟你演这一场。"

言楚行抿紧了唇，从眼神里可以读出他这会儿很不高兴。

"她应该跟我讲。"

杜向南笑笑，刚想说句什么，严泽川在边上插话："老三，你还记得宋小暖的妈妈吗？"

言楚行斜斜地看他："嗯，怎么了？"

严泽川挠挠头："你不觉得她妈妈的穿着过于大胆和花俏了吗？和宋小暖的风格完全不一样。"

然后他就开始和杜向南描述宋美娜："你知道她穿了件什么颜色的衣服吗？骚红色羊皮短装，紧身包臀牛仔裤，哦，还烫了一个泡面头，年纪看起来也就三十来岁，美艳之极。而且她说话极夸张，校门口偶然遇到，相互也不认识。大庭广众之下，她说咱们老三是帅哥也就算了，还说什么帅哥这种稀缺资源，没本事的围观，有本事的亵玩。那股子辣劲啊，啧啧，说到性感美丽，宋小暖的妈妈绝对是个尤物级别的美女。"

言楚行听得不高兴了，手指在桌上点两下："那个是我丈母娘，你别在那儿 YY 个没完。"

严泽川嘿嘿笑："缅怀一下嘛。"

然后他玩变脸似的，立刻又收住笑容："毛病会不会出在她妈妈那儿？"

"有什么问题？"言楚行横起眼问。

严泽川歪一歪头，气头很粗："哥们儿只是给你提个醒，具体什么事你得问宋小暖。"

他不傻，有些事情脑子想想可以，人都死了，他乱讲的话，属于大逆不道。

杜向南一贯内敛，当然也不会说人是非，只是严泽川的这个描述让他很感兴趣，忍不住又多问一句："宋小暖和她妈妈长得像吗？"

"她俩五官几乎一样，气质却是迥异，穿衣风格更是不同，所以会觉得不像。"严泽川瞧着言楚行的脸色，又补充一句，"宋小暖书读得多，走知性路线的，她那个漂亮别人可模仿不出来。"

言楚行盯他一眼，没有说话。

一个多小时后，言楚行回到家里。听到开门声，宋小暖从书房里抬起头来，果然，没多久，那抹修长的身影出现在她面前。

"这么早回来？"

她笑意盎然："有没有喝酒？"

言楚行沉吟了片刻，突然走过去，一把抱起她搁去边上的小沙发上，压紧了，勾住下巴就是一通深吻。

宋小暖被他搞得晕了，同时又觉得他的吻太过具有压迫性，忍不住把脑袋往后头躲："你……"

言楚行心里头窝着气呢，哪里肯让她逃脱，后面的字全都堵进嘴里，更加激烈地攻击她的唇舌，一直到两个人都喘不过气的程度。

宋小暖不知道他发什么疯，晕乎乎地揪着他的衣领大口地喘气："你是不是在外头看到什么美女了？胆子小不敢上，然后跑回来占我便宜？"

她当然是开玩笑，落到言楚行的耳朵里，却是这女人欠吻。

接下来的那个吻可不是单独一个吻那么简单了，直到回合结束，宋小暖都没搞明白他哪根筋不对，怎么突然就……她心里头感慨，男人这种动物，在这种事情上，真是一言难尽。

之后被他扛去泡澡，水温很适宜，两人腻歪地搂在一起，宋小暖觉得困，趴在他身上不动弹。言楚行也不说话，慵懒地把玩着她的头发。卷起来放开，又卷起来再放开。

气氛相当的好，言楚行最终还是没舍得问她当年分手的问题，连旁敲侧击都没有。就如杜向南所言，他想，他都肯把她找回来了，后面还能有什么事情，是他扛不下来的？

*

好像风平浪静，隔了几天，宋小暖意外地接到丰昀陌的电话，说他刚从澳洲回到 S 市，能不能有幸请她吃个饭。

他态度很诚恳，声音里有一种让人很难拒绝的亲切。

宋小暖感觉他有话要讲，便答应了。

饭店就在附近。

丰昀陌确实有话跟她讲，慢悠悠地吃着，又反复地斟酌语句，他低声开口："凤涤集团打算和潜远合作的事情，你知道了吧？"

宋小暖皱了皱眉，小心翼翼地把虾肉剥出来，又蘸一下调料，声音很淡："听说了。"

丰昀陌观察她的脸色，像是没有变化，但是气息明显地冷了。

停一停，他继续说："凤双秀这些年一直有针对祁岳。"

宋小暖彻底沉默，给自己舀一碗汤，搅和来搅和去，显示着她的心绪很乱。终于她抬起头，目光很冷："凤双秀很强势，但是道理在她这边，所以我不想跟她计较。"

丰昀陌没想到她是这种想法，皱了皱眉："刚开始或许道理在她这边，但是她赶尽杀绝的做法，却是过分了。"

宋小暖并不知道当年的全部情况，闻言有些诧异："宋美娜说她退了房子，然后对方就没再追究。"

丰昀陌发现她真的不知道，沉吟着不知道当讲不当讲。

宋小暖直起腰，目光锐利起来："我当时住校，一个月才回家一次，宋美娜习惯报喜不报忧，有什么我不知道的事情，你可以讲给我听。"

丰昀陌抿紧唇，眉头锁得很紧。

宋小暖很不舒服，面孔冷起来，筷子也扔到桌上："你把我叫来，就是想说这些，话到临头又不说，很难受的。"

丰昀陌幽幽地叹一声："我以为你多少知道一些。"

"我不知道。"宋小暖说得干脆，"现在你讲给我听。"

丰昀陌陷入无语，隔一会儿，他轻声地说："她找人侮辱你妈，被祁岳撞到了，当时你妈的状况挺惨的，祁岳看不下去，把她带走了。后来凤双秀还带人打上门，要弄死你妈。两边对峙了一晚上，后来祁岳找了当地的黑社会，才搞定了这件事情。不过凤双秀扬言，不要让她见到你妈，见到就弄死她。所以祁岳才把你妈带去 B 市。"

包厢里一时静寂，只有空调运行的轻微声音。

过一会儿，宋小暖浅浅地勾起唇："这么说来，宋美娜还是因祸得福。"

她记得那段时间，宋美娜打电话给她的时候，有多么高兴。每次都要哇啦哇啦地讲一大堆，通篇的主旨就是她有多么幸福。给她打钱也是格外的大方，宋小暖有一回去柜员机上刷余额，出来的位数，把她吓了一跳。

宋美娜去世后，她把历年收来的钱装进一个袋子里扔还给了祁岳。她记得自己的原话："宋美娜花你多少钱，是你们俩的事情。我间接从你这儿拿的钱，全在这里。"

看着祁岳错愕的表情，她很有骨气地、一字一顿地说："你听清楚，我不是你养的。"

宋小暖将这些往事想得出神，丰昀陌也不说话，神色泰然地看着她。于他而言，最困难的话都说了，后面她想怎么样他都会跟进。

终于，宋小暖又拿起勺子，慢慢地喝一会儿汤，然后她扬起头："听说王建环和凤家有亲戚关系。"

"也说不上吧,王建环私生子的妈妈是凤双秀的堂妹。"丰昀陌调查过这层关系。

"远达型材的财务经理王安?"

"是的。"

宋小暖无语,想一想,她淡淡地说:"最好她出手。"

丰昀陌扬起眉,意味深长地说:"前段时间有几个散户大佬入场,最大的一笔交易发生在 L 省。"

宋小暖歪过头看他:"是我想的那个意思吗?"

丰昀陌眯起眼:"凤双秀一直和祁岳作对,但是她实力再强,在资本市场也没办法和祁岳抗衡。这些年,凤涤集团的股价始终被压在低位,为了报复,她还成立了一个投资部,被祁岳赚去很多钱。不过凤涤的实业是真的强,跟个印钞机似的,赚钱很容易。"

宋小暖没说话,隔一会儿,她淡淡地说:"我要好好想想。"

第二十三章

黄昏,日头落下来,在西边染了一片红色。

言楚行下班回来,推门入内,客厅、厨房都没有亮灯,整体气氛静悄悄的。几个房间都走了一圈,没有人?他心口顿时拎起,下意识地拿出手机给宋小暖打电话。

手机铃声却在耳朵边响起。

还有一个诧异的声音:"干吗给我打电话?"

言楚行转过头,看到宋小暖站在客厅的阳台门前,身后是鸦青色的天空,身形窈窕婷婷,相貌却很模糊。

他瞬间松一口气,迎过去:"怎么不开灯?"

宋小暖退后一步:"别过来,这儿都是泥。"

言楚行这才看清楚,阳台上高高低低地摆了好些植物。低头看看自己一身笔挺的西服,他默不作声地回去卧房。没多久,他换了一套米灰色的家居服出来,走去阳台,问:"这些是让工人搬上来的吧?"

宋小暖很安静,一边拿铲子撬土,一边慢悠悠地答:"每人多给五十块。"

不等言楚行说话，她补充一句："替你们有钱人积德。"

言楚行无语了，手指刮一记她的鼻子："小泼皮，贫嘴。"

宋小暖淡淡地勾一勾唇，又装模作样地叹一口气："下午我一直在思考人生的意义，发现有钱人真是可以为所欲为。不自律就会很缺德。"

言楚行脑子里的天线竖起来，若有所思地看她："你这话像是前言。"

宋小暖笑起来，铲子扔地上，又拍一拍手上的土："今天艰苦朴素，吃包子。"

总体来讲，宋小暖今晚的表现还算正常，仅仅比以往安静了那么一丢丢。但是就是那么一点不同，也有让言楚行感觉到。

睡觉前，他拿了燕窝给她，一边问："很累？"

宋小暖懒洋洋地趴靠在沙发上："很累，你喂我。"

言楚行略有释然，果然拿了勺子，坐去她的边上，开始喂她。

而宋小暖却问了一个让他奇怪的问题："你有多少可以自由支配的现金？"

言楚行不知道她的意思，略一沉吟，八九不离十地给她报了个数。

宋小暖惊一下，眉毛挑得老高："你这么有钱？"

言楚行漫不经心地答："我有潜远的股份，每年都有分红，然后我也有投资，收益还可以。"

宋小暖"哦"一声，然后问："所以你还有不动产、股票以及各类投资？"

言楚行捏一捏她的手："你想要现金？"

宋小暖盯他一会儿，点头："我待在家里没事干，又不想出去打工。现在能够做的事情就是在家里炒股，这个我其实还挺擅长的，我可以定个目标，保证一年给你 20% 的收益，多余部分归我。怎么样？"

言楚行当然没意见，不过，中国股市是个什么尿性他多少知道一些，心头有些警惕："你打算和丰昀陌混？"

宋小暖傲娇地昂起头："不需要。"

那样就没问题了。

言楚行低下头，在她唇上吻一下，声音暧昧："亏了怎么办？"

宋小暖眨眨眼，与他耍起了无赖："你又不等钱用，亏的话就下一年度再结算呗。"

言楚行笑起来，在她唇上咬一口："你要肉偿。"

宋小暖无语了，说得好像他现在不吃肉似的。拿人的手短，她憋屈地皱了皱眉："嗯。"

第二天，《今日财经》的主持人刘荟远赴 L 省，采访凤涤集团董事长凤双秀的视频，在各大网站传播。

凤涤集团是北方的一个老牌民营企业，最早是做涤纶的，早十几年前就已经赚得盆满钵满。

民营企业一般都是家族企业，凤涤集团的老董事长凤遥坤只生了一个女儿，取名凤双秀，出于家族传承的需要，招了上门女婿王霖，帮着一起打理生意。后来凤双秀生了一对双胞胎儿子，退居二线在家相夫教子，王霖跟着凤遥坤继续打天下。中间似有变故，就在双胞胎入读初中之时，凤双秀突然回归凤涤，接任董事长的职务。王霖还是总经理，但是被削减了部分职权，公司的老臣子们在凤遥坤的授意下，以凤双秀马首是瞻。

她性格很强，十几年叱咤风云下来，在凤涤集团内部说一不二，逮谁灭谁，而且老公王霖在她面前也是矮上一头。

凤涤和潜远处于不同行业，属于八杆子打不着的情况，言崇信也只是在全国企业家联会的时候，和凤双秀见过几面，不算熟悉。

但是上个月，凤涤突然宣布要以投资或合作的形式，进军潜远所在的行业，于是两家就接洽上了。

好像是预热，之后就是凤双秀的 S 市之行。

宋小暖认真地看这个视频，好几遍。

眉眼肃穆，脸色显得冷峻。

原本她觉得凤双秀在宋美娜这件事情上，处理得还算有风度，没想到是宋美娜被骗了。

宋小暖其实是个爆脾气，但是从小到大一直都是忍，忍得久了心里头就有一团火，熊熊燃烧的时候，就有毁天灭地的冲动。尤其是宋美娜已经死了，想到她这一生的遭遇，心里会有强烈的悲愤与伤痛。

宋小暖拿到了言楚行的现金。

全部转入股票账户，看着账户上的一长串数字，她浅浅地眯起眼，扬帆启航，感觉有很多事情可以搞。

但她不知道的是，针对她的势力也已集结完毕。

　　凤双秀之所以过来 S 市，还找了与潜远合作或投资的借口，就是因为听说狙击建环集团的那伙人中间，有宋美娜的女儿宋小暖，而宋小暖竟然是潜远太子爷的相当笃定的女朋友。

　　而她这辈子最恨的女人宋美娜，已经死了。

＊

　　宋小暖感觉自己被人盯上了。

　　去窗帘城的时候，她看到一个魁梧男从她后面过去，坐进一辆黑色的 SUV。之后她在逛窗帘城的时候，又遇到了他。

　　宋小暖有分析能力，也因为在 N 城的时候，遇过好几回突发事件，纪安也和她讲过遇到异常情况的时候，该如何反应。

　　于是她站住不动，状似悠闲地拿出手机，把定位发给纪安。

　　然后她故作无意地在窗帘店里逛，就这么混了三十分钟，纪安终于出现了。

　　他走得急，额角覆了一层薄汗。

　　"怎么样？"他问。

　　宋小暖重重地舒一口气，再看去那个角落，魁梧男已经不见了。

　　二人下楼，纪安的车子随便地停在路边，上去的这点时间已经被贴了一张违停单，他不在意，随手撕了。

　　上了车，纪安也不多说，启动汽车往星湾一号的方向开："看清楚跟踪你的人的相貌了吗？"

　　宋小暖皱眉："小角色吧，看清楚也没用。"

　　纪安很奇怪："谁都知道你是言少的女朋友，还有人敢过来惹你。"

　　宋小暖无语地笑笑："可能是凤涤的人。"

　　纪安难得这么困惑，转过头看她一眼："L 省的那个凤涤？大老远的，你还能惹上他们？"

　　宋小暖的眉头沉下来，隔一会儿，她淡淡地说："我妈做过王霖的小三，快要被揭出来了。"

　　"哪个王霖？"

　　"凤双秀的老公。"

　　纪安跟着袁北，听了不少凤双秀的事迹，这会儿惊诧地耸起眉："那女人很强势的。"

　　"确实很强势，把我妈弄得很惨。"宋小暖的声音有点冷，"她可能觉得不够，过来找我报仇来了。"

纪安的眉头锁得紧："言总知道吗？"

宋小暖摇头："现在还不知道，不过我猜他马上就会知道。"

与此同时，言崇信的豪车载着凤双秀和王霖，正往星湾一号的方向驶去。

缘由是之前吃饭的时候，凤双秀和言崇信打听这个楼盘，说她有深耕S市的想法，所以打算买一套房方便日后的来往。过来前，周边的人都给她推荐这个楼盘，于是她心生向往，很想实地去看一看。

她说得客气，言崇信当然要帮忙安排。S市的人都讲究生活隐私，他不至于带他们去言楚行家里看房，于是让下面人找个中介，又亲自作陪以示诚意。

言楚行有别的事情在忙，并不在场。

星湾有一个亲情车位区，提供给予业主有关的车辆短暂停留。因为有客户过来看房，中介的两个帅小伙穿了正式的衬衫长裤，提前在那里等候。

纪安的车子先到，两人下车，像是提前做了安排，就这个当口，言崇信的豪车也到了。

言崇信看到了宋小暖。

他其实觉得尴尬，想在车上多待一会儿，等她过去了，再下车。

但是凤双秀开口了，语调有些奇怪。

"这女人挺漂亮的。"她半笑不笑地推一推王霖，声音像是齿缝里挤出来的，"我觉得她挺像一位故人。"

王霖不看，也不答。

气氛顿时有点冷。

交往了几天，言崇信已经很习惯这对夫妻的相处之道，女的夹枪带棒地讽刺，男的就装傻充愣不搭理。

出于调解气氛的想法，他笑笑："她是我儿子的女朋友。"

"是吗？"

凤双秀笑起来，声音有点夸张："言总是人中龙凤，他看中的女朋友必然非同一般，咱们下去打个招呼吧。"

说完，她推开车门下去了。

言崇信怪自己嘴太快，但是事到临头，他没啥办法，也推门下去。

之后便是王霖，他神色淡然地跟着下来。

言崇信拿出公公的气势，淡定地喊一声："宋小暖。"

纪安眼观六路，早就察觉到这行人的到来，听到叫声，脑子里瞬间掠起一个念头：中计了，这次相遇是被安排的。

宋小暖倒是淡定，转过身，微笑地看着言崇信："叔叔您好。"

因为有台风过境，这两天的太阳并不晒，所以光天化日的也站得住。

凤双秀的唇角勾起些轻嘲，转过头看老公："是不是长得很像？而且她也像宋。"

王霖的眉头有点深，他看过宋美娜母女的合照，所以他其实是认识宋小暖的。缓缓地转过头，声音里有怒意："你故意的。"

凤双秀冷呵呵地笑一声："巧合吧。"

言崇信有听到二人的对话，凭他行走江湖几十年的直觉，这里头应该有个瓜，而且，这个瓜还是他不想吃的。

朝宋小暖挥挥手，声音很淡："我带朋友过来看房，你有事就先回去吧。"

他这个反应算是很快了，但是凤双秀精心安排的这场偶遇，哪有可能让宋小暖轻易离开。

"言董。"

她及时叫住，声音里尽是玩味："您是不是被她骗了？潜远集团的儿媳妇就算不是名门闺秀出身，至少也该是个清白人家吧？"

言崇信感觉很不好，但是就算家门不幸，他也没打算让外人看热闹，声音还是淡定："我们家很开明，不会干涉晚辈谈恋爱。至于家世什么的，等进门的时候再说。"

他这个说法有和宋小暖划开界线的意思，凤双秀听了便很开心："言董这么说我就放心了，潜远这么大的家业，可不能落到专门破坏别人家庭的职业小三的女儿的手里。传出去，是要被豪门太太们指脊梁骨的。"

言崇信的面色骤然变得冷沉，看向宋小暖的目光也是凌厉。

但是他没有说话，转过头看一眼王霖，没意外宋小暖的妈妈应该和这位有染。果然，王霖怅然地看着宋小暖，神情沮丧之极。

言崇信无语地摇摇头，然后把视线转到凤双秀的脸上，语气不轻不重："我还有些公事要忙就不陪二位看房了。"

他欲往前走，想想又回过头。

宋小暖站得很直，从他的角度看不清楚表情，忍下各种情绪，他淡淡地笑一笑："这儿没什么事情，你先回去吧。"

宋小暖平静地看他："对不起，我和您撒谎了。"

言崇信愣了愣，隔一会儿想起她指的撒谎，应该是他之前问她妈妈靠什么养的她，她回答她妈妈靠做保险把她养大。

如今看来，她妈妈应该是靠给有钱人做小三养的她。

他没有答，顾自走去豪车。

看着他的背影，宋小暖的心里很不好受，她觉得自己伤害到他了。但她没什么办法，人生就是这么无奈，你再不愿意，有些事情还是会发生，而且你还要勇敢面对。

面色缓缓寂淡，静静地看一会儿凤双秀，她淡声道："你老公当初是真心喜欢我妈妈，你知道为什么吗？"

凤双秀原本站在边上看热闹，没想到宋小暖抛个瓜过来，她是个强悍的，冷冷地笑一声："你妈妈看到我跟只鹌鹑似的，要不是她抱了另一条大腿，我能让她多活那几年？"

宋小暖扬起的眼中眸色如墨："我妈就算是只鹌鹑也是只漂亮的鹌鹑，比你这个丑八怪强不知道多少倍。你也就是仗着家里有钱，否则你男人能跟你？看看你这张老脸，你男人有十年没碰你了吧？"

凤双秀气得要命，手指点住她："你……你这个臭婊子养的。"

宋小暖不屑地看她："你要是生活幸福，或者心理健康，何至于千里迢迢，舟车劳顿地过来这边搞事情。你好歹也是上市公司的董事长，个人品质这么低，所以股价也是一跌到底，不会有出头之日。"

说完这一句，她气势昂扬地扭头就走。纪安面色很沉，警告地盯一眼凤双秀，然后门神一般地跟在后头。

凤双秀气得够呛，但她毕竟是集团公司的掌舵人，勉力沉住气："咱们走着瞧。"

宋小暖理都不理，只一会儿就消失了身影。

"她说的是对的。"

王霖突然开口："宋美娜比你漂亮，比你善良，比你善解人意。当年我其实是想带她走的，但是她遇到了她爱的人。"

他苦笑："我和她早就断了来往，这些年，我在你面前低眉顺眼，但是你总是不能满意。一直和祁岳掰手腕输钱也就算了，现在还千里迢迢地跑来这儿破坏人家的生活，你这是何必呢？这么过不去这个坎儿，我净身出户总可以了吧？"

凤双秀再受一次刺激，一贯傲慢又不可一世的心理终于有点崩溃的迹象，面色狰狞，声音微微发颤："毁了我的人生，就想拍拍屁股走人？做梦！我这辈子都不会放过你们。"

她说的是你们，本来是指王霖和宋美娜。现在宋美娜死了，这个仇人名额就落到了宋小暖的头上。

第二十四章

纪安把宋小暖送回家里，临走前，他略略尴尬地说了一句话："言总还不知道这件事情，与其让他从外人口中得知，不如你自己和他讲。"

宋小暖其实也有这个想法。

但她实在是说不出口，手机拿起来，又放下，然后又拿起来，接着又放下。踌躇了好久，她觉得这么久了，言崇信应该找过言楚行了。所以，不如等他找她吧。

做好最坏的打算，他想如何便如何吧。

心若横起，整个人的精神状态都不一样了。她先去看了会儿股票，建环的股价看着还算稳定，恶从胆边生，她主动挑事，连续抛售，一路砸下它五个点。丰昀陌那头像是有所悟，跟着砸盘，牢牢地把它封在跌停板上。

砸完盘，宋小暖的心情舒缓了一些。盘腿坐在沙发上，等言楚行的电话。但是手机一直没有响，等得乏了，她身体一歪，躺倒睡着了。

醒来时，眼前黑漆漆的。

神志不甚清醒的状态下，她想不起来自己这会儿处于什么状态，随便摸一摸，位置很宽，身上还盖着被子。

她反应过来，这会儿是在床上。但是，她之前好像是在沙发上？

正犹豫着，门推开了，借着外面的灯光，熟悉的身影出现在她面前。她呆呆地看："你回来了？"

言楚行像是笑了笑，弯下腰，声音沉定："你睡醒了？"

宋小暖已经想起全部的事情，心里虚得很，轻轻地点头："嗯，醒了。现在几点了？"

"九点。"

言楚行声音轻松："我做了骨头粥和麦糊烧，起来吃饭吧。"

宋小暖顿时觉出饿意，静滞片刻，她尴尬地笑笑："好，我马上起来。"

言楚行感觉到她语气里的疏离，审慎地看她一会儿，闷声不响地转身出去。

宋小暖心里很酸，微微出一会儿神，她叹一口气，这会儿逃也来不及了，该要交代的交代，该要面对的面对，大不了一拍两散，撒油那拉。

磨蹭着起床，又磨蹭着走去餐厅。

言楚行已经把吃的都端到了桌上，听到声音，他转过头，神情看着很平常："不饿吗？"

宋小暖抬头看他："饿，吃完再聊吗？"

言楚行歪一歪头，淡定地说："边吃边聊。"

宋小暖感觉不大妙，犹豫地站一会儿，她往厨房走去："我洗一下手。"

又磨蹭了五分钟，她终于走去餐桌前坐下。言楚行已经给她舀好粥："尝尝看，如果觉得淡，就吃点小酱菜。"

他把一个三托盆的碟子推过去，里头放了几样配粥的小菜。

宋小暖"哦"一声，低头喝一口粥，然后点头："口味刚刚好，不过配点小酱菜也不错。"

说完她夹一筷酱菜，嚼一嚼，然后点头："确实不错。"

搬来 S 市后，两人还是头一回把这些家常话说得这么干巴巴。当然主要是宋小暖，言楚行的表现还算正常。

言楚行也不说话，伸手拿一个麦糊烧，慢悠悠地吃起来。

宋小暖则低头喝粥，很忙的样子。

"今天我爸爸找我谈话了。"言楚行的声音很平淡，"说他今天遇到你，得知了一些事情，他简单地讲了讲，然后他问我知不知道。"

宋小暖手指有些紧，轻声地说："我忘记跟他说了，你不知道。"

言楚行笑笑："我说我知道。"

宋小暖猛然抬起头，又安静了几秒，然后她垂下头，没精打采地说："你不要骗人。"

言楚行没有回应，隔一会儿，他淡然道："你可以骗人，我就不能骗人？"

宋小暖鼓起腮帮子，又无力地泄掉气："你跟我不一样，你从小到大生活顺遂，无忧无虑，你不需要骗人，也不要为我骗人。"

"我生活顺遂的话，怎么可能丢了你三年？"言楚行说得随意，"如果骗人可以换回那三年，我毫不犹豫。"

宋小暖挑起眉，专注地看他一会儿，然后说："可惜没用，撒谎改变不了事实。我妈就是世人最为不齿的小三，还是小三专业户，别人恨她骂她，但是我不在乎。因为我知道，如果她不是那么傻，非要把我生下来，她的人生会完全不一样。是我拖累的她，让她被世人唾弃谩骂。"

说到这里，她鼻子很酸，眼泪慢慢地流下来，随手抹一下，她突地扬起声音："你别说她坏话，我会发火的。"

言楚行无言以对，把边上的餐巾纸盒推过去，看着她抽出一张，慢悠悠地把自己收拾干净，然后他向她发出灵魂拷问："你为什么觉得我会说她坏话？"

宋小暖瞥他一眼，"我精神有点累，你别问这么深奥的问题。"

言楚行继续无语，吃完一张麦糊烧，他也酝酿了一番说辞，抬头看她："我见过你妈，在校门口，她的衣着风格很夸张，说话也没什么顾忌，你别这么看我，我是客观评价，不算说她坏话。"

宋小暖努力回忆："她说什么了？"

"没本事的围观，有本事的亵玩。"

"你听到了？"

宋小暖面色尴尬。

言楚行没好气地看她："不光我，严泽川也听到了，他因此笑话了我一年。"

宋小暖忍不住笑，唇角弯得高高的："她口没遮拦，但是没有坏心眼的，而且，她也没说错啊。"

看到她的笑容，言楚行心头松缓了些。

"你妈其实挺可爱的，只不过我当时的注意力都放在你身上。"他淡淡地说。

听他这么讲，宋小暖的心绪稳定了些。

埋下头喝一会儿粥，良久她幽幽地说："你爸爸应该很失望吧，我看他有一瞬面色非常难看，不过，他很有风度，最后还叮嘱我赶紧回家，我觉得他人很好。但是这件事情确实让他为难，我不怪他。"

言楚行没有接这个话茬。当然他也没法接，他总不能说，言崇信很郑重地警告他："和宋小暖谈恋爱是你的自由，带她进门却不可能，你有没有所谓我不知道，但是我和你妈还要出去做人，我们不想成为S市的笑柄。"

局面看着很难，但是言楚行一点不慌。

"咱们登记过了。"

他若无其事地说，"而且结婚是咱俩的事情，长辈们有祝福最好，没祝福咱俩也能过日子。"

宋小暖没想到他会这么说，微有迟疑："你不怕别人笑话你？"

言楚行看了看她，淡悠悠地说："豪门圈子里哪户人家没点糟心事？"

"比如？"

言楚行眯一眯眼，果然说起来："王建环有个私生子，他妈妈是凤双秀的堂妹，叫凤瑾。凤瑾的爸爸是澳门赌场的常客，大家都知道的，赌徒大多没有好下场，不仅家当被他赌光，还被人追债追得掉进海里，一命呜呼了。他死了债没有完，凤瑾被债主追得逃到S市，不知道是怎么个机缘，最后跟了王建环，还生了个儿子。"

宋小暖眼睛瞪得老大："你怎么知道？"

言楚行挑一挑眉："凤双秀千里迢迢过来找我的茬，我总要搞清楚她的底细吧。时间仓促，我只探了S市的部分，L省的凤家应该有更多有趣的话题，三天内，我搞个专题给你看。"

他有这个底气。

他的御用侦探范大，这些年给S市的豪门太太们逮了多少小三？龌龊的事情太多了，随便抓抓都是一把。

他已经打过招呼了，哪个敢跳出来传播宋小暖这件事情的，就以牙还牙，以眼还眼，爆他家的丑闻。

宋小暖隐隐感觉到他的凶残，歪了头半晌没说话。

言楚行继续看她："建环是你砸到地板的？"

"我砸了一半。"宋小暖小心地看他一眼，"可能丰昀陌砸了另一半。"

言楚行的目光深了深，低下头喝一口粥，像是若无其事："尾盘凤涤也被砸到跌停位了。"

宋小暖怔一怔，又呆呆地"哦"一声。

言楚行若有所思地看她："这里头有什么我应该知道，却还不知道的事情吗？"

宋小暖心里头踟蹰，一时抿着嘴不说话。

看她这副模样，言楚行的气就不打一处来，大长臂伸过去，隔了桌子在她脑袋上敲两下："咱俩是夫妻，你什么都不跟我讲，是不是要我找个侦探好好地查一查你？"

宋小暖还是头一回看到他恼羞成怒的样子，垂了垂眼，她困难地说："我妈和王霖有过一段，被凤双秀发现后，一度被她逼到绝境，后来我妈跟了祁岳，被带去 B 市藏起来，这事儿才算结束。凤双秀这人你应该能看出来，她很不甘心，这些年一直跟祁岳较劲，但是祁岳也不是什么好人，凤涤的股价应该是他操控着，随时能砸它个底朝天。"

言楚行的逻辑能力很强，眯起眼看她一会儿："你和丰昀陌是因为祁岳认识的。"

"嗯。"

这么说来，丰昀陌确有可能比他早认识宋小暖，想到这里，言楚行就不大高兴，不过脸上还是神情自若。

想一想，他继续用逻辑破案："祁岳在澳洲有生意，他每年都会去那儿待几个月，所以你妈是去澳洲找他，然后出意外去世的？"

宋小暖看他一眼，又点头："你猜对了，后来是丰昀陌把我妈的骨灰送回来，H 城的那块墓地也是他买的。"

言楚行暗地里咬一记牙，忖度要不要给丈母娘换个地方住？现时太敏感，徐徐图之。

宋小暖不知道他脑子这么复杂，思绪尚自停留在那段悲伤时期，轻垂了眼帘不说话。

隔了很久，她幽幽地叹一口气："我妈很喜欢祁岳，但是我恨他入骨。"

言楚行怔一怔，不过他很快领悟，宋美娜是因为澳洲之行出的意外，所以宋小暖是迁怒。

第二天，潜远太子爷女朋友的妈妈是职业小三的消息，在S市的豪门圈子里疯传。

与此同时，王建环私生子秘闻也悄然上线。

付钧头一个跳出来，在四兄弟的群里嗷嗷直叫唤："三哥，我妈给我打电话了，问我发生了什么事？"

言楚行正开会呢，没空搭理他。

严泽川算半个知情人，出来说话："你哪头的？"

"什么我哪头的？"

"屁股决定脑袋，搞清楚立场，然后随便你怎么胡说八道，能自圆其说就行。"

"我都不知道发生了什么事情，怎么胡说八道和自圆其说？"

严泽川觉得哥们太蠢，点他一句："传言都是真的。"

付钧目瞪口呆："言叔叔要疯吧？"

"疯什么疯？你当言叔是十八岁清纯小男生啊，他是见过世面的，哪有可能被这种事情吓倒？"严泽川虽然也觉得言崇信不大好办，嘴上却会忽悠，"你不用替老三担心，他稳着呢。"

付钧有点蒙，然后他诚心发问："我该怎么忽悠我妈？"

严泽川也头痛着呢，他亲爹一大早也跟他打听，当时他推说不清楚，晚点肯定也要面对这个问题。

"现在的老人家怎么都这么八卦？"他愤愤地发一条语音。

这当口杜向南冒头上来，他说得简单："最近应该会有不少豪门恩怨的故事上线，分散一下注意力就行。"

等言楚行空下来，这边的聊天场子已经空了。他翻一翻聊天记录，顺手给严泽川拨个电话。

那头接得快，然后就是抱怨："我接了好几个电话，都是打听你和宋小暖的，今天你在S市八卦圈的状态可以用'炙手可热'来形容。"

言楚行淡定："嫉妒？要不要送你上热搜？"

严泽川吓得够呛："你别啊，我现在就怕父上大人关心我交女朋友的事情，宋小暖虽然妈妈有点问题，但是她本人无可挑剔，等这股子热浪过去，你还能搏一搏。"

言楚行无语，想一想，他转了话题："我觉得这件事情有点奇怪，凤双秀怎么会知道宋小暖和我的关系？我感觉这事儿不简单，你找个人去探探他，看看这里头的水有多深。"

严泽川有不好的感觉："严倩最近长居 S 市，会不会她也有份？"

言楚行的声音冷了点："你不要包庇她，如果查出来跟她有关系，我不会放过她。"

严泽川唉声叹气："我怎么老受这种夹板气呢？"

这里是一出，宋小暖这边又是另一出。

建环的股价是肯定撑不住了，第二天开盘五分钟内又是一个跌停，中间王建环组织反扑，想捞起来搞个地天板，没五分钟又被砸到地板一动不动。

凤涤集团这边肯定是祁岳出手，稳稳的也是一个跌停。

凤双秀怄得要死，大骂祁岳不要脸。王霖则闷声不响地整理好行李，顾自回去 L 省。

严倩连夜跑回了 N 城。

严泽川得知消息，忍不住摇头：堂姐啊，你还真是不怕死，什么人不能惹，非要去惹言楚行？他若是凶残起来，我都怕的好吧。

与此同时，潜远集团对外发了公告，在与凤涤集团接触之后，发现双方的经营理念差距很大，今后不会与其合作。

消息出来，凤涤如愿以偿地又得了一个跌停板。

后面一个月，是 S 市的豪门圈丑闻满天飞的一个月。

中间还夹了个 L 省的瓜。

网上传出王霖和美女亲密相拥的照片，把凤双秀气得够呛，当即买飞机票回去，后面更是传出夫妻二人在公众场合相互掌扇耳光的新闻。

可惜 S 市的人对此兴趣不大，他们都在啃本市豪门的大瓜。

这中间必然少不了卢源，宋美娜的事情爆出来的时候，他没敢给宋小暖打电话，这会儿他却是兴致勃勃，打电话和她分享传闻，逮到机会劝她一句："你看，哪户人家没点糟心事。"

宋小暖知道他的用意，淡淡道："你不用安慰我，我心理强大，不会在意别人的说辞。"

卢源嘿嘿地笑："那是肯定的，现在都什么社会了，尤其是城市生活，门一关，谁知道谁是干吗的？流言传归传，当个八卦嚼一嚼，好比口香糖，嚼得没味道了，自然就完了。"

宋小暖无所谓地"嗯"一声，然后问他最近赚得怎么样。

卢源略有犹豫："我正想跟你说这事儿，前几天丰昀陌找我谈，说他在英国投了个项目，半年后要去那边发展，如果我愿意跟去，他依然会带我，如果不愿意去，他在国内也会有资源，让我做操盘手。"

"你选哪个？"

"我英语一般，而且英国餐出了名的难吃，我当然不会去英国。但是留在国内做他的操盘手，又觉得压力太大。你知道的，投资对人的要求很高，眼光、智商、行动力、耐心、经验，样样都要有。我怕自己做不好，亏自己的钱大不了亏光了重操旧业，亏人家的钱，我精神上有点受不了。"卢源难得露怯，"我感觉我做不了。"

宋小暖垂着眼睛思索了会儿，说："毕竟人民币不是橘子皮，丰昀陌敢让你做操盘手，说明他看好你。钱是他的，他都不怕亏，你又怕什么？"

"话是这么说，但是实操起来，心里总归是打鼓的。"

"别怕，过几天我带你干一票大的。"宋小暖信心满满，"咱们去薅祁岳的羊毛。"

"啊？"卢源没想到她还有这种雄心壮志，"我是祁岳的徒孙，薅他羊毛的事情我不敢干，不过我申请观摩。"

宋小暖哈哈地笑："行，让你观摩。"

第二十五章

这边电话刚刚挂断，又有新的电话进来，歇斯底里的女声："宋小暖，你出来。"

宋小暖惊到了："你谁啊？"

电话里是号啕的哭声，隔一会儿，声音小了点："宋小暖，你抢了我的男朋友，还让他来羞辱我，你不得好死。"

宋小暖略有所悟："祁欣儿？"

那人继续哭："我知道你跟我叔叔有一腿，所以他也偏向你，你等着，我不会让你好过的。"

宋小暖的火气噌地冒上来，声音严肃："你瞎说什么？！"

"我说错了吗？"

祁欣儿怪笑起来："我都打听过了，我叔叔之所以会收了你那个人老珠黄，被男人玩残了的婊子妈妈，是因为他看上了你。"

宋小暖刚刚和卢源说过，她心理强大，不会在意别人的说辞。但是这一刻，她怒到了极点，脑子里像是过了一道热流，连带着耳朵里也生出嗡嗡的声响。

抿紧唇，她没有说话。

感觉自己打到了宋小暖的七寸，祁欣儿得意起来："怕了？你敢让言少知道这件事情吗？"

宋小暖的气息已经沉到谷底，但是她居然笑了："你敢把这句话照模照样地跟你叔叔说一遍吗？"

祁欣儿滞了一瞬，没答。

宋小暖浅眯起眼，继续往下讲："你这个所谓的名媛，不过是沾了你叔叔的光，如果他知道你在外面这么讲他，不知道会不会捏住钱袋子，把你打回原形呢？"

"被打回原形的那个人是你吧？"

祁欣儿迅速组织起反攻："我和我叔叔血脉相连，再怎么样，他都不会抛弃我。但是你不一样，你没有这个血统，若你的龌龊事情被言少知道，他随时随地抛弃你。所以，乌鸡就是乌鸡，怎么都不可能变成高高在上的凤凰。"

宋小暖目光冷凝，却轻声地笑："好，咱们可以试一试。就你刚才说的这句话，我去讲给祁岳听，你去讲给言楚行听，然后看咱俩谁被打回原形。"

祁欣儿噎住："你……你敢！"

宋小暖的声音终于沉下来，冷彻彻，带了些透彻心肺的寒气："我有什么不敢的？"

说完这句话，她迅速点了关机键。

听到话筒里传来长音，祁欣儿的面色立刻变得铁青，几乎是下意识的，她手指颤抖地给祁岳拨了电话。

那一头的心情不错，声音略略带着笑意："喂。"

祁欣儿的精神在那一瞬就崩了："叔叔。"

她再次号啕大哭起来。

祁岳刚刚谈了一个合作意向，本来挺高兴的，被侄女的这一阵狂号吓了一大跳，眉头皱得紧："出什么事了？"

祁欣儿继续哭，她是真的觉得委屈："潜远辞退我了。"

祁岳无语："就这事儿？"

祁欣儿哭得上气不接下气，一边抽噎一边说："言楚行把我叫去会议室，数落了我一通，最后说辞退我。他还叫了公司的保安，看着我收拾东西，再看着我走出去。叔叔，他这是当众羞辱我！"

祁岳感觉到事态严重，揉一揉眉心，问，"他数落你什么了？"

祁欣儿犹豫了，哭声轻了些："都是些伤我自尊的话。"

祁岳不傻，言楚行受过高等教育，性格内敛沉静，要他撕破脸皮对一个女人下手，事情该严重到什么程度？

手指在桌上有节奏地轻点，脑子里整理着思路。良久，他很有把握地说："凤双秀是你弄来的？"

祁欣儿像是被他掐住了脖子，话筒里突然安静下来。

隔了好一会儿，她带着哭意，委屈地说："叔叔，您包庇宋小暖。您明知道她妈妈有问题，却不肯告诉我，害我费了老大的周折。"

祁岳郁闷啊："不告诉你是不想你撞南墙。"

祁欣儿静止，想到宋小暖和她说的狠话，她使劲地咬一记唇，说："别人跟我讲，您包养了宋小暖母女。"

祁岳的脑门子"嗡"的一下，喉咙顿时响了："别人是谁？你听哪个别人乱嚼舌根？"

祁欣儿吓到了，哭着说："凤双秀回 L 省之前说的。"

"这个老贼婆，我是对她太客气了。"

祁岳怒气冲冲地挂断电话，打算抄刀子跟她拼一把。

祁欣儿却是松一口气，该说的话都说到了，就算宋小暖去找叔叔告状，也有凤双秀在前头扛了。

宋小暖说话算话，祁欣儿这边的电话挂断，她就找丰昀陌要祁岳的手机号码。打过去的时候，是忙音。

她不着急，隔五分钟后再打。

这次很顺利，但是祁岳的声音显示他心情很不爽："哪位？"

"宋小暖。"她答得简洁。

祁岳愣住，声音立刻软和些："找我有事？"

宋小暖的声音和她的面色一样平淡又冷漠："祁欣儿是你侄女，所以我通知你，她在我面前胡说八道，我要扇她一记耳光。"

这话，说得太爽意了，但是祁岳龇起了牙，想一想，他认真地说："我赔你钱，一巴掌一千万怎么样？"

宋小暖皱起眉，脑子里盘旋了一会儿，神色自若地说："好，你欠我一千万。"

说完她直接挂了电话。

"哎？"

祁岳来不及说话，对着手机看了又看，神情颇有些闷闷不乐：老子有钱啊，不用欠。

八卦看多了会累，也有可能是有了脱敏反应，S市漫天飞舞的豪门恩怨故事渐渐平淡下去。

宋小暖过了一段相对平静的生活。

当然该赚的钱她还是在赚，这个阶段，建环赶上了国家的产业政策，风来了猪也会飞。之前砸成狗，之后成了大A的妖股，连续拉了几个涨停板。

潜远的账户里有一半资金潜伏其中，这一拨赚得盆满钵满。

借这股风，言崇信答应王建环的八个亿的投资额尽数扔进去，因为有宋小暖这里帮赚的钱，这个水漂打得不太滑。

这中间，言崇信的情绪最为复杂。

儿子同意或不同意是另一回事，楚晏贤要言崇信找宋小暖谈。把两个基本点讲清楚：一、她进不了言家的门。二、言楚行已经有未婚妻人选。

言崇信尽管为难，还是接了这个任务。

老江湖出马，首先把言楚行调去邻省出差。然后他给宋小暖打电话，很客气，约她吃午饭。

宋小暖感觉这大概率是场鸿门宴，但她手里有结婚证，所以一点都不慌。而且她也没有和言楚行通报，老公爹啥事都不知道，夹在老婆和儿子中间原本就难，就不为难他了。

秋高气爽，她扎一把马尾，平底鞋、牛仔裤，再搭一件长款格子衬衫，干净清爽地步入包厢。

言崇信已经到了，扬起眸看她，心里头点个赞，儿子的眼光是极好的，他若年轻个三十岁，也会喜欢这样的女人。可惜啊，他又是一叹。

宋小暖很客气，微笑着朝他点点头："您好。"

言崇信矜持地笑，一边指示她坐下。

"想吃什么，自己点。"他把菜单推过去。

宋小暖也不扭捏，挑自己喜欢的点了几个，另外又征求他的意见："秋天气候干燥，喝点菊花茶清热润喉。"

言崇信无所谓："好的。"

服务员动作很快，很快就把茶水和冷盘端上来。

这时间两人都只是微笑，却没有说话。言崇信是想等菜上来了，边吃边聊。宋小暖是既来之则安之，你说我听。

起初肯定是寒暄，不咸不淡的话说几句，然后就转去正题。

言崇信的神情严肃一些，口气却是温和："我特意把阿行调去出差，就是为了约你见面。"

都是聪明人，他开口就是主题："相信你能理解我的立场。"

宋小暖眼也不眨地点头："理解。"

低下头，她继续吃，但是她可以猜到言崇信要和她说的话。

看她这副模样，言崇信觉得不大好办，感觉自己说什么最后都是一场空，没效果的话还要讲吗？

想一想，他从包里拿出一张支票，推过去："前段时间你操盘建环赚了不少钱，利润部分我给你提成五个点。"

宋小暖怔了一下，目光在支票上徘徊了一圈，然后她抬起头："我们之前没有这个约定。"

"我问过投资部的人，这个是行规。"

言崇信借题发挥："以前我觉得你会是言家的媳妇，感觉你替咱们赚点钱是应该。但是现在明显不可能了，我当然不能占你这个便宜。另外，你和阿行分手，我们也会给你一笔分手费。说实话，我挺惋惜这个结果的，但是很多事情都要讲缘分，勉强是不会幸福的。"

宋小暖没有说话，犹豫片刻，她拿起那张支票："既然这个是我的劳动所得，那我就笑纳了。"

见她肯拿钱，言崇信的心头松一松。他没有立刻拿出下一张支票，而是低头吃了会儿菜。

他不说话，宋小暖也不说，她好像是专程过来吃饭的，夹了一块带鱼，慢悠悠地吃着。

气氛略显沉闷。

终于言崇信又抬起头，看宋小暖略显悠闲的状态，他觉得有男人撑腰的女人就是稳，反而他纠结来纠结去的，落了下风。

想归想，话还是要讲："阿行二十九岁了，我和他妈妈也都奔了六十，下面就要给他张罗婚事，之前祁岳的侄女他不喜欢，我们也不勉强。她妈妈在门当户对的人家里，挑了一圈，选了几个合适的。按我们的想法，年底前得让他订婚，明年结婚，运气好后年咱们就能抱上孙子或孙女。"

宋小暖的眉头拧了拧，不过她还是没说话。

言崇信观察她的表情，觉得时机可能差不多，于是又拿出一张支票，推过去："我们做父母的对你还是有些歉意，这笔钱是对你的补偿。"

宋小暖直起腰，缓缓地放下筷子，把支票推回去。

她看着他，眼神乌黑盈澈："和我谈恋爱，并且在一起的人是言楚行，分手的话，也让他来跟我讲。"

言崇信立时觉出她的厉害。他如果能搞定儿子，当然不需要亲自出马，所以这一句直接将了他的军。

毕竟是老江湖，他半点不尴尬地把支票收起来，还笑笑："这种机会可不多，这次拒绝了，还有再拿一次的机会。你哪天后悔了，可以给我打电话，我让人给你送过去，或者直接发个账号打款都行，总归我们是很有诚意的。"

宋小暖也是笑："让您费心了。"

言崇信盯着她看一会儿，突然道："你能跟我讲讲你的妈妈吗？我对她挺好奇的。"

宋小暖没想到他会提这个要求，眸底掠起一抹说不出来的复杂。良久，她垂下眸，声音淡淡："她是个傻女人，老是干一些明知不可为，却偏要为之的事情。比如她如果不生下我，凭她的相貌可以嫁个很好的老公，也许还是会有烦恼，但不至于把日子过成后来的样子。她就是傻。"

言崇信懂了，皱一皱眉，他继续问："外头的传言，你妈最后是跟了祁岳？"

宋小暖扬起眸，思虑地看他一会儿，然后答："我妈确实跟祁岳去了 B 市，但是那会儿我在 H 城读寄宿高中，没有见过祁岳。直到我妈去世，我才在墓地见到他。"

她这番说辞，间接澄清了祁欣儿散布的谣言。

言崇信凝了凝眸，像是随意："你和祁岳没有交情吗？"

宋小暖的目光清冷了，声音还是淡："我妈妈因为他而死，我这辈子都不会原谅他。"

言崇信没想到她对祁岳是这个态度，想一想，忍不住替他辩解一句，"你妈的死是意外。"

宋小暖抿起唇，不置可否。

言楚行是三天后回来的。

宋小暖煨了一锅老鸡汤，加上重庆火锅的底料，加上准备好的各种食料，两人兴致勃勃地吃起火锅。

言楚行明显神清气爽，一边往宋小暖的碗里夹涮好的羊肉卷，一边问："你刚才说有话跟我讲，讲什么？"

宋小暖正摆弄着面前的蘸料，听他一问，停下来，从桌子下面的一本书里拿出一张支票，举到他面前："我给咱家赚了一笔钱。"

言楚行停下动作，认真地看一眼："我爸给的？"

"嗯。"

言楚行默算了一下，点头："五个点是行规，他还算上道。"

宋小暖发现他脑子转得真是快，这么快就想出来了。笑眯眯地收回支票："那我明天去兑出来了，利滚利的话，分你一半，年底结算时给你。"

言楚行无所谓地点头："行啊。"他有内心戏，我收你的钱，下回你也不能拒绝我的钱。

宋小暖倒没多想，把支票夹回到书里，她若有所思地看他："你爸妈给你找好未婚妻了。"

言楚行手一抖，一个丸子掉回到锅里。

"你别听我爸瞎说。"

宋小暖跟他对视片刻，突然莞尔："他们肯定不是瞎说，应该是挑好人选了，后面就看你怎么选了。"

言楚行没好气地看她："我不是已经选了？"

宋小暖微微一抿唇："不打算再选一次？"

言楚行肃起神色，一言不发地看她。宋小暖被他看得发毛，忍不住问："你干吗？"

言楚行冷冷地哼一声，拿起勺子舀了老大一勺去她的碗里，声音傲娇："可能是刚才不够卖力，让你有想东想西的力气，赶紧吃，吃饱了咱们再战几个回合。"

流氓啊，宋小暖心里头哀号，脸上却是笑成一朵花："你那么厉害，我哪有想东想西的力气。"

言楚行又是"哼"一声，拿冷眸子掠她一眼，淡淡道："我爸还说什么了？"

宋小暖歪过头，貌似认真地回忆，良久她才摇头："没有了。"

第二天一大早，言楚行就找上了言崇信。

他开口就直奔了主题："是妈妈让你去找宋小暖的，还是你主动找的她？"

言崇信一把骨头靠在椅背上，老神在在地看着儿子，说出来的话绕口，但是很有逻辑。

"你不知道你爸是个妻管炎吗？你不知道你妈是可以把她的意志强行加到我的头上的吗？但是又怎么样呢？夫妻一体，何况这一次她的意志也是有道理的。作为老公我当然要考虑她的感受和立场。"

言楚行肃起脸，话语说得极其认真："那你来找我，干吗去找宋小暖？现在是你儿子我死缠着她，分手什么的，要我肯才行。"

言崇信就知道是这么个结果，摊摊手："你妈妈现在都没法出门，你说怎么办吧？"

言楚行"呵"一声："舅舅干了这么多缺德事，她都能出门，现在出不了门了？"

"不一样的嘛，她圈子里的那些阔太太最讨厌的就是小三，宋小暖的妈妈又是职业小三，你说怎么弄？"

"有什么怎么弄？要不要我跟你讲讲，她那个圈子里的阔太太有多少是小三扶正的？"

言楚行显然是有备而来，还准备了一份资料，这会儿拿出来，像做工作报告一样，认认真真地讲起来。

言崇信默不作声地拿过茶杯，一边喝茶一边听八卦。

觉得不对，他还提出不同意见："振宇实业的郭董夫人长得那么难看，老郭他是眼瞎了才会找这种小三？不可信。"

言楚行的材料上就是这么写的,那一对他见过,脑子里转一转,然后"哼"一声:"他就是眼瞎。"

听到后面,言崇信没耐心了,手一摊:"材料拿给我,空下来我自己翻。"

言楚行是看出来了,爸爸对宋小暖的态度其实是软化了,主要还是妈妈的缘故,她坚守阵线不后退。

所以,需要攻破的堡垒还是妈妈。

第二十六章

最近宋小暖的主要精力还是放在金融市场,她想风平浪静地过好每一天,但是麻烦总是会找上门的。

某天,楚晏贤和严泽川的妈妈梅芳华在S市豪门贵妇们常去的茶吧喝茶,在外头两人都像是没有烦恼,都是光鲜亮丽。

说到儿子结婚的话题,二人亦是轻描淡写:"年轻人精力旺盛,婚前一定要玩够了,婚姻生活才能稳定。"

有不怀好意的人揶揄她们:"你们真是心大啊,现在的年轻人胆子都很大,万一拿了户口本去登记,再给你们来一个生米煮成熟饭,这碗饭你们捏着鼻子也得吃下去。"

"哪能呢,谁不知道轻重啊。"

梅芳华嘴上说得轻松,心里头却是"咯噔",回去的路上悄悄地和楚晏贤说:"民政局我有关系,明天我去查,这俩小子可不能背后捅咱们一刀。"

楚晏贤没觉得儿子会有这么大的胆子,无所谓地笑笑:"好啊。"

晚上她把这事讲给言崇信听,还下个结论:"阿行做事稳重,不会干这种没谱的事情的。不过梅芳华担心得要命,我就没反对。"

言崇信的感觉却是不妙,不过他不敢刺激老婆,故作无意地说:"有结果跟我讲一下。"

这一查,果然出事了。

接到梅芳华的电话,并且得知结果后,楚晏贤大惊失色,身体发抖,好几分钟都停不下来。

消息传到言崇信那里，心头的那块石头重重落地，砸得他心肝脾胃都疼。

心情很复杂，儿子的脾气他是知道的，必然是喜欢得没办法了，他才会豁出去干这一票。

索性他也淡定了："你怎么想？"

楚晏贤听出他有成全二人的想法，掐住手心，她深深地吸一口气，轻声道："晚上早点回来，我有事情跟你讲。"

言崇信感觉不大好，轻皱了眉头："好。"

夜幕降临，言崇信的车缓缓地开进车库。

饭菜都摆在桌上，楚晏贤穿了一套舒服的居家套装，坐在沙发上等他。该来的总要来，她决定摊牌了。

随着脚步声，一抹修长的身影出现在客厅前。

"今天出去过了？"他笑着问。

楚晏贤扬起眉，用漫不经心的语气说："我去星湾一号找了宋小暖。"

言崇信正在脱外套，闻言动作微微一滞，不过，他马上镇定下来，脱下的外套被管家拿去挂好，他则一身轻松地走到她对面："先吃饭吧。"

楚晏贤抿一抿唇，顺从地站起身："嗯，今天有你喜欢的狮子头。"

两口子从青梅竹马的幼年算起，已经度过漫长的五十年，光阴交错，两人之间的熟悉程度，就若左手伴着右手，说话停顿中的一个逗点的转折，都能让对方感受到某种不同寻常。

餐桌前坐下，周管家照着惯例，给言崇信倒一杯红酒。但是他挥挥手："今天不喝酒。"

周管家愕然，不过他很快把酒杯撤下，换上一碗白米饭。

楚晏贤淡淡地看，顺手舀一碗汤，递过去："你老是在外面吃饭，烟啊酒啊的，年纪轻的时候不觉得，慢慢地都会在身体上反应出来。"

言崇信接过汤，笑着答："是啊，年纪大了，肠胃什么的都亏不起了。不过，我现在很乖啊，一礼拜起码有五天是在家里吃饭的。"

楚晏贤看他："上礼拜是四天。"

言崇信想一想，点头："你说得对，那下周我回来吃六天。"

楚晏贤抿一抿唇，含义不明地笑："我猜你下周可能一天都不会回来吃饭。"

"嗯？"

言崇信扬起头，眸光深邃地盯她一眼："晏德又干缺德事了？然后你又怎么包庇他了？"

楚晏贤给自己也舀一碗汤，低下头喝了几口，声音很淡："你怎么不问我和宋小暖说了什么？"

言崇信笑笑："你开价，她拒绝，你们谈不出结果。"

楚晏贤迅速地抬起头，眼睛微微眯起，眼尾含了些恨意："你能接受宋小暖这个媳妇？"

言崇信嗅出气息不对，直起腰杆，小心地答："宋小暖的妈妈已经死了，一般人也不会去纠结死人的长短。当然主要是儿子喜欢，宋小暖本身的素质也很过硬。"

看楚晏贤的面色渐渐寒沉，他叹一口气："我现在夹在你和阿行中间，很难做人的啊。"

楚晏贤沉默地看他，隔了好一会儿，她说："你觉得我是很不讲道理的人吗？"

言崇信听出些异样，眉头皱起，神情跟着严肃了些："你要看情况，只要事情不和晏德搭边，你就是讲道理的。"

楚晏贤苦笑："大家都这么看我吧？"

言崇信犹豫，沉吟片刻，他点头："很早以前我就跟你说过，你不能无原则地帮晏德，做错事情要承担后果，否则他一辈子都不会改正。"

"所以你觉得我帮自己的亲弟弟，是错的？"楚晏贤的面色已近凄凉。

言崇信咽一咽喉咙，声音有点轻："有些是错的。"

客厅里瞬时静寂，也不知道过了多久，楚晏贤缓缓抬起头，眸光有些空洞："我也知道很多事情是错的，但是我不得不做，因为我承受不起那个后果。"

言崇信心里叹气，嘴上却安慰她："我知道你的难处，好歹事情都过去了，后面咱们看紧点，让他少出点事情就是了。"

楚晏贤勾一勾唇，快快地说："然而报应来了。"

言崇信犹疑地看她："什么报应？"

楚晏贤又沉默了会儿，然后看他："宋小暖的原名叫宋芊芊，她的妈妈叫宋美娜。十三年前晏德在H城待过一段时间，他在那儿养过一个情妇，就是宋美娜。"

言崇信的眼睛顿时瞪得圆了："你之前为什么不说？"

楚晏贤直起腰，面孔端得极正："因为这件事情还有下文，我没脸跟你说。"

她是真的豁出去了，伸头一刀，缩头一刀，如果有暴风雨，就来得猛烈些吧。

"那年宋小暖十三岁，是个美人坯子，她那时候读的是寄宿制的学校，一周只回来一天。一般来讲，是碰不到晏德的，但是也不知道哪里出了问题，那天他们俩就遇上了。晏德动了色心，想诱奸她没成功，他就想强上，挣扎之中宋美娜回来了，她当时就急了，和晏德对打起来。中间的过程我也不是很清楚，结果是宋美娜从楼上摔了下去。"

言崇信早就静寂不语，眉眼渐渐萧条寒凉。此刻，他的声音极其苦涩："从几楼摔下去？"

"三楼。"

楚晏贤面色不变："全身多处骨折，另外脑内有瘀血，昏迷不醒，需要开刀处理。晏德给我打电话，之后他就被警察带走了。"

言崇信轻轻喘气，声音像是从齿缝里磨出来："那他后来怎么没事？"

楚晏贤依旧没什么表情，声音轻飘飘的："后面的事情都是我做的，我坐飞机过去，花大钱请当地最有名的律师事务所的大佬。当时宋美娜需要钱抢救，如果打钱晚，宋美娜有可能变成植物人。宋小暖当时只有十三岁，她审时度势答应了我的要求。她签字的同时，我打钱救宋美娜。"

"她签了什么字？"

"她承认她喜欢晏德，因为嫉妒和妈妈争打起来，导致宋美娜意外坠楼。"

言崇信捏着眉心，手指微微发抖，他觉得自己这辈子就没这么生气过。不仅是生气，还是由心底的深深失望。

眼前的这个女人，他五岁的时候第一次见到她，小小的糯米包子，笑起来像一朵花，抱着他的腰，把脏脏的巧克力酱蹭到他的身上，嘴里头还发出咯咯的笑声。

他当时就想把她抱回家去养，穷尽一生地呵护她，让她幸福。

可是她居然做出这样的事情。她还是那个让他心动不已的纯真美好的女子吗？

"当时，宋小暖怎么样？"他吃力地问，但是问得含糊。

楚晏贤听懂了，咬一咬牙，她实话实说："晏德没有得逞，但是宋小暖被他打得很惨。我看到的时候，她的脸是青肿的，一只胳膊吊着，可能有骨裂。我后来听说，她休学了一年。"

言崇信瞪住她，很多话憋在喉咙口，最后他说："你知道自己是在造孽吗？"

楚晏贤的眼眶里涌满了泪："我知道自己造了孽，因为内疚，我做了好几年的噩梦，最近两年才渐渐平缓过来。但是报应还是来了，你知道我看到宋小暖照片的时候，心里有多惶恐吗？她是高考状元明明可以去清北的，却来了 Z 大，还和阿行同居，现在他们还领了结婚证。你不觉得可疑吗？我觉得她就是来找我报仇的。"

言崇信定定地看她："你知道自己在说什么吗？"

"我当然知道。"

楚晏贤与他对峙半晌，最终喉咙响起来："你能解释这些巧合吗？她在 H 城，我们在 S 市，两地相隔一千多公里，她竟然可以和阿行走到一起。你就不会怀疑吗？"

"她故意又怎么样？"

言崇信终于忍不住了，他怒目圆睁，拍桌而起："你干了这种缺德事，还不许别人杀过来报仇吗？"

楚晏贤没想到他会有这么大的反应，目光有点呆滞："崇信，你是在骂我吗？"

言崇信气得头皮发麻，捏着拳头在餐厅里转圈圈。终于他绷不住了，掉转身子往外头走："我出去散心，你不用等我睡觉。"

楚晏贤怔怔地看着他的背影，眼泪止不住地往下流。

言崇信已经走到门口，然而还是回过头，气怒地吼一声："你放心，我的散心就是散心，不是乱搞女人。"

*

夜幕深沉，零星地飘着小雨。

言崇信驱车在城市的大街小巷随意穿梭，心情很沉重。

商人重利，他经商多年，深谙业界的规律，圆融奸滑的，尔虞我诈的，为了利益不择手段的，有时候也是没办法，不跟着做些局让别人踩些坑，就没办法把企业做大做强，所以他从来不觉得自己是什么道德楷模。而且，在这个圈子混迹多年，什么乌七八糟的事情他没见过？所以他才能容忍楚晏贤对弟弟的无原则维护。当然，楚晏德在他眼里，也不是什么大奸大恶之徒，充其量就是个纨绔子弟，打猫斗狗玩女人，没钱了在自家公司里贪点钱，好在老丈人给他留了钱糟蹋，他闭闭眼也就过去了。

但是他真的没有想到，楚晏贤竟然瞒了他这么大的一桩丑事。

对幼女下手，造成恶劣后果后，用威胁的手段迫其就范，进而逃避法律的制裁。

言崇信愤怒，这断然踩破了他的底线，如果发生在别人家里，他嘴上不一定会说，但是心里肯定是鄙视的，而且会对其避而远之，不和他做生意。

然而，这件事情发生在自己家里。同床共枕了三十几年的老婆在实在瞒不下去的时候，还指责受害者加害于她。这本末倒置的逻辑，使得他怀疑，自己是不是一直看错了她？还是因为这些年他眼睁睁地看着她无原则地纵容弟弟，其实也是对她的一种纵容，以至于她的三观也发生了变化？

言崇信郁闷，外加良心不安。

东游西逛的，居然就把车子开去了星湾一号。

门铃响的时候，言楚行正抱着宋小暖在沙发上腻歪。

他愣了愣，低头问："你约了人？"

宋小暖思忖片刻后摇头："没，我没有约人。"

言楚行跳起身，轻快地走去门前。透过猫眼看一眼，眉眼间掠起些不可思议，他转过头，声音倒是淡定："是我爸。"

宋小暖已经坐端正，闻言仅仅挑一挑眉。来不及细想，言楚行已经打开门："爸，您怎么来了？"

言崇信的神情倒无异样，姿态随意，淡淡地问："不能来吗？不让进吗？"

言楚行耸耸肩，转身去鞋柜拿了拖鞋抛到地上："换鞋哦，小暖下午刚拖的地。"

言崇信点头，一边换鞋，一边看屋里的布置："软装换过了？嗯，挺好的，以前太沉闷。"

这时间，宋小暖走过来，问："给您泡菊花茶？"

言崇信看她的眼神怪怪的，客气地答："好啊。"

宋小暖从厨房里出来，看到两父子坐在客厅的沙发上，窃窃地聊着什么。她不确定自己能不能听，把茶杯放下："你们聊，我去里面看书。"

但是言崇信叫住了她，声音温和："你别走，一起坐下聊聊。"

然后他笑，像是做解释："我也是闲着无聊，想着好久没看夜景，又想起这边还有个绝好的观景台，就来坐坐。"

言楚行也拽住她，眉梢间有几分温柔："爸爸难得过来，咱们一起陪他聊聊天。"

宋小暖"哦"一声，顺从地坐到他边上。

身体挨得近，言楚行能感觉到她的僵硬，他才不管亲爹什么感想，伸手搂住她，脑袋凑过去，轻声地说："别怕，我爸爸不反对你。"

宋小暖的面孔红了红，手指揪着他的衣角，没有说话。

都是过来人，言崇信自然能看出儿子对宋小暖的情深义重，心里头感慨，他要是知道舅舅对宋小暖干过的混账事，会发飙吧？

轻轻地叹一声，他慢条斯理地开口："你们肯定会奇怪，我怎么会莫名其妙地跑到你们这儿来看夜景。"

言楚行在爸爸面前还是放松的，挑一挑眉："确实挺奇怪的。"

言崇信没有立刻说话，拿起茶杯轻轻地嘬一口，然后挑起眉："我和你妈妈吵了一架，没地方去，所以跑你这儿来了。"

言楚行诧异："您不是一向对她百依百顺的吗？"

言崇信苦笑着叹气："可能就是百依百顺惹的祸。"

儿子一般都会维护亲妈，言楚行也不例外："可是她习惯您的依顺，您跟她吵完又跑出来，她会胡思乱想的。"

言崇信看着他，语调沉重："她做错了事情，因为她觉得我一向都会依顺她，所以她不在乎，还等着我帮她收尾。你觉得这个模式是不是有点熟悉？"

言楚行无语了，停顿片刻，他说："那您早点回去。"

言崇信笑笑，目光转向宋小暖，然后他微笑，不紧不慢地说："我和阿行的妈妈是青梅竹马。"

宋小暖盯着他，不动声色地勾一勾唇："那你们挺圆满的。"

"时间真是过得快，很多事情好像昨天发生的一样。"言崇信还是笑，半扬起头，神情有些放空。

"你知道吗，阿行的妈妈小时候很可爱，面孔圆圆的，眼睫毛很长，眼睛乌溜溜，长得好像美国电影里的那个秀兰·邓波儿。我比她大两岁，从幼儿园开始，一直到我大学期间交换出国，我和她几乎都是在一起。我那会儿其实是有公子哥脾气的，虽然很喜欢她，却谈不上体贴。而且我一厢情愿地认为，她一定会嫁给我。但是从美国回来后，我发现她喜欢上了一个穷小子，那人对她温柔耐心，无微不至，我自愧不如。那段时间我真是伤心啊，感觉日子都过不下去了。后来，因为阿行外公的干预，她还是嫁给了我。失而复得，我欣喜若狂，然后我就模仿那个穷小子，对她做到了百依百顺。所幸她并不刁蛮，也没有恃宠而骄，唯一的槽点……是她的弟弟。"

说到这里，言崇信略略有些不安，扬起眸又看一眼宋小暖。她微皱着眉，像是在消化他的这番话。

他继续说话："她弟弟比她小很多，晚年得子，阿行的外公外婆对这个儿子很是溺爱，中国人有句老话，宠子不发。他不仅不发，还经常给家里找麻烦。父母活着的时候，就三天两头地替他收拾烂摊子，二老逝世后，担子就落到了阿行妈妈的身上。她原本就孝顺，对父母留下的唯一血脉更是尽心尽力。于是乎，不仅帮着收烂摊子，有时候甚至做了帮凶。"

宋小暖的脸色有点白，她隐约猜出言崇信可能知道了当年的事情，所以才会莫名其妙地过来，又讲这些莫名其妙的话。

喉咙有些苦，却说不出话。

言楚行也是皱眉，神情显得严肃："爸，舅舅又干什么坏事了？"

言崇信摇头，牙口绷得紧："暂时还没有，不过快了。"

言楚行觉得爸爸的状态有点奇怪，但是因为宋小暖在边上，有些话也不能说，于是他便闭嘴。

而言崇信还有中心思想没有发表，拿起茶来喝，顺便沉一口气，再整理好情绪。

还是看着宋小暖，缓缓道："我和阿行的妈妈从认识到现在超过五十年，结婚也有三十余年。她纵容弟弟犯的错，有我纵容的成分在里面，所以我愈想愈是羞愧。"

说到这里，他表情滞重地叹一口气："总归要有一个交代的。"

宋小暖的呼吸很静，眼眸墨如点漆，幽幽地看他一会儿，她微笑："叔叔您想得太多了。"

言楚行感觉不太对，眉头一直皱着："爸，是不是出了什么事情？"

言崇信的鼻根有些酸意，转过头，他静静地看着远处的霓虹，声音很淡："刚才过来的时候，有一瞬我浮起一个念头，要不要和你妈离婚？但是迅速的，心底就涌起强烈的不舍，大半辈子相依相守，我舍不得你妈妈。所以她做错的事情，我都得帮她扛。儿子，她是你妈，她也是你的责任。"

言楚行感觉到事态的严重，眉目沉寂下来："爸，有什么话你就直说。"

宋小暖眼眶红起来，她不想言楚行知道那件往事，或者说她还没有做好思想准备，把最痛的那块伤疤露出来给他看。

但是显然，事情已经超出了她的控制范围，如果今天是一个摊牌的日子，她也只有承受。

但是言崇信没有说。

他转了话题："那我直说，你们俩办了结婚登记，为什么不跟我们说？"

这也太出乎意料了，言楚行来不及思考前言后语的逻辑关系，直梗梗地问："您怎么知道的？"

言崇信"哼"一声："若想人不知，除非己莫为。"

"妈妈也知道了？"

"嗯。"

"所以你们吵架了？"

"由此而起。"

言崇信没有撒谎，如果不是因为知道他们拿了结婚证，楚晏贤是不可能跟他交代那段往事的。

言楚行不知道是不是应该松一口气，隔了半晌，他无所谓地耸耸肩，又把宋小暖往自己身边搂一搂："我们住在一起，当然要有一个名分关系了。"

言崇信挑起眉，默不作声地看着他们："那你们现在的状况是隐婚？"

言楚行难得露出要赖一般的笑容："反正我非宋小暖不娶。"

言崇信不语，目光落到宋小暖的脸上："你愿意这么无声无息地跟着他？"

宋小暖不知道他的用意，但她也实在懒得玩猜猜猜的把戏，实话实说呗："我没啥亲戚，没有昭告天下的必要，而且过日子是我们两个人的事情，我没觉得无声无息有什么不好。"

言崇信摇头："你现在或许没有感觉，但是等你老了以后，如果有一个属于自己的婚礼可以回味，意义还是不同的。"

宋小暖轻轻眨眼，低头看一看手指，这几天她都有戴言楚行送给她的梅花钻戒，因为特殊的含义，每每看到，心情都会有所激荡。

言楚行有注意她的神态，心思微动，小声地问："咱们去马尔代夫租个小岛办婚礼？"

宋小暖瞥他一眼，提醒他爸爸还在呢！

言楚行挑一挑眉，话头是他开的，必然有说法。

果然，言崇信开口了。语调很稳，像是在讲述一件最寻常不过的事情："既然登记了，就应该广而告之。"

言楚行轻笑出声："这么说您同意了？"

言崇信郑重地看一眼宋小暖："是的，我同意了。"

"那我明天公开出去了。"

"明天快了点。"

言崇信皱起眉："任坚那儿我要做个交代，直接公示出去太打人家脸了。还有你妈妈那儿，我还要去做做工作。不过……"

他扬起头，态度非常坚决："最晚年底，我会亲自对外宣布这件事情。然后就可以筹备婚礼，你们想要什么样的婚礼，现在也可以考虑起来。咱们言家在 S 市也算是有头有脸的家族，婚礼的档次不能低。"

宋小暖感觉做梦一样，刚刚还提心吊胆，害怕公爹揭她老底，下一秒就讲到了婚礼的事情。剧情转得快，情绪忽下忽上，她有接受无力的感觉。

对比上来时的忐忑心情，此时的言崇信却有大功告成的喜悦感。

久浸商场，他有敏锐的察言观色的本领，眼神是骗不了人的，不管宋小暖是抱着什么样的心态和儿子走到一起，现时的她是深深地爱着言楚行，而言楚行也视她为珍宝。

两情相悦，就足够了。

其余的，言崇信都不愿意计较了。

第二十七章

半个小时后，父子俩从楼里出来。

言楚行是送他。

"爸，您今天很怪啊。"

言崇信白他一眼，淡淡道："你招呼不打，领结婚证的行为怪不怪？"

言楚行莞尔，他心情好，于是和爸爸摊了底："不领证不放心啊。"

"你还会有危机感？"

"当然，你不知道宋小暖多抢手。"

"怎么个抢手法？"

言崇信也是好奇了："还有比你厉害的人？"

言楚行抿起嘴，恨恨地吐出一个名字："丰昀陌。"

"他？"

言崇信仰起头想一想，忍不住点头："确实是劲敌，你做得对。"

他也有后怕，如果宋小暖跟了丰昀陌，这件事情捅出来的话，丰昀陌是个有杀心的，他要是起了报仇的念头，再加上祁岳给他打配合，至少要乱一阵子。

而且，言家对不起宋小暖，他把儿子赔给她，这样良心才能安稳。想到这里，他拍拍言楚行的肩膀，言语郑重："既然娶了人家进门，就要对人家好，不仅是现在好，还要一辈子对她好。"

言楚行笑："老婆是我自己选的，我当然会对她好。"

言崇信歪过头看他，心里头有两个小人儿在交战。一个说，刚才走得急，态度也不好，晏贤应该很伤心。另一个说，不能心软，她犯了这么大的错，要让她接受教训。

烦恼啊，他无奈地摇摇头，又朝儿子挥挥手："走了，你赶紧上去吧。"

站在电梯里的时候，言楚行的姿态有些漫不经心，眉头却是微微蹙着。他还是觉得爸爸的情绪有问题，而且和宋小暖有关系。

更或者和宋小暖的妈妈有关系?

思维发散了片刻,他最终决定放弃,反正结果是好的,就不去思虑过程了。

徘徊了许久,一直熬到十二点多,言崇信的车子才出现在别墅区的主干道上。

周管家一直盯着窗外,这时飞奔而出。

凑在车前,等言崇信下来,他立时上前,苦着脸声音很轻:"太太一直在哭,我劝了好几回都没用。"

言崇信的眉眼很沉,态度一般:"她还没睡?"

"一个小时前进的房间,我在外面看,房间的灯一直都亮着。"周管家觉得自己太操心了,这一晚上跑进跑出,不知道愁死了多少脑细胞。

言崇信没什么反应,只是简单地应一句:"知道了。"

他踱步往前,一路没有停,进去客厅,上楼,拐弯,推门进卧室。

周管家没敢跟上去,站在客厅,耳朵竖得老高,听到关门声,躁动的心脏总算平复下来。

在这户人家做了这么多年,他还是头一回看这对夫妻吵架。极少的几次喉咙响,也都是因为楚晏德的缘故。但是只要女的开始抹眼泪,男的必然软下身段,不一定会哄,但是气氛会安详下来。

但是这一回有点非同寻常。

周管家其实听到一点,心底估摸出了七八成的真相。讲真他也觉得楚晏德这个败类真是做大孽了,但他对楚晏贤是持同情态度的,谁让她摊上这么个弟弟,事情已经发生了,总不能看着他去坐牢吧?

不仅周管家是这么想,楚晏贤自己也是这么想的。

她想到父母离世前,握着她的手,目光殷殷地看着她,说他们没有把晏德教育好,要拖累她了。当时她就受不住,哭得像个泪人儿。和他们保证,弟弟确实不争气,却是父母留给她的唯一亲人,她会照顾好他的。

她在父母面前做过保证的。

所以无论如何,她都要保他平安。他确实是个坏坯子,做出伤天害理的事情,但是伤害已经造成了,等她上场的时候,只能是补救。

是的,她确实用宋美娜的生死威胁了宋小暖,但是同意之后,她找了H城最好的医生，砸大钱救回了宋美娜，后面还给了两百万的营养费。她觉得自己就算是个坏人，也没有坏到底。

另外，她怀疑宋小暖出于报仇的目的，接近儿子。现在更是偷偷地领了结婚证，一旦她登堂入室，后面可以做的事情可就多了。

她觉得自己是合理怀疑，可是崇信却因此暴怒。她觉得委屈，眼泪更是不要钱似的，一串串地往下落。

言崇信进到卧室，里头开了两盏壁灯，光线还算明亮。他瞟一眼楚晏贤，见她靠坐在床上，眼睛哭得红肿。

见他进来，她也没有开口，兀自拿着帕子抹眼泪。

"哭啥？"

他去衣帽间拿换洗的衣服："我又没做什么对不起你的事情。"

女人在这方面尤其没有安全感，所以他先把这个口子给堵了。拿好衣服，他又往卫浴间走："我先洗个澡，你要困了就先睡。"

他肯说话，楚晏贤的心里安定了几分，她没有吭声，只是抽噎的声音轻了点。

水花声起来。

里头洗澡的和外头靠躺着的，心思都有些重，二人共同觉得，今晚不谈出个三七二十一是不可能完结的。

区别在于，言崇信觉得观点差异太大，绝对谈不拢。而楚晏贤因着以往的经验，认为老公既然开口了，说明他的气消了。后面应该会迁就她，会得出一个让她五分满意的结果。

至于这五分是哪五分？她细细地考虑起来。

与此同时，星湾一号里的宋小暖也处于失眠的状态。

边上的言楚行倒是熟睡着，手臂覆着，将她搂在怀里，呼吸相闻，清爽的气息围绕于四周。

宋小暖睁着眼，大脑里翻云覆雨，身体却不敢动。

她是理科生的脑子，推理丝丝入扣。她猜测，言崇信已经知道真相，出于内疚，他同意了这门婚事。

她觉得自己没有看错公爹，他是一个是非分明、三观很正的人。沉浸商场多年，决断力和手腕也都是有的。之前楚晏贤能骑到他头上，是因为他不跟她计较，一旦他下定决心，楚晏贤是弄不过他的。

宋小暖的这个猜测，在城市的另一头得到了印证。

言宅。

言崇信一身清爽地从卫浴间里出来，头发也已经吹干了，他心平气和地掀开被子，坐到楚晏贤的边上。

像是随意："还不睡？"

楚晏贤拐过头，目光幽怨："你不把话说清楚，我睡不着。"

言崇信冷静地"嗯"一声："你想要什么样的清楚答案？"

"我知道错在我方，但是我不能接受宋小暖这个儿媳妇，你想办法让阿行和她离婚。"

楚晏贤说得很快："我不知道阿行有没有和她签婚前协议，就算没有签，婚姻法有规定，婚前财产是归各方所有的。宋小暖可以拿到婚后的股权分红和财产收益，这一部分我没有意见，甚至阿行愿意再多补偿她一些，我也同意。"

言崇信姿态模糊，淡淡地瞥她一眼："你让我用什么样的理由，让阿行和她离婚？"

楚晏贤语塞，羞恼地看他："我要是有办法，还要跟你商量吗？"

房间里安静了几秒钟，然后言崇信笑一笑："如果阿行知道这件事情，你猜他会怎么对晏德？"

楚晏贤最怕的就是这个结果，紧张地抿一抿唇："他不会知道。"

言崇信无语地摇头："你把事情做绝，不怕宋小暖跟你拼吗？"

楚晏贤愣住，然后她突然哭起来："我就是搞不定这件事情，所以才来找你帮忙。你说来说去，就是不想帮我搞定这件事情。你知道我每次看到她，心里有多害怕吗？我本来已经不做噩梦了，但是最近几个月，我又开始后半夜惊醒，你睡得酣熟，一点都不知道我的痛苦。"

言崇信有点心疼，但他忍住，眉目不动："我没做亏心事，我当然睡得好。"

楚晏贤还是哭，隐隐觉出些不妙。

她哽咽着："所以你不打算帮我了？"

言崇信叹气，终于还是从床头拿了餐巾纸，小心地帮她擦眼泪。声音轻柔，却带了些不容置疑："你知道我一整晚都在想什么吗？"

"什么？"

"我在想，是不是因为我一直以来放任你纵容晏德，才使得晏德更加的肆无忌惮，一而再再而三地犯错？"

他说得坦然，楚晏贤却是愣住："你什么意思？"

言崇信还是叹气："晏贤，我们错了。你到现在都没有明白吗？正是因为我们对晏德的包庇和纵容，才使得他无所顾忌，事情愈做愈大，错误愈犯愈多。如果我们尽到教育管理的责任，让他知道犯错是要承担后果的，是不是会少掉很多事情？"

楚晏贤怔怔地看他，声音也是机械："你以为我不知道这个道理？事实是我承受不了他去承担那些后果。比如宋小暖这件事情，如果我不管，他会去坐牢，会判十年以上的徒刑。那种情况下，我除了去威胁宋小暖，你说我还能怎么办？"

言崇信沉一口气，握住她的手，态度非常坚决："过去发生的事情，没有办法挽回了。但是从现在开始，我们不能再犯错了。"

楚晏贤吃惊地看他："你不打算让阿行和宋小暖离婚？"

言崇信神色如常："我同意这门婚事。"

楚晏贤如何的崩溃暂且不表。

第二天一早，言崇信找了审计小组进驻后勤部，对主要领导进行职务审计，中间包括楚晏德。

楚晏德急吼吼地给老姐打电话："搞毛啊，姐夫这么干是要出我洋相？"

楚晏贤表现得平静："你去后勤部几天？还能有错？"

楚晏德"哎哎哎"了好几声，然后哭丧起脸："姐，您还不了解我吗？"

楚晏贤知道言崇信是故意的，早知道告诉他的后果会这么严重，她打死也不会说。然而事已至此，她也只有死马当活马医，看看言崇信能不能收拾好楚晏德。

"那你完蛋了，你姐夫不会姑息你了。"

"哎呀，怎么会这样啊？"

楚晏德烦死了："姐，我就拿了点回扣，资金量不大，您帮我跟姐夫讨个人情，不要公示出来。"

楚晏贤沉一口气，然后如实相告："不可能，你以后做任何坏事，你姐夫都不会包庇你，还会按照制度给你相应的处罚，你好自为之吧。"

楚晏德的事情刚过，言楚行被言崇信叫去办公室。自从那晚聊天之后，父子俩还没怎么说过话。

言崇信的神情略显严肃，说："从现在开始，我不会姑息你舅舅，哪怕是一点小错，只要被我逮到了，就按规定来处罚。"

言楚行已经观察几天，感觉父亲这次的态度确实坚决。比较奇怪的是，老妈这次没有出来给舅舅撑腰，他挑一挑眼皮，随口问："老妈没意见？"

言崇信直起腰："这一回你舅舅犯的错并不大，只是降职处理。你妈能有什么意见？"

言楚行眯起眼，若有所思地看他一会儿："您现在开始管是不是晚了点？"

"晚也要管。"言崇信烦躁地敲一记桌子，"你舅舅的事情我就是跟你通报一下，以后如果捏到他的证据坚决不要手软，该怎么办就怎么办。他是不见棺材不落泪，多打他几回，看他老不老实。"

言楚行点头："可以，我没意见。"

然后言崇信跟他讲正题，深思熟虑一般："这周六《今日财经》有一场慈善酒宴，你把宋小暖带去，公开亮一亮相。"

言楚行皱眉头："宋小暖不喜欢抛头露面。"

"就这一次。"言崇信直起腰，眯起眼睛，开始了他的大忽悠，"你和宋小暖结婚的事情，我做主同意了。这周六你带她出来露个脸，就当是正式宣布，明年春天，就给你们办婚礼。"

说到这里，他轻轻地咳一声："最好你能给打个配合，差不多日子往宋小暖肚子里揣个崽，生米煮成熟饭，不看大人看小孩，你妈还能和孙子置气？"

他觉得自己发挥得很好，但是言楚行却是一脸沉思地看着他："您一直没有问我，有没有和宋小暖签婚前协议。"

言崇信像是诧然，"这个还需要问吗？既然是真嫁，必然是没签。我和你妈也没有签婚前协议。"

言楚行觉得不同寻常，犹疑地问："您不介意？"

言崇信笑笑，像是感慨："有啥好介意的，总归是你喜欢的女人，她要是图钱，就给她呗，咱又不是给不起。"

言崇信很坦荡，作为一个有担当的男人，他这么想也这么讲，言楚行一时倒也看不出问题。

但是疑问的种子还是播下了，这会儿还长出了小苗苗。

他没再多说，点头："好，周六我会带宋小暖参加晚宴。"

*

晚上回去，吃一顿宋小暖做的丰盛的爱心晚餐，又听她讲了一段股市风云，然后各自都有事情做。

言楚行去书房开视频会议，宋小暖则坐在客厅继续研究涤纶民用短纤维。凤双秀给宋美娜吃了苦头，这个仇不报是不行的。

然而搞翻一个老牌企业可不是容易的事情，所以她很专注。

十一点左右，言楚行忙完了公事，开门出来。

宋小暖听到他的声音，抬起头看他："好了？"

言楚行心里头还挂着事情，眉眼微微严肃："你呢？"

宋小暖笑微微："我这儿是一个系统工程，每天琢磨一点，要从量变到质变，形成完整的思路。"

言楚行也是笑："这事儿不用急，在她闭眼之前看到结果就行。"

宋小暖"嗯"一声，随手把资料移去边上。

"你是不是有什么话要跟我讲？"她乖顺地窝入他的怀里。

"你怎么看出来的？"言楚行捉住她的手，温柔地吻。

宋小暖扬起脸，笑容得意："我很早就看出来，如果你有与我有关的，又让你觉得为难的事情，在说之前，你会观察我。"

"是吗？"言楚行状似狐疑，脑子却在仔细地想，感觉她的这个说法挺有道理，今天晚上他确实一直都在若有若无地观察她。

点一点她的娇俏的鼻子，他慢条斯理地说："你很聪明啊。"

"这不是废话嘛。"

对于自己的聪明，宋小暖是相当地自信，从他身上下来，又盘起腿，她摆出认真的样子："说吧，只要不是在外头玩女人，其他的事情都好商量。"

言楚行爱死她这副自以为是的样子，长臂伸出去，揽住她的腰，又把她扯进怀里："你说的好商量的哦。"

他有言在先，然后简单地讲了讲言崇信的想法，包括周六去参加晚宴的衣饰："我已经帮你订好了，跟我的是情侣装，只要出现，别人就能看出我俩的奸情。"

宋小暖半张了嘴，好久说不出话来。

"怎么？怕了？"

"倒不是怕。"

宋小暖沉默了会儿，改口："确实也是怕，怕是非太多。"

言楚行手指抚着她的后背，神情格外淡定："咱们去走个过场，秀完恩爱就撤，后面的摊子你公爹会收拾的。另外，你又不混豪门圈子，他们说什么你也听不到看不到，管他们呢。"

宋小暖幽幽地看他，不说话。

言楚行抱住她："你说过的，要为我们的未来加油努力的。难得爸爸这么积极，你也配合一下。"

宋小暖"哎"一声，转过头看一眼窗外，那里一如既往的霓虹闪耀。

她乖顺地点头。

但是有一种不大好的预感，总觉得自己的抛头露面好比美洲的那只扇动翅膀的蝴蝶，不知道会引出什么样的风暴。

第二十八章

晚宴是在一个园林式的酒店举行的。

主嘉宾都是 S 市财经界、商界的大佬或者实权二代，附带女明星和人气嫩模，门口铺有红地毯，好些记者拿着长枪短炮，蹲守在那儿拍摄。刘荟在主入口处，做嘉宾采访。

宋小暖挽着言楚行的手臂，步履轻缓地过来。她的头发松松地挽起，耳钉是直条的钻石，和衣服的吊带相呼应，看着很有格调。

她当然很美，言楚行也不遑多让，深蓝色的衣服，左边的衣领有一个斜角的钻饰面料，明眼人一看就知道他俩是情侣搭配。

他也是精心打扮过的，头发吹得一丝不苟，五官长相就不说了，简言之就是三百六十度无瑕疵，人见人爱。

俊男靓女，携手前来，绝对是亮眼的存在。宋小暖没想到今晚的阵势会这么大，看到记者的刹那，身体明显僵了僵。

言楚行感觉到她的异样，轻垂下头："不要怕，记者不能进去。"

所以只要走过那片红毯就可以了。

宋小暖不晓得自己是个什么心情，勉力维持住笑意，跟着言楚行的节奏往前走。

而前方的记者发现了他们，好多人认识言楚行，看他挽着美女过来，不管三七二十一，闪光灯一闪一闪，先咔嚓了再说。

刘荟站得远，而且正在采访过来的名人，没有注意那边的动静。寥寥几句说完，名人进去，后头的摄像大哥提醒她："言总来了，带了个很漂亮的女人。"

说话间，言楚行和宋小暖已经走到比较近的地方。

刘荟眯起眼，她已经认出站在言楚行边上的美女是Z大的学妹宋小暖。

大庭广众之下，她端出职业的笑容，亲热地上前一步："言总，这位就是咱们Z大的学妹宋小暖吧？"

言楚行觉得她还算识时务，给她一个笑容，声音很从容："她是我的女朋友。"

刘荟做出惊喜的表情："这就算官宣了？"

"嗯，官宣了。"言楚行的语气很平静，"明年结婚，到时候请大家吃糖。"

刘荟原本笑得灿烂，闻言面色有点僵，但是她立刻想起摄像头还对着她呢，掩饰地把话筒递到宋小暖这边："对于言总的结婚宣言，您有什么话讲吗？"

宋小暖觉得她的反应有点奇怪，淡淡地笑一笑："我同意了。"

"呃，好，很好。"

刘荟有点语无伦次："那就恭喜二位了。"

"谢谢了。"

言楚行很有风度地朝她点点头，然后挽着宋小暖往酒店里走去。

刘荟有点呆，看着二人的背影久久没有回头。摄像大哥提醒她："荟姐，咱们是不是录到头条新闻了？要不要整个热搜？"

刘荟回过神来："那你赶紧的，把这段视频发回去，让小周处理一下发去公众号。"

言楚行也有看到，他有心理准备，气定神闲地瞥她一眼，又垂下头和宋小暖说了一句悄悄话。

不知道他说了什么，宋小暖收回视线，唇角抿出一抹笑意。

人未到，小道消息已经满场飞了。

言楚行经常出席这类晚宴，神情淡定，悄声叮嘱宋小暖："进去后我会带你去食物区，你就在那边挑些吃的，我去和几个大佬打招呼，然后会回来找你。你不用怕，谁找你麻烦，你就拿出泼皮的劲头，直接怼回去。"

"你给我撑腰？"

言楚行横她一眼，没好气地说："废话，我是你老公，不给你撑腰我还给谁撑腰？"

宋小暖笑眯眯地说："那我一定会有超水平发挥。"

举办晚宴的大厅超级大，错落有致地分了四个相互依存的空间，软硬装修皆是豪华，正中间是璀璨的水晶吊灯。

宋小暖头一回来这里，对这儿的地形不太熟悉。言楚行先是拖了她四处走一走，有了大概的了解后，把她放在西边的食物区。

刚才一路已经有很多人打招呼，有些是重要的客户，所以他有必要过去应酬一下。

他一走，宋小暖就觉出异样，男的倒还罢了，浅浅看她一眼，转过头去聊自己的话题。女的就完全不一样，三三两两围站一起，神情各自玩味，若有所思地聊几句，再看她一会儿。

一个个都等着看好戏，却没有人上来说话。

没想到第一个过来找宋小暖的人会是祁岳。

老师哥还是一派潇洒的姿态，站在她边上招了不少嫉妒的眼光，莫名有点护花使者的意味："没想到啊，言少居然把你带出来，还大张旗鼓地说会娶你。"

宋小暖正在挑选蛋糕，听到声音眉头几不可察地皱了皱。抬起头，礼貌地朝他笑笑："他向我求婚，我同意了。"

祁岳有看到她手指上的钻戒，沉吟片刻，他突然问："你们已经登记了？"

宋小暖觉得这个人真是贼啊，为了掩人耳目，她特意把戒指戴在中指上，他居然还能猜出来。

她不答，低下头继续挑选蛋糕。

祁岳笑了，通过察言观色，他感觉到自己说对了，眉毛挑得高，说不出是遗憾还是啥的："言少先斩后奏的招数使得妙，杀他父母一个措手不及，也把昀陌的那点儿小希望给掐灭了。"

宋小暖斜眼看他："你别瞎说啊。"

祁岳拿了杯香槟，慢悠悠地喝一口："我看好多妖艳贱货想要单挑你，特意过来帮你撑场子。既然你有护身符，那我就不多事了。走了，有人冲上来，你就怼回去，你老公撑不住的场子，我给你撑。"

宋小暖满脸复杂地看着他的背影，心里头的那股子针对他的怨气，莫名地消散了一些，空出的地方，塞入了一些莫名的情愫，让她心悸。

祁岳乐哉哉地走了，他去应酬《今日财经》的工作人员。

今晚他要做开场演讲，有些事务性的问题需要沟通一下。

过来的是刘荟，她刚刚结束了门前的采访，进来对接下一个环节的内容。

刘荟之前采访过祁岳，加上她一直和丰昀陌玩暧昧，所以两人还算是熟络。

"祁总。"她稳稳地喊一声。

祁岳抬头看她，姿态轻松随意："最近忙什么呢？"

刘荟侧身过去，拿手里的 ipad 给他看，一边笑着回应："我还能忙什么，做节目外加围着你们这些大佬转，拉点赞助改善生活呗。"

祁岳笑眯起眼："还对昀陌感兴趣吗？"

刘荟怪啐地瞥他一眼："感兴趣又有什么用，他看不上我，我就不过去触霉头了。"

祁岳对她的印象比一般人要好一点点，所以愿意跟她打个趣："要不要我给你介绍男朋友？"

刘荟的眼睛亮了亮："我想要丰总这样质素的男人。"

祁岳好笑地看她："这个有点难啊。"

刘荟泄一口气："那就算了。"

两人一边逗趣，一边对着场景，正忙着，刘荟御用的摄像大哥过来了，脚步有点急，神色看着古怪。

他在边上站一会儿，捡着空当悄悄地扯她一记，声音很轻："有大八卦。"

刘荟诧异地瞥他："等等。"

他"嗯"一声，状似耐心地等起来。

其实刘荟和祁岳已经聊得差不多了，五分钟后，刘荟转过头，问："什么大八卦？"

摄像大哥心里着急，急忙凑头过去："小周那边的实习生认出宋小暖了。"

"嗯？"刘荟狐疑地看他，"那又怎么样？"

摄像大哥挑一挑眉，想继续说，却发现祁岳正若有所思地看着他，而且还问："宋小暖怎么了？"

摄像大哥傻了，眼睛盯着刘荟：这？能说？

刘荟朝边上看看，立刻笑起来："不过是个八卦，祁总不是外人，讲出来一起乐乐。"

其实她脑子里复杂得很，坊间传言祁岳和宋小暖的关系也是复杂，最大的可能性是宋小暖的妈妈做过他的情妇，爱屋及乌，所以他才会对宋小暖格外上心。

至于传言祁岳母女通吃，她是不相信的。祁岳虽然风流，却不下流，他又不缺女人睡，不会干这种不入流的事情。

另外如果宋小暖真有这种黑历史，言楚行哪有可能和她在一起。

她淡定，摄像大哥却是紧张，频频眨眼，说话还结巴："实习生是H城的人，她说她是宋小暖小学到初中同学，不过宋小暖初中只读了一个多月，就……出事了。"

"出什么事？"刘荟有点好奇。

摄像大哥舔一舔唇，悄悄地瞥一眼祁岳，吭哧着说："她说的不一定是真的，不过听起来真的很……惊悚。"

刘荟不耐烦了："别磨叽，赶紧说。"

摄像大哥使劲地咽一记口水，说："实习生说，宋小暖和她妈妈抢同一个男朋友，互不相让就打起来了，结果她妈妈从楼上摔下去了。因为这件事情，她休学了一年，之后直接考了高中。"

"瞎说吧，她那会儿才几岁？"

"初一刚好十三岁。因为她属于未成年人，公安局没有公开这个案子，但是学校有老师参与其中，刚开始是守口如瓶的，后来慢慢传出来了。她妈妈在当地的口碑本来就不好，她在学校里也是被人鄙视的。"

八卦这么劲爆，轮到刘荟傻眼了。转过头看祁岳，见他罕见地深皱起眉头，面色有些阴沉。

"刘荟。"

他突然开口，声音很重："德众年底前还有些赞助预算，你如果开新节目，可以投给你。"

刘荟大喜过望，与此同时，她的脑子转得飞快。之前她有暗示祁岳赞助，但他一直不接话，现在竟然主动说出来，所以和宋小暖的这则八卦有关？

转过头，冲着摄像大哥说："赶紧，让小周把刚才的采访从公众号上拿下来，另外你亲自打电话给实习生，叫她把住牙缝，不要乱讲捕风捉影的事情，万一的万一，她承担不起责任。"

摄像大哥也是老江湖，见到这二人的对话，心里头也有盘算。抱上祁岳这条大腿是大利好，所以，他积极点头："行，我找她谈。"

刘荟和他合作已久，相互间有默契。知道他已经知道轻重，而且他办事牢靠，应该不会有疏漏。

"嗯，快去吧。"

摄像大哥从口袋里摸出手机，急急地躲去角落做安排。

见刘荟这么懂事，祁岳的神情缓和下来，声音还是淡淡："宋小暖是我故知的女儿，我不希望她出什么事情。只要风平浪静，德众和你的合作就会继续下去。"

刘荟研究地看他，然后诚恳地说："我会尽力。"

有人民币做担保，她当然会竭尽全力。

祁岳淡淡地笑一笑，没有说话。

宋小暖并不知道她的老底快要被揭出来了，之前，她顶着一众鄙夷的目光，漫不经心地吃着东西。

直到言楚行过来，压力明显减缓。

"好吃吗？"他坐去对面。

宋小暖若有所思地看他，轻描淡写的语气："来之前，楚茵说我穿的这条裙子，是纽约时装周的新品，会在今晚的会场引起小小的轰动。然而没有，所以我在想，是因为我穿着的原因，还是因为 S 市的名媛靓女的眼光不好？"

言楚行哑然失笑："名媛就是要沉得住气，心里再嫉妒羡慕，脸上也不会表现出来。"

宋小暖认真地想一想："貌似有点道理，傻的人不多。"

言楚行笑笑："今天有主题演讲，听完就回去。"

宋小暖"哦"一声，随口问："谁做演讲？"

言楚行小心地看她："是祁岳。"

宋小暖扁一扁嘴，面无表情地继续吃东西。

言楚行和颜悦色："祁岳是这个圈子的大佬，咱们与他至少维持明面上的和平吧。"

宋小暖点头："我懂。"

言楚行和宋小暖是提前退席的，在外头的记者没有反应过来之前，顺着侦察兵纪安探测的路线，悄没声息地摸出了酒店，坐上轿车，顺利地回到家里。

宋小暖觉得精神很累："我去泡澡。"

她径自进去浴室，放好水，缓缓地投身进去。还是很舒服的，她合上眼，放松全身。

言楚行没有第一时间跟上，因为他在接电话。

严泽川找不到他，直接打电话过来："哎，好像出事情了。"

言楚行从他的声音里听出一丝凝重，原本拿了换洗衣服打算进卫浴间的，转过身去了客厅。

沙发上坐好，他慢条斯理地问："说来听听。"

严泽川有点吃不准："《今日财经》的公众号在八点半的时候，发了你和宋小暖进场的视频，但是九点多的时候删除了。本来也不是什么大事，但是我特助的女朋友在那边值夜班，他说刘荟组里的一个实习生发牢骚，说刘荟截了她一个大八卦。问她内容，她不肯说，只是说不能得罪金主爸爸。她说的金主爸爸不是你吧？"

言楚行的眉头皱了皱："我没出手。"

"难道是你爸爸？"

"他根本没出席，应该也不是他。"

严泽川"呲"一声，语重心长地说："我有不好的预感，宋小暖肯定有秘密，你要上点心啊。我担心突然炸出来，咱们接不住。"

言楚行沉默，隔一会儿他不紧不慢地说，"你去会会那个实习生，咱们花钱买那个八卦。"

严泽川愣一愣，"万一是个小P事呢？"

"无妨，防患于未然。"

"行，那我去办。"

挂断电话，严泽川转回头，兴致勃勃地去找他的好哥们儿付钧，一般来讲，他们俩臭味相投，最喜欢合起伙来干这种事情。

但是刘荟竟然先下手了，她是新闻从业人员，很清楚流言传播的不可控性，祁岳演讲的那段时间，她把摄影大哥叫来，让他给实习生买张去银川的飞机票，连夜出发，为他们的下一场西北企业大会做准备工作。

"现在刚好在风头上，小姑娘憋不住说出去就完蛋了，把她搞去银川，回来后，这件事情也消停了。"

摄像大哥觉得有道理："我马上去办。"

这头的动作很快，等严泽川和付钧接上头，再一起出发，实习生已经坐上去机场的大巴车了。

忙乎了小半夜，人不见了？

严泽川和付钧感觉到了事态的严重性，面面相觑之后，两人共同得出结论："这里头有大瓜。"

这个时间也没办法给言楚行打电话，自从宋小暖过来 S 市，他就给哥们儿放话，晚上十一点之后，除非必要否则不要打扰他。

再多问，就三个字："不方便"。

当场塞了哥们儿一嘴狗粮。

"今天晚了，搞不出花头。明天一早咱们群里喊话再分析。"严泽川的好奇心被挑得老高，都想坐飞机追去银川。

付钧没意见，哥俩儿就此分手。

星湾一号言楚行和宋小暖的卧室里，果然处于"不方便"的状态。

第二十九章

第二天是礼拜天，原本两个人都会睡懒觉。但是言楚行有心事挂着，七点多就起来，洗漱完毕，他顾不得吃早餐，上到微信群喊一喊，付钧上来应酬："昨晚没有逮到实习生，她连夜去了银川。"

言楚行怔一怔："是事先安排好的行程？"

"不是，老二特助的女朋友说，是突然布置下来的任务。"付钧意味深长，"水很深啊。"

言楚行感觉不大好，凝起眉半晌不说话。

这时候严泽川也冒头上来了，他先看了看聊天记录，然后喊话："老三，我昨天晚上想到一件事情，连夜打电话给特助查来确切消息，实习生和宋小暖同岁，来自同一个地方，搞不好她俩是同学之类的关系。"

言楚行也有想到这点："所以咱们不必关注实习生的下落，而是直接去宋小暖老家调查即可。"

他已经想好人选，纪安有去过 H 城，本身又是侦察兵出身，让他去查应该是妥妥的。顾虑在于，纪安和宋小暖的关系很好，他会不会帮她隐瞒？

"老大有关系，让他去查。"严泽川提了个人选。

杜向南被点了名，他也有顾虑："宋小暖会不高兴吧？"

言楚行迅速地权衡利弊："你找人去查吧，动静小点，不让她知道就行。我感觉不大好，万一被别人查了先爆出来，局面会很尴尬。"

杜向南想一想，发一个 OK 的表情："我去安排。"

严泽川有点犹豫："我有个猜想，不一定对啊。"

言楚行心中的疑惑由来已久，平时也有思考："嗯，说来听听。"

严泽川慢悠悠地打字："老三，你舅舅有没有去过 H 城？有没有可能他和宋小暖的妈妈……嗯，那啥啊。"

这话像是明灯，出来的光亮至少劈开了付钧眼前的迷雾。他性情偏耿直，立刻答："极有可能。"

杜向南也觉得可能性很大，但是考虑到言楚行的面子，他语调颇为淡定："猜什么猜啊，等我查来结果再说。"

这里的场子暂时散了，言楚行微蹙着眉头，又在沙发上坐一会儿，然后他站起身，回去卧房。

宋小暖还睡着，头发披散着露出一小半白皙的脸颊，言楚行静静地看，心里沉甸甸的，他觉得自己真是疏忽了，如果真是有苦衷那三年她应该也是难过并且委屈的。

宋小暖原本睡得酣沉，潜意识里有些莫名的感觉，于是她睁开了眼。惺忪中，看到言楚行站在床边，面孔沉静又温柔，正若有所思地看着她。

"你干吗？"她歪过头，懒洋洋地问。

言楚行笑笑，揭开被子坐进去，然后把她拽进怀里。

宋小暖还有些困，看天色已经大亮，把头埋进被窝，声音瓮瓮的：

"休息日多睡会儿嘛。"

言楚行手指卷着她的头发玩，语速很慢："我在想，如果我不去N城找你，咱俩是不是就真的分手了。"

宋小暖心头一酸："怎么想到说这个？"

言楚行沉吟不语，良久，他返身抱住她："我很后怕，想到这辈子再也见不到你，我会觉得做人了无生趣。"

宋小暖沉默了瞬间，也抱住他："我也一样的。"

"所以，"言楚行的声音幽沉，"你要答应我，不管发生什么样的事情，你都不能离开我。"

宋小暖扬起头，看着他的赏心悦目的面孔，莞尔一笑："好，我会努力。"

杜向南的人动作很快，只两天就有消息反馈回来，内容和实习生说得差不多。同时还说，另外也有一拨人在查这件事情，暂时不知道来路，问要不要探一探。

杜向南尚自震惊中，隔了好一会儿才回答："你别急着下结论，我认为这中间肯定有内情，你要查得再细致一些。"

"另外的那拨人需要查吗？"

"要查，需要多少费用报账过来，我马上打给你。"

"好。"那人应下来。

电话挂断，杜向南还有点回不过神来，饶是他一向沉稳，这会儿也是犯了难，这事儿可怎么和言楚行讲？

与此同时，祁岳那儿也收到了线报："事情大概就是这样，资料都发到您的邮箱里了。我认为那个小姑娘是被迫签的字，因为她妈妈那时候在医院里，生死未卜。我去医院查过，她签字的后面一天，她妈妈的医院账户上就多了两百万，当即排期做手术，把人抢救回来。"

祁岳的面色很沉，停顿片刻，他淡声道："我先看一下资料，有问题再找你。"

"好。"

那人应下。

电话挂断，祁岳立刻坐去办公桌后头，打开电脑收资料，仔仔细细地看。

他找的人有公安背景，查探的是当年的案件文档，文字部分自己打印，图文部分是翻拍。其中就有宋小暖的伤情报告和当时的照片。

祁岳没有这个心理准备，视线落到照片的那一瞬，心头猛地抽了一下。当年的宋小暖才十三岁，气质还显稚嫩，面孔乌青发肿，显得五官很模糊。受伤的地方有放大的照片，脖子、腰背、大腿……全身都有乌肿或伤痕，左手臂因为砸到桌角，有轻微骨裂。

透过屏幕，少年宋小暖圆睁着眼睛看他，眼瞳乌沉，沉静中带着倔强，还有让人心疼的绝望。

"浑蛋啊！"祁岳怒骂一声。

他心里头堵得慌，推开电脑，走去对面的沙发上躺下，一只手搁在脑后，一只手捏着眉心，闭目养神。

心绪还是激动，久久难以平静。如果不是因为看到这些资料，他真的没办法想象会凶巴巴朝着他吼的宋小暖，竟然有这么痛苦与不堪的过往。那会儿她还没成年啊，那个畜牲怎么就下得去手？

他冷冷地磨牙，满脑子都在思考怎么对等地收拾一下楚晏德。

四周暗波涌动，处于旋涡中心的宋小暖没有察觉异样。

杜向南还没有把第一手查探结果告诉言楚行，所以言楚行的心情还算平稳。看宋小暖了无生趣的样子，言楚行就要拖她出去吃饭："袁北推荐了一家日料店，口碑超好，咱们一起去吃。"

宋小暖摇头："不想吃日料。"

言楚行耐心极佳："那要不去吃火锅，重庆辣锅。"

宋小暖歪过头看他，眼神有些迟疑："不辣不革命？"

言楚行其实吃不了很辣，不过看宋小暖的样子，他也拼了："行，不辣不革命。"

宋小暖顿时高兴了："只能点一个辣锅。"

言楚行无语地点头："嗯嗯。"

他俩吃火锅的时候，杜向南把严泽川约去吃日料。

两个大男人文绉绉地喝了会儿清酒，最后还是严泽川没憋住，问："今天怎么这么有兴致？"

杜向南轻轻地叹一声："我很为难啊。"

"为难啥？"

严泽川饶有兴味地看他："你那个'心头好'回来了？你想不好要不要接纳她？想听听我的意见？"

杜向南眉头皱一皱："嗯，你说来听听。"

严泽川"哈"一声，然后义正词严道："她不把你当回事，你也别把她当回事。扔边上凉快一段时间，根据她的表现再说。"

杜向南沉思起来，良久，他举起杯子："来，走一个。"

碰一下杯，两人都是一饮而尽。

然后杜向南挑起眉，眸光略显幽沉，声音里含了些慨叹："其实我是想跟你讲宋小暖的事情。"

严泽川讶异："查出结果了？"

杜向南点点头："嗯，查出大概了。"

严泽川更加奇怪："查出来了，为啥不把老三喊过来？"

杜向南满脸的为难："因为这件事情很复杂，我现在明白宋小暖当初为什么会找齐家展过桥，离开老三了。"

严泽川的面目严肃了些："有苦衷？"

杜向南凝起眸，若有所思了会儿，摇头："她这个还真不是'苦衷'两个字可以概括。这样，我尽量客观地讲给你听，你听完了要帮我出个主意，怎么样和老三讲比较合适？"

严泽川的好奇心被他吊得老高，同时又觉得他过于严谨了："行，你好好讲，我给你出主意。"

于是杜向南开始讲，而严泽川的眼睛愈瞪愈大，讲到最后，他颤悠悠地倒一杯酒，一饮而尽。

然后轻吼一声："唉，怎么这么狗血？！"

杜向南讲完了故事，心情舒畅了些。他也倒一杯酒，不过只小小地抿一口："你说我该怎么和老三说？"

严泽川啧啧两声："确实不好讲。"

然后两人一起犯愁。

还是严泽川先说话："我不相信宋小暖会喜欢楚晏德，还和她妈妈抢？最后还导致她妈妈摔下楼。假的，不可能的事情。"

杜向南也点头："我也这么觉得，所以只能是他们威胁了她，她被迫签了那份供词。"

"是的。"

严泽川的思路流畅起来，重重地拍一记桌子，愤然道："如果真是如此，这里的坏人就是楚晏德，他真是丧尽天良啊。难怪言叔叔性情大变，不仅同意宋小暖进言家的门，还答应帮他们扫除一切障碍。他为人正直，应该是内疚想要补偿宋小暖。"

杜向南的目光幽沉了些："我有拿到当年的照片，老三看到要炸的。"

严泽川好奇："什么样的照片？给我看看。"

杜向南叹气，拿出手机拨了几下屏幕，递过去："有宋小暖签字的声明和笔录，写她身上的伤是母女对打造成的。但是我无论如何都不相信，她妈妈会下这种狠手。"

严泽川和宋小暖是校友，当初在 Z 大的时候关系也是不错。

只看一眼，他的毛也竖起来，气急败坏地说："女的哪有这种力气，肯定是楚晏德打的。老子真是小看他了，这货道德败坏啊。这么小的女孩子也不放过，这算深仇大恨了吧？难怪宋小暖要离开老三。这照片不要说老三看到，老子都看不下去，恨不得冲去扑打这贱男人！"

他气得呼呼喘气，杜向南的眉头却是皱得更紧："我就是怕老三冲动。"

"不怕。"

严泽川吃一口菜缓和一下情绪："老三再冲动智商也会挂在线上，不会贸然行事的。"

说到这儿，他拧一拧眉，若有所思地说："心里实在是不痛快，吃完饭咱们找个麻袋把他套起来狠揍一顿怎么样？"

杜向南笑笑，低下头吃一会儿菜，良久他抬起头："我对宋小暖没有你熟悉，以你的观察，她对老三是真心实意地吧？"

严泽川一愣："你怕她是来……报仇的？"

杜向南看他一眼："我不这么认为，但是防人之心不可无，抑或言叔叔也有这方面的顾虑，但他出于内疚，愿意冒这个风险。"

严泽川默了一瞬，然后淡然回答："老三只担心宋小暖不爱他，除此以外的任何情况，他都能接受。"

不得不说，严泽川对言楚行的了解是很透彻的。

三天后，杜向南在得到更多的线索之后，前往潜远大厦见了言楚行，两人在办公室里密谈了一个多小时，然后杜向南面色沉静地离开。

起初办公室里很安静，十几分钟后，林玲蓦地听到里头有重物落地的声音。她急急地过去，推门的那一瞬，又听到一记清脆的声响，然后她看到黑色新款的手机在离她不远的墙边轰然落地，瞬息破得稀里哗啦。

她愕然地抬头，看到一张阴沉的俊脸，眉目修长，鼻高唇薄，清俊中带着森寒的凛意。

"言总？"

她小心翼翼地喊一声。

言楚行瞪住她，他这会儿内心狂暴，用二十多年练就的修养竭尽全力压制着。

林玲被他看得头皮发麻，声音有些抖："我……我帮您打扫一下？"

言楚行还是不语，眉眼静得瘆人。仿佛是对峙，也不知道过了多少时间，他镇定地说："给我拿个新手机。"

林玲呼出一口气："好，我马上就来。"

她急吼吼地奔出去，只几分钟就拿了新的手机进来。言楚行站在原地，身形未变，她不敢多看，从地上捡了破手机，拔出里头的卡，插到新手机里头。

下一个镜头，言楚行坐在办公桌后头，低着头，耐心地摆弄着新手机。他的手机资料都有共享，只是需要时间来恢复。

林玲则在打扫卫生，也不知道发生了什么，一向沉静淡然的言总，竟然把桌上的东西都砸了，包括笔记本电脑。

一边打扫，她一边感慨，能把言总气成这副模样，一定和宋小暖有关系。

两人吵架了？分手了？宋小暖背叛他了？

她想得复杂，偶然扬起眸，却看到言楚行的脸上浮起了柔光，仔细看看，他好像在发微信？

这神情她也是熟悉，这是针对宋小暖的专用表情，所以，两人的感情还是一如既往的蜜里调油。

那么，刚才的狂暴又是为何？

就在林玲想破脑袋亦不知所以的时候，言楚行正在给宋小暖发微信："在干吗？"

宋小暖回得快："刚从关怀医院里出来，舅舅想喝米汤，家里的五常大米吃完了，我让纪安带我去粮油市场买，那个米熬米汤好喝。"

"嗯，路上小心点。"

"有纪安在，没啥好怕的。"

言楚行安静了会儿，然后突然冒出一句："想你了，拍张自拍照给我看看。"

宋小暖有点愣，不过他偶尔就是会提这样的要求，比一个剪刀手，拍一张鬼脸发给他，下面还附一句："是不是很漂亮啊？"

言楚行看得眼泪都要下来，点住收藏，又设为屏纸。认真地看一会儿，他回复五个字："暖暖最漂亮"。

觉得不够，停顿片刻，他尤其郑重地附上三个字："我爱你！"

第三十章

与平时差不多的时间，言楚行回到家里。

客厅开了一盏小灯，厨房和餐厅则是灯火通明。他走进去，看到宋小暖站在灶头前炒菜，她心情不错，轻轻地哼着歌，手臂弯曲，背影纤瘦又有韵味。

言楚行站住没有动，静静地看。

炒菜有声音，宋小暖并不知道言楚行就站在后面，回过头拿蒜的时候，掠到了他的身影，眸子明显地亮了亮。

她笑，眉眼灿烂："我在做红烧肉，还有黄鳝煲，你赶紧换衣服洗手，马上就可以吃。"

言楚行看她的眼神复杂，语气却很温柔："要不要我帮忙？"

宋小暖无所谓地答："洗完手过来摆筷子。"

"好。"

言楚行状似自然地往卧室走去。

宋小暖转过头继续烧菜，从背影看，她和之前一般无异，实际上，因为他在微信上写的"我爱你"三个字，带来的心灵的悸动，已经让她愉悦了一整个下午。刚才在看到他的那一瞬间，她的大脑皮层都是兴奋的，很想扑去他的怀里，好好地温存一番。

理科生宋小暖固然理性，却也只是个女人啊。唇角扬着笑意，她三下五除二地把红烧肉装到盘子里。

言楚行的动作很快，换上棉质的家居服，神清气爽地出来。

两人合作，摆好盘子筷子，又面对面坐好。宋小暖笑意融融："要不要喝点酒？"

言楚行不知道她为什么这么高兴，但是他确实很喜欢看她笑："好啊，你想喝什么酒？"

宋小暖轻盈起身："我买了米酒。"

只一会儿，她拎了一个塑料桶出来，嘴里还解释："你别看它包装简陋，却是农家自酿不掺假的，我和纪安都试喝了，四个字：醇正甘甜"。

言楚行下午受了大刺激，他这会儿的心情很简单，赴汤蹈火，拿梯子摘月亮，只要是你想的，你喜欢的，我怎么着都行。

"嗯，倒来喝喝。"他笑微微地看她，随口问，"纪安也买了？"

"买啊，我现在才知道，纪安酒量非常好，据他所言，他可以做到千杯不倒。"宋小暖一边倒，一边给他建议，"你经常要出去应酬，实在难缠的，就把纪安带去，哪个不长眼的上来灌酒，让纪安喝趴下他们。"

言楚行莞尔："好啊。"

倒好酒，两人挑了些时下有趣的话题，聊得还挺开心，言楚行心底的阴霾缓缓地淡去一些。

吃完饭，收拾干净碗筷，他抱了宋小暖去床上，该做的事情当然要做，但是更多的，是抱着她。

话也不说，就是静静地抱着。

宋小暖喝了酒，脑子微有些晕，她也不说话，静静地窝在他的怀里。

也不知道过了多久，她觉得自己快要进入梦乡，耳边传来低沉的嗓音："暖暖，咱们生个宝宝好不好？"

她略略迷糊，抬起眸看他一眼："你说真的？"

"嗯。"

言楚行小心地抚一抚她的头发，声音温柔："生一个像你这么聪明漂亮的小女孩，刚开始像个小肉团子，然后慢慢地长开，我们把她打扮得漂漂亮亮，给她做公主城堡，带她玩泡泡儿池子，只要她想，我们都会满足她，让她做这个世界上最幸福的小女孩。"

宋小暖听着，随着他的描述，脑海里出现对应的画面，很美。

但她是理科生，考虑问题比较全面："光会玩是不够的，你还得教她学习，咱们两个学霸可不能教出个不学无术的小孩。"

言楚行失声笑起："学习归你管，我就陪她玩。"

"让我做恶人？"

"也可以请人教。"

"这样？"

宋小暖像是深思熟虑，老半天才接下一句："可是我喜欢儿子，长得像你，帅满全球的那种。"

"那你是同意生宝宝了？"

"咱俩还没办酒呢，总不能大着肚子穿婚纱吧？好歹那也是我的高光时刻。"

言楚行摸摸她的肚子，幽幽地说："那咱儿子或女儿就等等，最晚三月份，再来妈妈肚子里报到。"

宋小暖被他摸得痒，笑得扭起了身体。

正闹着，手机响起来，听音乐应该是言楚行的电话响。他坐起来，从床头柜上摸到手机，屏幕上显示是亲妈楚晏贤。

几不可察地皱一皱眉，转过头关照宋小暖："我去客厅接个电话，没什么事情你先睡吧。"

他手臂扬起的时候，宋小暖有瞟到屏幕"妈妈"二字，眉头也是皱了皱，不过她立时点头："外头有点冷，你披件衣服。"

"嗯。"

言楚行点头。

走去客厅，言楚行点了接听键，那头却是言崇信，他还算镇定："你舅舅被人套了麻袋按到巷子里打了一顿，下手很狠，一条胳膊被打骨折了，还伴有内出血，正在市一医院抢救。你妈刚才心脏病发作，幸好在医院，我给她也开了个病房。你要不要过来？"

言楚行静了一瞬，答："我马上过来。"

电话挂断，言楚行回去卧室，他没有和宋小暖说楚晏德的情况："我妈心脏病犯了，我要过去看看。"

宋小暖惊一下，说不出是个什么情绪，只是呆呆地看着他。

言楚行暗自叹息，看宋小暖的反应，他基本可以肯定，当年逼她签字的人就是楚晏贤。

也正因为如此，楚晏贤才会极力反对他们俩在一起。

弯下腰，在宋小暖的额头亲一下，声音柔和："你继续睡，我去看看，没有大碍的话，很快就会回来。"

宋小暖略显慌乱，为了不让他看到表情，下意识地抱住他的脖子，声音很沉："路上当心点。"

去医院的路上，言楚行给杜向南打电话："楚晏德一个小时前被人套了麻袋按到巷子打得很惨，你说有人在我们之前去 H 城做调查，但是你这边没能查出来路。你觉得会是那人下的手？"

杜向南听得眉毛挑一挑："老二那天说要这么弄的，不会是他吧？"

"不会，他若下手会跟我说的。"

"你要我查？"

"嗯，楚晏德被打肯定会立案，你找人跟一跟，挑挑线索，我想知道是谁？"

杜向南"哦"一声，他脑子也是严密，立时提出另一个线索："之前那个实习生突然被调去银川，我猜刘荟应该知道内情。"

"刘荟和泽川关系尚可，让他去探一探。我妈妈心脏病犯了，我现在赶去医院，你这边有线索打电话给我。"

"行。"

杜向南没有多说，转手给严泽川打电话。

医院里很安静，楚晏贤因为过于激动，医生怕她心脏负荷不住再次发病，给她打了一针镇静剂，所以言楚行到的时候，她已经昏昏睡着了。

言崇信满面愁容地坐在病床前，看到儿子进来，他颇为内疚地说："你妈以前体检都说身体很好，我就没当回事。这次突发心脏病，我真是吓坏了。"

言楚行拿了凳子坐到病床的另一边，眉头微微皱起，没有说话。

言崇信轻轻叹一声："你知道了？"

"嗯。"

他点头。

言崇信顿了顿："你舅舅确实浑蛋，但是这次你把他揍成这样，救回来的话，就两两抵平吧。再搞下去，你妈会受不了的。"

言楚行抿紧了唇，隔了好一会儿才说："不是我干的。"

"不是？"言崇信狐疑地看他，"除了你，还有谁会替宋小暖出头？"

言楚行淡然地摇头："我还不知道，不过这顿打如果真的如你们说的那么严重，那么我认了，但我不会认他这个舅舅，以后他做错事情，我也不会放过他。"

言崇信心头有一丝喟叹，看他片刻："你可以做，但是不要太张扬，你还是要考虑你妈妈的情绪。"

言楚行看一会儿楚晏贤，毕竟是亲妈，他的眸中还是有不忍，低下头，"我知道了。"

言崇信知道儿子倔强，这件事情一时半会儿是解决不了的。他没办法强求，叹一口气，他站起身："我去手术室那儿看看，茵茵等在那儿，她和宋小暖的事情没关系，你别记恨她。"

言楚行掠他一眼，没好气地说："宋小暖要是迁怒的话，根本不会搭理我。另外，宋小暖和茵茵的关系也很好。"

他的意思很明白，宋小暖不干迁怒人的事情，他也不会干。

言崇信听得懂，连连点头："行行，你们都是高风亮节。"

从医院回来，已经是后半夜了。

宋小暖睡得不太安稳，感觉到边上有声音，迷迷糊糊地掀开一条眼缝："回来了。"

言楚行"嗯"一声，小心地掀开被子钻进去。

现在是深秋时分，外头有点凉，连带着他的身上也有点冷。宋小暖悄咪咪地缩一缩脖子，身体却靠过去。

"你妈怎么样？"她问。

"没啥事，明天就可以出院。"他抱住她，脑子里是楚晏德被绷带包了全身的惨样，这种事情瞒不住，于是他也说，"我舅舅被人打了一顿。"

宋小暖原本有些迷糊，听到这一句，脑子里像是闪了灵光，一下子清醒了，但是她没有问，身体窝进他的怀里。

言楚行不想让她起疑心，声音很淡："也不知道他得罪了什么人，被人用麻袋套住狠揍了一顿。皮外伤就不用讲了，面孔肿得像个猪头。另外左手臂骨折，胸口断了两根肋骨，其中一根戳到了肺，紧急抢救两个多小时，才算保住命。这一回他吃足苦头了，起码要在床上躺三个月。"

宋小暖轻轻地"哦"一声，隔了好久才说："你妈就是因为这个，才心脏病发作的吧。"

"嗯。"言楚行低下头，语气还是淡，"我舅舅不是什么好人，一辈子干了很多缺德事，有人找他报仇也是正常，我妈得接受这个事实。"

宋小暖拧一拧眉："抓到打他的人了吗？"

"打人的是行家，找的是没有监控的盲区，没有监控，也没有目击证人，这种案子很难破的。"

宋小暖像是舒一口气，然后她打个哈欠，轻声道："我很困，睡了。"

言楚行给她调整一个舒服的睡姿，又抚一下她的头发，温柔地说："嗯，我也睡了。"

不是什么光彩的事情，言崇信第一时间封锁了这个消息，所以 S 市算是风平浪静。

晚上饭局，大包厢里遇到许久未见的祁岳，两人还团团圆圆地打了招呼。坐下来，刚好挨着，酒过三巡，祁岳悄咪咪地问他："听说你小舅子被人狠揍了一顿，伤情怎么样？"

言崇信诧异，心道消息这么灵通，这都能知道？

脸上摆出些苦意，话语却是说得轻描淡写："我这个小舅子，年纪这么大了，还一天到晚地在外头闯祸，被人揍一顿也好，说不定以后会消停点。"

祁岳点点头，然后又问："贵夫人一直宠着这个弟弟，这回肯罢休？"

言崇信皱眉头，觉得你问得是不是多了点？

"不肯罢休又能怎么样？也不知道小舅子招惹了哪尊大神，找来的人都是专业的，警察也查不到。算了，就当吃一堑长一智了。"

答完这一句，他不想继续这个话题了，于是挖一个祁岳的新闻："听说你打算出售澳洲的产业？"

祁岳笑着点头："言董消息很灵通啊。"

言崇信不动声色，心道老子知道你很多事情呢，你要揭我的短，我也有大把的刺可以拔。

然后话题转到商业上头，都是老奸巨猾的商业大鳄，一来二去聊得也是投机。

楚晏德的伤势很重，老婆对他爱答不理的，送回家肯定不会好好照顾。楚晏贤找了关系，索性把他送去了 S 市最好的那个关怀医院，和宋寅初做了病友。

当然，两个病区隔得挺远，一时半会是碰不到的。

言楚行不打算认楚晏德这个舅舅，就没关心这件事情，之后他得了准确的消息。是严泽川通知的他。

声音犹豫："老三，这事儿古怪啊。"

"什么事？"

"刘荟回来了，我和老四一起请她吃饭，中间拿话套了套她。她相当警觉，于是我们就加油灌她酒，把她搞到七八分醉意，套出来的结果，让哥们儿很吃惊啊。"

言楚行听得不耐烦："直接说答案。"

严泽川舔一舔唇："是祁岳。"

*

表面上看，一切风平浪静了。

因为言楚行的刻意隐瞒，宋小暖并不知道她的秘密已经大白于天下了。

言家事情挺多的，好在今年宋小暖在 S 市，不需要奔波，言楚行的心情格外平顺。

言楚行扔了一本婚纱册给她："好好挑，喜欢哪一套我就去订。"

宋小暖美滋滋地："好啊。"

她自己泡一杯咖啡，然后盘起腿坐在客厅的沙发上，窗外依旧是一片璀璨，屋里却有岁月静好的感觉。

深深地吸一口气，心头暖暖甜甜，生活真的开始善意对她了。

过了几天，言楚行又拿了很多结婚的议程给她看，让她挑自己喜欢的出来，然后他会安排。

东南亚的小岛真是漂亮啊，她仔细地看，脑海有对应的画面：

夕阳西下，火烧云漫了一半的天，霞光从云缝里落下来，蓝色的海面上波光粼粼。穿着白色婚纱的她和深色西装的言楚行，手挽着手，并肩漫步于沙滩。海风吹来，白纱轻轻浮动，他低下头，在她的额角落下一吻。

太美了啊，这个时候她觉得自己就是一个幸福的小女人。

日子过得温馨又平和。

宋小暖和卢源约午饭，饭店是他选的，在金融 CBD 的银牛大厦二楼,他说他感觉这儿财气旺盛,多过来走走,可以帮助提高气运。

宋小暖当然不信这些,但是主随客便,你爱咋样就咋样。

然后就遇到了熟人。

刚刚点完菜,祁岳推门而入,而且朝宋小暖的方向走过来。他是在外头看到她,专程进来打招呼的。

宋小暖也看到他,忍不住瞪一眼卢源,选的什么破地方,让她遇到不想见的人。

卢源却是惊喜万分,祁岳是他的师祖啊,平时可不容易见到。殷勤地站起身,还把边上的椅子拉出来:"您吃了吗?要不要一起?"

宋小暖听得眼冒金星,心道今天是我请客,你随便加客人算个什么事?

祁岳不客气地坐下:"好啊。"

卢源兴奋,转过头叫服务员再上菜单,一边和宋小暖报备:"今天我请客啊,想吃什么继续点。"

宋小暖无语:"你点吧。"

卢源在边上忙,祁岳则淡悠悠地看着宋小暖:"有段时间没见了,你气色不错。"

宋小暖坐直腰杆,也是淡淡的口吻:"你的气色也不错。"

祁岳不知道自己是什么样的心态,很喜欢看她这副傲娇又别扭的模样,拢一拢大衣前襟,他慢条斯理地说:"听说你要结婚了?"

宋小暖挑一挑眉:"我已经结婚了。"

祁岳讶异,不过他很快反应过来:"你说的是领结婚证,我指的是办酒。言董说你们会去东南亚的小岛办婚礼。"

宋小暖发现他什么都知道,冷淡地看他一眼:"初步定在四月份。"

祁岳"哦"一声,然后煞有其事地拿出手机:"上旬还是下旬?我把时段留空出来。"

宋小暖沉默了,心道我有说过请你吗?

一边的卢源却是接得快:"日子已经定了,四月二十日。"

"哦,好。"

祁岳在记事本上做了标记,一边还说:"我在东南亚有投资,有需要的话,我可以帮忙。"

宋小暖的一颗心差点被冻住,声音很淡:"言楚行会处理。"

祁岳不在意她的态度，接过卢源递过来的茶水，抿一口，然后说："我和你妈是老街坊，算是你娘家的人，所以我给你备了一份嫁妆，东西不多，聊表寸心。"

宋小暖喉咙口像是梗住，盯住他半晌没说话。

卢源觉得气氛尴尬，在边上打哈哈："祁董真是有心了。"

祁岳也是笑，声音柔和："过几天我会让人拿给你。"

宋小暖安静片刻，漆黑的眸子落在他的脸上，几个呼吸之后，她终于开口："那我就笑纳了。"

第三十一章

第二天，祁岳就让人把嫁妆拿过来。

因为宋小暖基本待在家里，他不知道地址，就直接拿给言楚行了，让他转交给宋小暖。

是一个小箱子，包装得很漂亮。

"他还给我打电话，说这份嫁妆是经过你同意的。"言楚行比较好奇，就宋小暖这个油盐不进的倔驴脾气，怎么肯收祁岳的东西？

宋小暖正在炒菜，很随意地答："他说他是我妈的老街坊，代表我娘家人送我嫁妆。我想他钱多多，愿意做慈善就成全他。"

这个回答明显不走心，不过言楚行也不在意："其实也无所谓，他送多少，咱们以后还礼回去好了。"

"嗯。"

宋小暖随口应下，然后说："你看看他送了什么？"

"你的嫁妆，你自己拆。"

"行，吃完饭一起拆。"

两人都不在意，乐哉哉地吃完饭，洗碗收拾，把这事儿给忘了。一直到上床睡觉，言楚行才想起来，起身去外头把那个箱子抱进来，摆到宋小暖面前。

"拆开看看。"

宋小暖有点困，眯起眼漫不经心地说："这箱子还挺别致的。"

"是港货，香港的有钱人喜欢拿这种箱子装玉。"

"玉啊？"宋小暖明显兴致不高，一边拆，一边叨叨，"那是有钱人的玩意儿，又贵又不实用。"

言楚行低着头看她，嘴角有些笑意："你不是有钱人？"

"不是。"宋小暖颇为正经地瞥他一眼，"我是暴发户。"

箱子里果然有玉。有半个手掌那么大，略厚，呈水滴的形状，翠绿莹润，却又清亮似冰。宋小暖看得眼睛一亮，忍不住握一握它，手感很奇特，似乎有些暖暖的。

言楚行识货，轻轻地笑："他出手很大方哦。"

宋小暖也觉得这是个好货，抿着唇不语。

然而箱子里还有东西，压在正下方，是两份购房协议，一个是位于S市中心位置的三百平方的商铺，另一个是商铺附近的平层豪宅，名字都写的宋小暖，全款付清，证件齐全，只需要她拿身份证去办理房产证即可。

这块玉值多少钱宋小暖不清楚，这两处房产的价值却是估得出来的。

她有点无语，隔了好一会儿才讪讪地说："对普通人来讲，确实挺多钱的，不过对他来说，九牛一毛吧。"

言楚行笑笑："用九牛一毛来形容的话，那他貌似也没这么多钱。不过没事，你老公还得起这份礼。"

"那就好。"

宋小暖装模作样地拍拍胸："不然我晚上睡不着了。"

而那晚，宋小暖真的失眠了。脑子里也不知道在想什么，就觉得心里某个空洞像是混进了杂质，搅和来搅和去的，让她很难受。

很小的时候，她就知道自己没有父亲。虽然宋美娜嫁过一个包工头，但那是个人渣，在她出生之前，就和宋美娜离婚了。

她没有尝过父亲的滋味，不知道那是一种什么样的感觉。

只隐约记得，自己在很小的时候是有过期待的，期望父亲能够从天而降，把她和妈妈救出那片苦海。

可他老也不来，所以就绝望了，然后便不再期待。

她的眼眶酸疼，忍不住翻过身，抱住言楚行的腰身。可能动作大了些，把他给弄醒了。

"怎么了？"声音有些迷糊。

宋小暖往他怀里钻，声音很轻："你会对咱们的女儿好的吧？"

言楚行怔了怔，不过立刻答："当然，我自己的女儿肯定是宝贝得不得了。不过……"

他低下头，在她额头温柔地印一个吻："你在我心目中，始终是排第一位的。"

宋小暖有点哭笑不得，这下完了，在他的心目中，她是那种会和女儿争宠的人了。

四月，正是春光大好的日子。

S市富豪圈子里各种名目的活动特别多。

地产界大佬叶培持的二儿子迎娶演艺圈流量小花。言楚行和宋小暖获邀参加。

阵势很大，酒店外长枪短炮架了长长一溜。叶家为这场大宴准备了大半年，光安保一项的开支就超过七位数。

宋小暖还是头一回见到这么壮观的场景，挽紧言楚行的手臂，小心翼翼地往前走。叶家有专人护送，从一片耀目的闪光灯下过去，感觉自己也成了明星。

她心有余悸："咱们不会这样吧？"

言楚行低下头，笑微微地看她："咱们又不是明星，不会有这么多记者的。"

宋小暖松一口气："那就好。"

说话间，两人已经步入内场。

然后宋小暖又是愣怔，这么多酒桌？这一部分言楚行就抱歉了："咱们的第二场喜宴的桌数不会比今晚少。"

宋小暖摁了摁额头，用她的理科脑子估算了一番："这儿有一百五十桌？"

"差不多。"

言楚行淡定地说："还有二楼和三楼，估计会超过四百桌。"

宋小暖一个激灵："每一桌都要敬酒？"

"那肯定忙不过来，主要的几桌敬一下吧。"言楚行做过付钧的伴郎，大概的流程是知道的，"你不用管这么多，到时候会有人带的。"

宋小暖心里头还是慌，但是想想这些都是公爹的面子，就决定忍，而且要好好表现，不让公爹丢脸。

桌数多，几乎把 S 市的商界达人一网打尽了。

宋小暖站在言楚行的身边，和不知道多少人点头微笑，感觉脸都笑僵了。

果然也看到了祁岳，不知道怎么回事，他居然被安排在他们这一桌，这会儿正和言崇信聊着什么。

楚晏贤姿态端仪地坐在边上。

过来之时，宋小暖就知道会和楚晏贤打照面，已经做了万全的心理准备。但是真正遇到，心情还是有些复杂，身体也有些不由自主地僵硬。

言楚行很敏感，手臂挽住她的腰，手掌安抚地拍两下，示意她不要紧张。

言崇信也看出她的不适，大咧咧地朝他们挥一挥手："咱们都到了十几分钟了，你们怎么才来？"

"堵车。"言楚行淡定地答，然后朝祁岳点点头，"祁董也来了。"

祁岳也是笑，目光落在宋小暖的脸上，"我这个月很忙啊，一共要喝五场喜酒，不过最期待你们这场啊。"

说到这儿，言崇信转过头，半开玩笑地说："听说你给宋小暖送了嫁妆，搞了我一个猝不及防啊，我是不是应该给你补一份彩礼？"

祁岳哈哈笑："有彩礼也是给宋小暖的，你愿意给就给，我不介意再给她一份。"

言崇信也是笑："行啊，容我琢磨一下，给多少彩礼合适。"

说笑间，言楚行带宋小暖坐下。

没说几句话，酒宴就开始了。这一对也是别的地方办完了婚礼仪式，今天纯办酒席的。所以，直接就开吃了。

楚晏贤一直没怎么说话，保持淑女的姿态，温雅地吃着东西。宋小暖好一点，言楚行不时地照顾她，两人也会窃窃私语，场面并不冷清。

祁岳笑吟吟地看，觉得这一对真是挺般配的。

酒过三巡，宴席的气氛便起来了，不时地有认识的人相互走动。

言崇信和祁岳都是商界大佬，所以过来这边的人尤其多，宋小暖一次又一次地被介绍，她保持微笑，保持礼仪，这顿饭吃得真是够累的。

终于接近尾声。

她舒一口气，悄悄地问言楚行："咱们可以早退吗？"

言楚行知道她不耐烦，但是今天这种场合，先父母离去不太礼貌。无奈地抿一抿唇："马上就好了，再忍忍。"

宋小暖明白他的意思，低下头没再说话。

这时候，祁岳这边来了个不速之客，个子不高，微胖，年纪看着有五十几岁，他像是喝过酒，面孔有点红。

他直呼其名："祁岳。"

满桌子的人都有一瞬的诧异，以祁岳现今的江湖地位，一般的人过来都会尊称他一声祁董，很少有人会直呼其名。

而祁岳似乎不认识他，眯一眯眼，迟疑地问："您……哪位？"

那人笑起来，手指点着他："你看看你，差点把我捅上西天，竟然都不记得了。我可是把你记得清清楚楚，一眼就认出你了。"

祁岳略有所悟："你是林豹？"

"对喽。"林豹手里还拿着杯子，摆到桌上，声音很猛，"倒满，你一定要陪我喝一杯。"

祁岳点点头，果然起身倒酒："当初年少轻狂，这杯酒该喝。"

一饮而尽，林豹使劲地在他肩上拍一记："咱们俩啊，多亏了你那个小情人，要不是她，我当时就死了，而你啊，就得给我赔命，就不会有现如今的大好局面。"

祁岳明显怔住，手指微微抖一抖："怎么讲？"

林豹直起眼，不可置信地看着他："你居然不知道？当年你捅我的那刀可不轻啊，ICU 里吊着命，要老鼻子的钱呢。咱妈都想放弃了，后来是你那个小情人找了个有钱的包工头过来，付了医药费，才把我从鬼门关里救出来。我妈说，那个包工头一听要那么多钱，当时也想走，你那个小情人跪地上给他磕头，说嫁给他一辈子给他做牛做马什么的，那个包工头才掏的钱。"

林豹的声音并不是很响，落在宋小暖的耳朵里却是嗡嗡作响，她不知道那段过往，如今听来却有心如刀绞的感觉。

她扬起头，眸中泪光涌动，看向祁岳的目光阴沉又冷厉。

就是这个人，害了宋美娜的一生，而他却浑然不知，左拥右抱，过着他的潇洒又完美的生活。

祁岳震惊，心底的一块坚固的顽石轰然崩裂。

原来宋美娜是为了救他，才嫁了那个包工头？！

心神俱乱，他不知所措地看向宋小暖，又被她眸中的那股寒凉激得打了一个冷战。

从婚宴现场回来，宋小暖就很沉默。

言楚行隐约知道祁岳和宋美娜有过一段过往，所以他大概猜出林豹口中的祁岳的小情人就是宋美娜。

后半夜，宋小暖辗转难眠，想到宋美娜的悲剧的一生，眼泪汩汩而下。

言楚行从后头抱住她，声音很轻："都过去了。"

"不，在我心里永远都过不去。"宋小暖大声地说，而且她气愤难平，"明天你把那个箱子给他送回去，你让他滚，我不要他的东西。"

言楚行叹气："你妈肯定爱死他了。"

宋小暖又是泪崩："她傻得要命，一辈子就为了这一个男人而活，但是他根本就不在乎她。"

言楚行心里头也是酸楚，丈母娘确实是个傻女人，也难怪宋小暖要恨祁岳。同为男人，他也觉得祁岳太不像话了。

消沉了一个晚上，第二天，宋小暖叫了纪安陪她去陵园看宋美娜。

四月份春雨潇潇，与她的心境极其契合。心里抑郁又憋屈，一路上，她和纪安说了很多宋美娜的往事。

"她很漂亮，是那条街上的街花，有很多男孩子喜欢她，但她傻子一个，发疯一样地喜欢祁岳。我舅舅说她两三岁开始，就跟在祁岳的屁股后头转，稍微大点就嚷嚷着要嫁给他。为了祁岳她什么事情都愿意做，后来再次遇到他，她高兴得又傻了，每回跟我打电话，都说她觉得自己在做梦一样。但是祁岳根本不把她放在心里，顾自去了澳洲，连个联络方式都不给她。她费了好大的力气查到地址，又人生地不熟地飞去那边找他，最后才出了意外。她去之前，来 Z 大找过我，满脸的兴奋，说要找到他，给他一个天大的惊喜。"

宋小暖半仰了头，泪眼蒙眬："如果我可以穿越回到过去，我一定会拦住那个傻女人，不要和那个浑蛋交往，他不值得。"

哪怕她不能降生在这个世界。

纪安不知道该怎么安慰她，不过他知道有些情绪发泄出来比较好，所以只是默默地听。

边郊的空气很好，带了点青草气味。

在墓地待了一个多小时，宋小暖的心绪渐渐平静下来。

宋小暖对着宋美娜的照片挥挥手："现在有舅舅陪你，你应该不寂寞了，我过段时间会来看你，你有事情就给我托梦。记住，不要给祁岳说好话，我是不会搭理他的。"

话音刚落，后头传来声音："你可以一直恨我，但是我会替你妈妈照顾你的。"

宋小暖吓一跳，转过头去看。

祁岳竟然站在身后。

一个晚上不见，他的精神气质明显走了下坡路，可能是晚上没睡，眼眶下有两个老大的黑眼圈，额角的皱纹也很明显。

他撑着黑伞，周身上下，统一的黑色，肃穆的同时也显得有点丧。

宋小暖冷下脸："你怎么知道这里？"

祁岳垂下眼，看着墓碑上的宋美娜的照片，言不对题："你妈妈年轻的时候，是真的漂亮。"

他想说生命力旺盛，想到她长眠于此，话语哽在喉口，无论如何都说不下去。

宋小暖长久地审视他，最后又是冷笑："你怎么有脸来看她？你说你从牢里出来去找过她，看到我坐在门口，明明她已经从屋里出来，你为什么走了？你怎么都不肯听一听她的解释？后来你大发慈悲从凤双秀那儿救了她，把她带去 B 市，每个月拿钱养着她。你觉得你情操高尚，对她仁至义尽，所以足够了是吧？你忘记她跟你青梅竹马，从两三岁开始，一颗心就全都扑在你身上。你也忘记了你答应带她去 H 市的 Z 大，那里有你心心念念要读的物理系。你都忘记了，但是她都记得。你知道我一个省级的高考理科状元，为什么不去清北，却去了 Z 大物理系？她说那里是她这辈子最大的遗憾，H 城、Z 大、物理系，你给她这个梦，却没有带她做完。"

宋小暖说得激动，眼泪不由自主地飞溅出来："你欠她很多，但她不在乎，她一心一意只想你能看她一眼。但她现在已经死了，看不看也无所谓了。另外，我不用你照顾，因为我很小的时候就知道凡事要靠自己，也只能靠自己。"

说完这些话，她愤然离去。

一路下去，直到坐进车里，宋小暖还是心绪难平的样子。

纪安递了面纸给她："祁岳被你说得都站不稳了，你台阶没走完，他就蹲在地上哇哇大哭了。"

"真的？"

宋小暖斜过眼看他："你不是走在我后头嘛，还能看这么清楚？"

"你不想想我是干什么出身的。"纪安笑微微地看她，"别伤心了，你刚才的那些话，使劲地戳了祁岳的心窝子，他要是个有良心的，得难受好久呢，什么仇都报了。他要是个没良心的，你也没必要跟他较劲。"

宋小暖擦干净眼泪，又抽一记鼻子："你还挺会安慰人的。"

纪安挑起眉："我有律师证的，知道什么时候该说什么话。另外啊，我一直觉得祁岳挺厉害的，风流倜傥，做事也是一派潇洒，还是头一回看他这么狼狈。"

然后他若有所思地说："我一直觉得你和他挺像的。"

宋小暖顿时耸起眼："别瞎说，开车了。"

纪安笑笑，转过头专心开车。

第三十二章

回到家里，宋小暖先是泡一个澡，然后就拥被大睡。睡梦正酣的时候，边上多了个人，熟门熟路地抱住她，一起睡。

梦里有泪，把枕巾都给哭湿了。

言楚行直起身看她，心疼不已。

这一睡直接睡去了半夜，睁开眼窗外黑洞洞的，脑子有瞬间的短路，她搞不清楚今夕是何年。

幸好言楚行进来了，还是玉树临风的气派，眸底有宠溺："我做了你喜欢吃的面，还有葱花饼。"

宋小暖顿觉饥肠辘辘，娇气地张开手臂："抱起来。"

正好言楚行也喜欢干这事，弯下腰，轻松地抱她起来，还问她："要不要抱到外面？"

宋小暖嘿嘿地笑："要。"

于是言楚行任劳任怨地抱起她，再小心翼翼地把她放到椅子上坐好："等着，我给你拿吃的。"

他走去厨房，宋小暖安心地坐着，等着他把美食端到面前。

他递给她筷子，不等她拿到手又缩回去，像是认真："要不要我喂你？"

宋小暖失声笑起："行了行了，我自己吃。"

葱花饼和面是宋小暖在老家经常吃的东西，言楚行做得地道，能让她吃出家乡的味道。

虽然她并不怀念那地方，但是对食物还是有感情的。

慢悠悠地吃一会儿面，她抬起头："我感觉好多了，宋美娜看我现在这样，应该会很高兴。"

言楚行点头，表示赞同。

喝一口面汤，宋小暖补一句："记得把箱子送回去。"

风平浪静了。

有言崇信的力挺，鲜少有人再讲宋小暖的风言风语。

楚晏贤也是一派平和，她现在已经想通了，儿子是真的喜欢宋小暖，她再闹下去，会把情分闹掉的，而且也达不到目的。

而且，弟弟最近挺老实的，普通的吃喝玩乐还是有，偶尔也会叫穷，只要她打钱过去也就安静了。她也问过言崇信，回答说他派了专人看管，一丝不苟，容不得他搞半点猫腻。

还强调，若他再犯错，儿子决不会放过他。

楚晏贤说不出是什么滋味，现在这样算亡羊补牢？她也感慨，若是早这么管，是不是就不会出那么多事情呢？

心态摆正了，再去看宋小暖，她感到内疚。

于是她拿了一套祖母绿的首饰给言楚行，说是言家传下来给媳妇的，让他拿给宋小暖。

言楚行挺高兴的，夹在妈妈和媳妇中间做人是很难的。现在一方主动示好，他就可以轻松点。

宋小暖看着这套首饰有点咋舌："很贵的吧？"

言楚行乐哉哉的样子："都说是给媳妇的，以后要传下去的。"

宋小暖顿觉压力："万一生女儿呢？"

"那就给女儿呗。"言楚行小心地摸她肚子，"有了没？"

宋小暖傻乎乎地摇头："不知道啊，不过我买了验孕棒，说晨尿比较准，明天早上验一下看看。"

言楚行默默地想一想："你例假晚三天了。"

"是啊，所以我才去买验孕棒的。"

"买了几根？"

"一根，干吗？"

"多重要的事情，你怎么才买一根。把这根先验了，一会儿咱们出去逛街，多买几根明天早上验。"

宋小暖被言楚行推去厕所，过一会儿，她拿了验孕棒出来，声音颇为轻松："一条线。"

言楚行皱起眉："我这么卖力，居然没中？可能确实要验晨尿。"

于是两人进卧室换衣服，然后手牵手打算出门。

走到门前，言楚行像是想到了什么，转过头问："刚才那根验孕棒放哪儿了？"

"搁卫浴台子上了。"

言楚行折回头："说明书上说需要时间，我再去看看。"

再出来的时候，他的神情有些高深莫测，淡淡地说一个字："走。"

宋小暖侧过头看他："出现第二条线了吗？"

言楚行语焉不详地"嗯"一声，又小心翼翼地摸一下她的肚子："咱家儿子或女儿已经驾临了，咱们要小心点。"

"真的？"

宋小暖下意识地捂住口："这么快就怀上了？"

言楚行无语地看她："不相信你老公的实力？"

宋小暖虽然有思想准备，还是觉得手足无措，走路也不敢走了，扯住言楚行的袖子："我不知道该怎么办了。"

言楚行没想到她会这样："要不要我抱你？"

宋小暖的理科生脑子开始发挥作用："怀孕有九个多月，不可能一直都是你抱的，我觉得我应该自己走。"

这话太对了。

没等言楚行说话，宋小暖突然眼泪汪汪，抱住他的腰哭起来，而且越哭越大声。

言楚行被她搞得慌，急急地问："怎么了？"

老半天，宋小暖才抬起头，脸上被眼泪模糊了一片："我想我妈妈了。"

第二天，为保险起见，言楚行带宋小暖去医院验血，确定是真的怀孕了，而且医生说宋小暖的身体很好，胎儿很稳。

他乐得合不拢嘴。

消息传去言宅，楚晏贤立时也激动了，但她终究放不下这张老脸，只是准备了一些孕补的食品，让周管家送过去。

另外她又跟言崇信唠叨了一通，对于十天后的东南亚之行提了建议："要请一个孕产方面的专家医生跟着，那边也要做好准备，不能让她太劳累。三个月以内是危险期，要非常注意。"

言崇信也是开心得不得了，张口就说："儿子可以啊，这么早就让咱们做爷爷奶奶。"

楚晏贤强调："安全是第一要务。"

"知道知道。"

言崇信转手给言楚行打电话："跟你老婆说，放她账上的钱不用给我了，奖励给她了。"

言楚行转述给宋小暖："你发达了。"

宋小暖无语，那可不是一笔小钱啊，公爹这个有钱人真是豪爽。闷闷地说："他这样我很没有成就感。"

言楚行不以为然："这笔先赚了，等宝宝生了，再让他打钱过来，你再去赚成就感。"

宋小暖彻底无语。

相比言家的歌舞升平，祁岳那头一直都是低气压。

送出去的嫁妆被送回来了，搁在桌上，看着让人伤感。他严重失眠，每天啥事都不做，抱一个酒瓶子喝酒发呆。

哥哥祁巍来看过他几回，什么样的话都说了，没啥用。最后他只能给丰昀陌打电话，简单地讲了祁岳的情况，希望他能回来劝一劝。

丰昀陌没想到事情会这么复杂，正好宋小暖的婚礼将至，他又厚着脸皮要卢源向她讨一份东南亚小岛的请柬。

他想去观礼。

两件事情并在一起，他提前结束英国的工作，飞回 S 市。

卢源来机场接他，这两人的性格迥异，投资风格却是趋同，都是既能静得下来，又狠得下手，有点惺惺相惜的情谊。

上车后，卢源这个话多的先说："祁董最近状态极差。"

丰昀陌有心理准备："怎么个差法？"

卢源啧啧摇头："简单讲是消沉，复杂点讲是失去奋斗目标与人生理想。"

丰昀陌皱一皱眉："他这辈子什么样的风浪没见过，心情不好而已，消沉一段时间，慢慢会好的。"

卢源还是摇头："不乐观。"

丰昀陌沉默片刻，然后他扬起头，问："宋小暖怎么样？"

说到这个，卢源的眼睛立刻就亮了，并且开始滔滔不绝："我昨天刚刚见过她，她现在真是愈来愈漂亮了，皮肤透亮，眸眼精神得很。她还是那个狗脾气，小嘴又是伶俐得很，每回跟她聊天都是痛并快乐着。要说她的投资能力是真的强，言楚行有好大一笔钱在她手上，前段时间她让我观摩了一场决战，前期准备充分，反应速度灵敏，进出决断凌厉，初生牛犊不怕虎，狠起来能要人命。我觉得她的风格和祁董很像。"

"你也有这个感觉？"丰昀陌饶有兴味地问。

"对啊。最近我在看祁董做过的几个案例，中间曾向她请教，她如数家珍。我觉得她很早就开始研究祁董的战法。"卢源说。

丰昀陌点头："我也这么觉得。"

话头说到这里，卢源忍不住试探："您知道祁董和宋小暖妈妈那档子事情吗？"

他自称宋小暖的娘家人，平时和纪安走得近，算大半个知情人。

丰昀陌有从祁巍那儿听个大概，此时扬起眸，若有所思地问："你是指他们的老乡关系？"

"不只老乡的关系吧，两人青梅竹马一起长大的，后来……咳，反正是祁董负了宋小暖的妈妈。"

丰昀陌抿起唇，若有所思地看他："你知道得挺多呀。"

卢源昂一昂头："我是娘家人，当然得知道。"

丰昀陌微笑："那交给你一个任务。"

"啥？"

"去宋小暖那儿给祁董说好话。"

卢源连忙摇头："她多聪明啊，只要我露出点小尾巴，她立刻能拿东西砸我，还会骂我资本家为了钱什么话都肯说。"

"你说过了？"

"说过了，铩羽而归。"卢源说得坦白，"不能怪宋小暖恨他，祁董这事儿确实做得不地道。"

丰昀陌默默点头，之前他以为宋小暖对祁岳的恨有点莫名其妙，现在算是真相大白。

这时，车子已经开到祁岳的办公大楼，他看一眼卢源："我先上去看看，实在不行我和宋小暖聊聊，你能不能帮忙安排一下？"

卢源顿感为难，踌躇片刻："我先去探探口风。"

办公室里很安静，搁平时，祁岳应该坐在几个电脑屏前看行情，但是这会儿他胡子拉碴，没精打采地躺在沙发上。

听到开门的声音，他颇不耐烦地说："不是说不要吵我吗？"

丰昀陌有心理准备，默不作声地拉过一张转椅，坐到他边上。

感觉不对，祁岳吃力地侧过头，看一眼，然后精神又松垮下去："你怎么来了？"

丰昀陌微笑："您大哥叫我来的。"

祁岳合上眼，漫不经心地说："来了也没用，我心情不好，什么事情都不想做。"

丰昀陌没见过他这么孩子气的表现，调侃着说："你放弃抵抗，行业内的妖魔鬼怪都要现身了。"

"随他们玩，反正钱是赚不完的。"

"你要对投资者负责。"

"嘉华他们不是在做？"祁岳不以为然的样子，"长江后浪推前浪，我老了，可以退休了。"

丰昀陌抿紧嘴，若有所思地看他。

祁岳也不在乎，依旧合着眼："我的事情你应该听说了，你说宋美娜为什么这么傻，她又不是没机会说，为什么不告诉我？"

丰昀陌迟疑，隔了好一会儿才答："我不是女人，不知道她们的想法，有机会我帮你问问宋小暖。"

祁岳突地转过身，眼睛里掠起些亮光："你能和宋小暖说上话，你再帮我问问，怎么样她才肯原谅我？"

丰昀陌皱起眉头："她肯定说，需要原谅你的是宋美娜，不是她。"

"可是宋美娜已经死了。"

祁岳又萎了，声音里甚至有些哽咽："我这几天老是梦见她，从小时候带着她玩开始，读书的时候，她为我爬围墙，我为她打架。她经常说，哥，你别跑得这么快。哥，你长得真好看。哥，我听你的。她笑起来特别灿烂，声音像银铃一样，传得老远老远。那会儿我们多快活啊，我以为我早就忘了，其实全在我脑子里，之前是封存了，现在跳出来了。"

祁岳说得眼泪纵横，随便抹一把，坐起身拿了酒杯，又要倒酒。

丰昀陌没有拦他，只是静静地看他："你觉得她为什么去澳洲找你？明显那会儿你对她的态度一般，财务每个月都会给她打钱，我不觉得她有什么特别的理由，非去找你不可。"

祁岳手势微顿，眉头也跟着皱起来："你想说什么？"

丰昀陌苦笑："我劝不了您，所以我找点和她有关系的问题刺激您，看看能不能让您振作起来。"

祁岳扬起眉看他："但是你提的这个问题，确实激起我的好奇心了。"

丰昀陌很了解他，慢吞吞地说："您想拿这个做借口，去找宋小暖？"

"嗯。"

祁岳居然应下来，还给了解释："宋小暖是美娜的女儿，我想对她好。你帮着想想，还有什么理由或借口，让我挑挑。美娜死了，我要替她照顾女儿。"

有新的理想和目标就行，丰昀陌放心了，眉头蹙一蹙："那您得把自己打理干净了，宋小暖是颜控，她不喜欢邋遢的男人。"

"颜控？"

"对啊，言楚行要不是因为长得帅，肯定被我撬掉墙角。"

祁岳沉默，然后点点头："果然是宋美娜的女儿，宋美娜也是颜控，她从小就说我长得好看，说把我弄进家里天天看，心里头舒坦。"

丰昀陌无语："这对母女倒是如出一辙。"

祁岳是强撑起来的精神，闻言眉目清朗了些："你有没有发现她做投资很有一套？上回你们搞建环，我看她的手法很娴熟，包括之后她去弄凤涤，狠劲儿上来，跟我有一拼。我事后复盘，她从我这儿薅了不少羊毛。"

丰昀陌笑起来："刚才过来的时候，我和卢源还在讲这个，卢源说宋小暖对您之前做过的案例，如数家珍，应该是研究过您。"

"真的？"

祁岳眉毛一挑，劲头明显上来了："这么说来，我完全可以培养她做我的继承人。"

他用的是陈述句，说明他已经做了这个决定。

"她脑子聪明，心性坚韧，还有实战经验，好好培养可以成为投资界的新生大佬。"

祁岳愈说愈兴奋，酒也不喝了，站起身："走，陪我去洗浴中心，我要好好想想，怎么完成这个目标。"

丰昀陌略略傻眼，但是看他兴致这么高，便也不提醒宋小暖根本不会搭理他。

直到泡进温泉水里，祁岳才想起来一样："宋小暖这人倔得很，而且不爱钱，拿钱砸这招肯定不灵。你觉得怎么才能说动她？"

丰昀陌其实也需要个借口，淡定曰："我先找她聊聊。"

宋小暖并不知道自己已经被祁岳悄咪咪地内定为继承人，她现在全部的心思都放在自己的肚子上。

她天性爱学习，买了好多孕产方面的书，放在手边慢慢地看。

言楚行这个准爸爸也不敢怠慢，空下来也捧着书看，看到不明白的两人还会讨论，学习气氛异常浓烈。

第三十三章

三天后就要出发去东南亚的小岛，宋小暖有点说不出来的小激动。她特意又去了一趟陵园，和宋美娜说了好长时间的话。

这回没有遇到祁岳，不过她听说，祁岳时不时地就会蹿来一回。而且最近他好像度过了低潮期，又开始开盘做生意，胜率依旧很高。

宋小暖没什么特别的想法，斯人已逝，活着的人总要继续过下去。祁岳因为宋美娜有过一段低潮期，也算有良心了。

从陵园下来，她让纪安驱车去星湾一号附近的一家茶吧。

前几天卢源带话过来，说丰昀陌来了S市，想和她见一面。她不好意思推辞，就定了今天。

而且她和言楚行通报过。

大局已定，言楚行纵然不太乐意，却也大度地表示她有见任何人的自由。当然要小心肚子里的孩子，另外纪安一定要跟着。

关于宋小暖怀孕的事情，纪安和卢源提过，所以，丰昀陌也知道了。看着宋小暖姿态闲适地从楼梯拐弯的地方过来，他的心里隐隐还是有些酸楚。

君子风度，起身给宋小暖拉好椅子，然后他温和地笑："这里有一种果茶，不伤脾胃，孕妇也可以吃。我帮你点了一杯。"

宋小暖立刻明白他知道自己怀孕了，她微笑："好的，谢谢。"

茶水送上来，两人都是温淡的表情。

宋小暖知道丰昀陌话很少，喝一口茶，笑吟吟地开口："英国的投资还好吗？"

丰昀陌微微皱眉，实事求是地说："英国人有一支脱欧派，最近闹得挺欢，我还要再观察一下。"

宋小暖也留意到这方面的资讯，点点头："如果脱欧的话，会有很多的不确定性。"

丰昀陌挑起眉，饶有兴味地看她："你对跨国投资也有兴趣？"

宋小暖连忙摇头："国内的还做不过来，暂时没这方面的打算。"

丰昀陌笑了，身体舒适地靠在椅背上，目光专注："卢源给我看了你最近的投资案例，胜率很高，比我刚出道的时候要强。"

宋小暖一点都不谦虚，矜持地挑起眉："我也觉得我很厉害。"

丰昀陌莞尔，手指在杯壁上轻轻地敲两下："我觉得你和祁岳的风格很像，或者这么说吧，我觉得你研究过他的战法，且认真地向他学习过。"

宋小暖的神情淡下去，沉默且严肃地看他一会儿："你是来做说客的？"

丰昀陌心头一紧，卢源说的没错，她非常警惕。

眼神闪了闪，他微笑着给自己解围："你不会拿茶水泼我吧？"

"不会。"

宋小暖不紧不慢地答："你说的没错，我有研究过他，也有吸收他的长处。纯粹点讲，我很欣赏他的眼光和魄力，同时我觉得他也有点狗屎运。他早期的几个案例有很强的投机性，运气差一点，就会万劫不复。"

丰昀陌眯起眼："你这话我同意又不同意，我觉得一次两次可能是运气，接二连三就有可能是本事。"

宋小暖点头："刚开始比较拼，赚到心理价位的钱之后，风险偏好明显减小了。不过，他这人的嗜血性是长在骨头里的，机会合适，立刻就会露出獠牙。去年你们俩合作阻击东明股份，一路杀到人家退无可退，如果不是那家的女儿破釜沉舟，和竟舟实业签了对赌协议，怕是要被你们搞破产了。"

丰昀陌不以为然地笑："城头变幻大王旗，出来混总要还的，东明的爹太冒进，输了不能怪祁岳。经过这场战役，如果他们能活下去，日后肯定会变得非常强大。"

宋小暖若有所思了会儿，点头表示同意："也对。"

所以……

丰昀陌笑微微地看她："祁岳觉得你孺子可教，想收你做关门弟子。"

宋小暖也是笑，声音淡缓："你让他滚。"

没谈好，是意料中的事情。

丰昀陌一点都不沮丧，两人随意地聊一会儿天，在轻松的气氛里结束了这次见面。

回到家里，言楚行正在做晚饭，听到声音转过头："马上就可以吃了。"

宋小暖"嗯"一声，先去卫浴间洗手洗脸，然后回卧室换衣服。

一身轻快地出来，言楚行已经把饭菜端到桌上。

怀孕后宋小暖添了两个毛病：嗜睡和挑食。睡这个部分，只要她想可以管够，挑食这部分，只有言楚行亲力亲为了。他细心周到，根据她的饮食变化及时调整菜单，尽力保证她能多吃一点，保证孕期营养。

当然他日理万机忙得很，每天抽空写好菜单，由专人准备净菜，他只需要炖炖炒炒便可。

招呼她坐下，言楚行递过去一碗鸡汤："累不累？"

"不累。"

宋小暖接过鸡汤，小口小口地喝，一边主动跟他汇报："丰昀陌是给祁岳做说客的，说祁岳想收我做关门弟子。"

言楚行很淡定："你让他滚。"

宋小暖绽颜一笑："你怎么知道我会这么说？"

言楚行一边把牛排切成小块，一边漫不经心地说："我还能不知道你的德行。"

宋小暖眯起眼，嘿嘿嘿地笑："做什么关门弟子啊，他早就被我研究透了。"

言楚行把牛排盘子推去她面前，又给她配蔬菜。宋小暖最近口味变化很大，除了生菜别的菜都不吃，还娇气得要命，不能放葱姜蒜。

所以他们家的生菜就是生炒，绿油油地搭着牛排，看上去还不错。

"祁岳去找过你公爹了。"言楚行看一眼她的脸色，"他打算进军实业，要和潜远搞合作。"

宋小暖晕，这家伙真够死皮赖脸的。

见她没反应，言楚行又跟一句："我爸爸问你什么意思。他对祁岳澳洲那边的资源挺感兴趣的，可能想双向合作一把。"

宋小暖无语，低下头喝一会儿鸡汤，然后淡淡地说："在商言商，我没啥不同意的。"

言楚行点头，表示明白了。

两天后，言家包了一架大飞机，把一众人等载去东南亚的岛国，然后包船送往举办婚礼的小岛。

比较尴尬的是祁岳，没能混上言家的包机，只能自掏腰包坐了另一架飞机跟了去。他有卢源这个内应，可以混在人群中偷偷观礼。

一路颠簸，最后也能各就各位。

四月是东南亚旱季的末尾，夏季风还没到达，气温很高。包机到达的时候，又正好是下午，太阳晒得人眼晕。

言家财大气粗，自然不会委屈大家。豪华大巴开过来，专运的船也是空调充足。

这次婚礼年轻人居多，年纪大的只有言家父母和言姓长辈，他们有专人照顾，坐另一趟车。

夜晚，一望无垠的大海，波涛滚滚。祁岳没能住进言家统一包场的度假村，只能在外围寻了一家星级稍低的海边酒店。

这会儿，他把丰昀陌叫来，陪他喝酒。

沙滩 BBQ，夜空里有星星，远处有篝火，气氛还是非常的好。

"宋小暖知道您来了，给卢源下死命令，不准他把您放进来。"丰昀陌笑微微地看他，"不过她没有给我下死命令，所以我帮您买通了一个酒保，他会带您进去。"

祁岳仰躺着，笑得像只狐狸："你不帮我，我也有本事进去。"

丰昀陌当然知道他的本事，调侃他："您不担心她当场哄您出去？那样的话，您这脸可就丢到姥姥家了。"

祁岳不在乎，起身拿一串烧虾，慢悠悠地咬着吃："我一个坐过牢的人，什么场面没见过，还会怕丢脸？比较起来宋小暖可比我要脸多了，她还要顾及言崇信的面子，才不会当场跟我翻脸。"

"真的？"

"当然，我看人很准的，宋小暖会事后跟我算账，比如冲去凤涤媾我点羊毛，但绝对不会当场跟我发飙。"

祁岳得意扬扬："不信咱们打赌。"

丰昀陌看他一副找到新的人生理想的神采奕奕的模样，也是为他高兴："嗯，我跟你赌十万块。"

这钱他输了也高兴。

"成交。"祁岳也是高兴。

这头正说着，祁巍的电话到了。

"喂。"

祁岳的声音敞亮，明显心情很好的样子。祁巍却是沉重，迟疑着不知道该怎么开口："岳儿，哥有件事情要跟你讲，你好好听，别太激动。"

祁岳觉得哥哥好奇怪，疑惑地"嗯"一声。

祁巍其实很激动，声音微微有些抖："岳儿，宋美娜给你生了个女儿。"

祁岳站起身，眼神现出迷惑，"您……说什么？"

祁巍哭起来："岳儿，宋小暖是你女儿，是跟你血脉相连的女儿。"

祁岳心跳得厉害，同时呼吸困难。

扶着椅背，他慢慢地坐下来："哥，您别哭，您把前因后果跟我讲一讲，到底是怎么回事？"

祁巍还是哭，做自我批评："岳儿，这件事情要怪哥哥，当年你在期货市场一举成名之后，老家那边很多人给我写信，翻着花样地要钱。刚开始我还看，也好好地回信婉拒。后来实在是太多了，每天可以收到一大摞，于是我就懒得看了，找了个箱子扔进去了事，我不知道宋美娜的哥哥宋寅初会写信讲这事儿，我要是早拆了这封信，就不会……"

"信？"祁岳听出关键点，"隔这么多年，您怎么会想到去找这封信？"

祁巍抹一抹眼泪，尽量把话说清楚："前几天我收拾储藏室，看到那个装信的箱子，随便翻了翻，正巧看到宋寅初的信，但是我没有看。昨天听一个老邻居说，宋寅初两年前因为骨癌去世了。我就有些唏嘘，然后想到你和我讲的，你其实是误会了宋美娜，我也很内疚。知道你去参加宋小暖的婚礼，我就想着把那封信翻出来看看，万一有什么事情，你也可以转告。没想到他这封信讲的是大秘密，当年你进去的时候，宋美娜已经怀孕了。"

祁岳的声音有些抖："哥，您把那封信拍给我看看。"

"好，那我先挂了。"

电话挂断，祁岳摸索着拿过啤酒，一口气喝个底朝天，然后又倒满，又是一口气喝完。

丰昀陌看出他的不对，思量着看他："怎么了？"

喝太猛，祁岳先是打一个酒嗝，然后他的目光攒聚在丰昀陌的脸上，言语伤感："宋美娜安葬那天，宋小暖装了一袋子钱扔到我车上，说那是宋美娜跟了我之后，往她卡里打的钱的总数。她这个举动是告诉我，她没有用过我的钱。"

丰昀陌不懂为什么突然说这个："嗯？"

祁岳抱住头，使劲地揪自己的头发："她是在狠狠地打我脸，告诉我，我没有养过她一天。"

丰昀陌像是悟出什么，眉毛微微挑起，诧异地看着他。

祁岳坐立不安，突地跳起来，原地转起了圈圈，"昀陌，我怎么办？我女儿恨我，说这辈子都不会原谅我。"

得了实锤，丰昀陌为难得有点呆。隔一会儿，他慢吞吞地补一刀："之前我劝过她，不要公开为难你。但是她理直气壮地说，她就是要让你知道，她恨你。之前我觉得她太固执，得不偿失。现在看来，她必然是知道自己和你的关系，因为她根本就不是那种会和外人计较的个性。"

"你说得对。"祁岳停下脚步，又一屁股坐下，"我女儿其实很娇气，她气我气得要命，嘴上说不出来，只能拿这种话来噎我。"

说话间，微信上传来提示音，应该是祁巍给他发照片，他做个等等的手势，然后点开图片，仔仔细细地看。

反复看了好几遍，热泪盈眶，嘴里喃喃不已："美娜这个傻女人啊，她怎么可以这么傻。"

丰昀陌和宋美娜有过交往，对她的印象是活泼和开朗，想一想，他客观地说："在B市的那段日子，她对你是抱有期望的。"

祁岳的神情黯淡下来："是我负了她。"

气氛沉寂下来，远处的海涛声还是一如既往。

良久，丰昀陌淡悠悠地说："斯人已逝，你能弥补的对象只有宋小暖。只不过她倔强，坚持恨了你这么多年，不容易原谅你。"

祁岳又沉默了会儿："恨我是她的事情，对她好是我的事情。至于美娜，欠她的只有下一辈子去做牛做马了。"

第二天是举办沙滩婚礼的日子。

时间定在夕阳西落的时分，满天的彩霞覆了一半的天空，椰林沙滩，碧海广阔，风景唯美得一塌糊涂。

稍晚时分，还会有成排的孔明灯升空。

除了开篇，一切都很顺利。

原计划，宋小暖会由她的娘家人——卢源护送，穿过玫瑰花瓣铺成的沙滩小路，走过一个鲜花做成的拱门，到达主婚台。

她的亲爱的老公言楚行会在那儿等她。

之前说得好好的，但是在现场，原本应该出现在她身边的卢源被丰昀陌强行拽去酒吧的角落，老帅哥祁岳带了宠溺的笑容，走到她身边。

"暖暖。"

眼眶里似乎含着泪："我送你过去。"

宋小暖呆住，急切地往四周看，而祁岳不容置疑地拿过她的手，搁到自己的手臂上，声音轻柔，带了些蛊惑的气息："你今天真漂亮，你猜你妈妈会在哪片云彩后头看你？她平时最喜欢搞怪，但是今天她一定乖乖的，笑容满满地看着咱们走过那一段路。暖暖，她一定想看到这一幕。"

宋小暖抬起头，仿佛真的在那片霞光的背后看到宋美娜的身影，她穿了一身红衣，和以往一样的明艳照人。

宋小暖的眼眶湿润了，脚步迈起来，但是她转过头看着祁岳："可是我依然不会原谅你。"

她肯跟着走，祁岳已经心满意足。拍拍她的手，声音里含着笑意："没事，你尽可以恨着。"

反正我是你爸爸，你否认不了。

他缺席了她成长的各个阶段，但是上天有眼，给他留了这个重要时刻，今后他一定会好好表现。

唇角勾得老高："听说你怀孕了。"

宋小暖感受到周围诧异的眼神，脸上不得不挂出微笑，却恨恨地答："关你 P 事。"

祁岳没有答，他忙着摆出宽厚大度的表情，迎击那些诧异的眼神。他得意扬扬：你们有我这么漂亮、这么聪明、这么才华洋溢以及天赋异禀的女儿吗？

稍远处的卢源是一副被雷劈到的表情："我虽然不敢相信，但是逻辑告诉我你说的是真的。"

丰昀陌浅浅微笑："其实是有端倪可见的。"

卢源连连点头，然后由衷地感慨："我这是抱上大粗腿了，宋小暖可以保我一世荣华富贵。"

丰昀陌原本矜持，一下子被他逗乐："你一个大男人好意思说这种话。"

卢源啧啧不已："你哪里懂得我们这种小人物的心声。"

那一头，祁岳和宋小暖已经走过鲜花拱门，言楚行原本也是诧异，但是他脑子转得快，走路的这点时间，他已经猜出九分真相。

剩下的一分不确定，在祁岳把宋小暖交给她的时候，得到确认。

"宋小暖是我的女儿，我这个爸爸做得不称职，但是你这个老公一定要称职。"祁岳的声音不大不小，主婚台上的两位伴郎——杜向南和严泽川都听见了，两人同时挑高眉毛，又迅速地互看一眼。

眸底俱是疑问：亲生女儿？干女儿？

他俩顾自疑惑，言楚行淡定地接过宋小暖，顺势还把她往怀里搂一搂："我当然会称职。"

明显祁岳是突然冒出来的，宋小暖态度不明，他可不敢贸然叫爸爸什么的，惹翻祁岳没关系，惹翻孩子妈就是大事件了。

祁岳老狐狸当然能看出小狐狸的心思，他不在意，乐呵呵地看着宋小暖："有爸爸给你撑腰，以后你可以横着走。"

宋小暖无语地垂下眸，没搭理他。

这时司仪开始发挥了，他有点蒙，按之前的剧本，他和卢源有几句对白的，现在中途换人，对白的部分只有他来唱独角戏了。

专业的就这点好，舌灿莲花，气氛立刻被他带高了。

场下的年轻人很容易就跟着气氛欢腾起来，但是言家的那些长辈们却是各自神态不同。

有人已经和言崇信咬起了耳朵，询问祁岳和宋小暖的关系。

言崇信也是莫名其妙，但是他屏得住，脸上是讳莫如深的笑容，私底下却东看西看地猜测着缘由。

祁岳当然不会让他失望，下台后第一时间就往他这边来。

边上正好有个空位，祁岳毫不客气地坐下，笑容满面："亲家，我家小暖嫁给你家儿子，你可不能为难她。"

言崇信被这声"亲家"吓一跳，斜过眼："我家媳妇什么时候成了你家小暖？"

祁岳得意扬扬："小暖是我女儿，亲的。"

言崇信先是跟着台上的节奏鼓掌，然后狐疑地看他："难道传言有误？"

祁岳横他一眼："小暖是我十九岁的时候美娜怀上的。"

言崇信恍然大悟，然后凝起眉想一想："那你可亏欠她不少啊。"

祁岳不介意他探底，淡悠悠地说："我就这么一个女儿，我的就是她的，以后德众和潜远就是一家人了。不过……"

他挑一挑眉，眸底掠起一股冷意："你小舅子别让我逮到错处。"

言崇信心头一紧，沉默片刻，他用求和的口气："小暖都不追究了。"

祁岳哼一声，转过头看台上的一对新人，声音软和了些："小暖和她妈妈一样，口硬心软，需要我这个爸爸帮她看着场子，蛇虫鼠怪都老实待好了，敢冒头出来我就帮她劈了。"

言崇信觉得他像是在威胁，同为大佬难免有点气度，忍不住戳他痛处："她还没认你吧？"

祁岳停一拍，然后漫不经心地说："我是她爸爸，血脉相连，认不认的都是其次。重点是我脸皮厚，会死皮赖脸缠住她。"

*

今晚的夜色格外的美，夕阳落下最后一道余晖，满排的孔明灯腾空而起。

"许愿许愿。"到处都是这样的喊声。

言楚行握住宋小暖的手，柔声问："你许什么愿？"

宋小暖沉思，然后她小心地问："我可不可以许两个愿？"

言楚行微笑，小心地帮她理理额角的碎发："当然可以。"

于是宋小暖掰出一根手指："我希望下辈子还做宋美娜的女儿，我要给她养老送终。"

言楚行点头："可以，第二个愿望呢？"

宋小暖傻兮兮地看他，接着掰出第二根手指："我觉得咱俩在一起挺幸福的，下辈子咱俩还是一对，然后一起给宋美娜养老送终，好不好？"

言楚行笑了，拥她入怀，又深情一吻："我答应你了。"

他许的愿望，是这辈子和宋小暖，还有他们的小孩，团圆和美。